民國文化與文學 研究文叢

十四編

李 怡 主編

第 20 冊

「五·四」之子
——王統照評傳

王 瑞 華 著

國家圖書館出版品預行編目資料

「五‧四」之子——王統照評傳／王瑞華 著 -- 初版 -- 新北市：
花木蘭文化事業有限公司，2021〔民110〕
序 4+ 目 2+184 面；19×26 公分
（民國文化與文學研究文叢　十四編；第 20 冊）
ISBN 978-986-518-531-2（精裝）
1. 王統照 2. 傳記 3. 五四新文學運動
820.9   110011219

特邀編委（以姓氏筆畫為序）：

丁　帆	王德威	宋如珊
岩佐昌暲	奚　密	張中良
張堂錡	張福貴	須文蔚
馮　鐵	劉秀美	

ISBN-978-986-518-531-2

9 789865 185312

民國文化與文學研究文叢
十四編　第二十冊　　　　　　　　ISBN：978-986-518-531-2

「五‧四」之子
——王統照評傳

作　　者　王瑞華
主　　編　李怡
企　　劃　四川大學中國詩歌研究院
總 編 輯　杜潔祥
副總編輯　楊嘉樂
編　　輯　許郁翎、張雅淋、潘玟靜　美術編輯　陳逸婷
出　　版　花木蘭文化事業有限公司
發 行 人　高小娟
聯絡地址　235 新北市中和區中安街七二號十三樓
　　　　　電話：02-2923-1455 ／傳真：02-2923-1452
網　　址　http://www.huamulan.tw 信箱 service@huamulans.com
印　　刷　普羅文化出版廣告事業
初　　版　2021 年 9 月
全書字數　141343 字
定　　價　十四編 26 冊（精裝）台幣 70,000 元

「五・四」之子
——王統照評傳

王瑞華　著

作者簡介

王瑞華，山東諸城人，現任山東大學（威海）文化傳播學院教授。在南京大學文學院獲得博士學位，美國德州大學訪問學者。已經出版學術專著《中國痛苦：殖民與先鋒》等四部，依據作者親自調查挖掘出的大量詳實史料，對諸城相州王氏家族做了系列研究。在《文學評論》《中國現代作家研究叢刊》《當代作家評論》《新文學史料》等刊物發表論文多篇。歡迎學界同仁和王家後裔批評指教。

提　　要

　　王統照是五四時期的重要作家，文學研究會發起人之一，一生致力於新文學創作，小說、散文、詩歌等領域都有重要作品，他但開風氣不為師，引領諸多領域的創新開拓。同時，擔任當時著名的《文學》雜誌主編，培養文學新人，許多年輕作家在他的挖掘培育下得以誕生成長。在時代的激蕩中，他如中流磐石，挺住新文學的脊樑，為新文學的發展繁榮做出了多方面的貢獻。

　　王統照與家人族人一直關係密切，家人、族人也一再成為他小說、散文、詩歌等的寫作對象，此前的學者、研究者幾乎都未曾關注過這些，因此，筆者就儘量把王統照家族、家鄉的方面情況，詳細考察出來，既填補前人研究的缺憾，也為進一步深入研究王統照提供資料支持。因此，本書儘量避開前人已做的研究，而是把關注點放在前人未曾關注的方面，除了他的家族與他寫作的關係，也把以前未受重視的散文、詩歌、編輯、教育層面的王統照作為研究重點，力圖穿越歷史的煙雲，多方面追述他的成就與貢獻。

　　王統照是五四之子，人生也經歷了整個民國時期，生於憂患時代，他也以強烈的憂患意識關注、思考國家與民族命運，把個人命運與國家命運融為一體，把文學追求與家國關懷融為一體，為五四新文學多方面拓荒耕耘，開疆拓土，努力開創一個新文學時代。

研治文學史的方法與心態——代序

李 怡

我曾經以「作為方法的民國」為題討論過中國現代文學研究的「方法」問題，最近幾年，「作為方法」的討論連同這樣的竹內好－溝口雄三式的表述都流行一時，這在客觀上容易讓我們誤解：莫非又是一種學術術語的時髦？屬於「各領風騷三五年」的概念遊戲？

但「方法」的確重要，儘管人們對它也可能誤解重重。

在漢語傳統中，「方」與「法」都是指行事的辦法和技術，《康熙字典》釋義：「術也，法也。《易・繫辭》：方以類聚。《疏》：方謂法術性行。《左傳・昭二十九年》：官修其方。《注》：方，法術。」「法」字在漢語中多用來表示「法律」「刑法」等義，它的含義古今變化不大。後來由「法律」義引申出「標準」「方法」等義。這與拉丁語系 method 或 way 的來源含義大同小異——據說古希臘文中有「沿著」和「道路」的意思，表示人們活動所選擇的正確途徑或道路。在我們後來熟悉的馬克思主義哲學中，「世界觀」與「方法論」的相互關係更得到了反覆的闡述：人們關於世界是什麼、怎麼樣的根本觀點是「世界觀」，而借助這種觀點作指導去認識世界和改造世界的具體理論表述，就是所謂的「方法論」。

在我們的傳統認知中，關於世界之「觀」是基礎，是指導，方法之「論」則是這一基本觀念的運用和落實。因而雖然它們緊密結合，但是究竟還是以「世界觀」為依託，所以在「改造世界觀」的社會主潮中，我們對於「世界觀」的闡述和強調遠遠多於對「方法」的討論，在新中國改革開放前的國家思想主流中，「方法」常常被擱置在一邊，滿眼皆是「世界觀」應當如何端正的問題。這到新時期之初，終於有了反彈，史稱「1985 方法論熱」，

一時間，文藝方法論迭出，西方文藝社會學、心理學、語言學、原型批評、接受美學、結構主義、解構主義、新批評、現象學、存在主義、解釋學、以及借鑒的自然科學方法（系統論、控制論、信息論、模糊數學、耗散結構、熵定律、測不準原理等等），這些令人眼花繚亂的「新方法」衝破了單一的庸俗社會學的「舊方法」，開闢了新的文學研究的空間。不過，在今天看來，卻又因為沒有進一步推動「世界觀」的深入變革而常常流於批評概念的僵硬引入，以致令有的理論家頗感遺憾：「僅僅強調『方法論革命』，這主要是針對『感悟式印象式批評』和過去的『庸俗社會學』而來的，主要是針對我們把握世界的『方式』而言的。『方法論革命』沒有也不能夠關注到『批評主體自身素質』的革命。」〔註1〕

平心而論，這也怪不得 1985，在那個剛剛「解凍」的年代，所有的探索都還在悄悄進行，關於世界和人的整體認知——更深的「觀念」——尚是禁區處處，一切的新論都還在小心翼翼中展開，就包括對「反映論」的質疑都還在躲躲閃閃、欲言又止中進行，遑論其他？〔註2〕

1960 年 1 月 25 日，日本的中國研究專家竹內好發表演講《作為方法的亞洲》。數十年後，他已經不在人世，但思想的影響卻日益擴大，2011 年 7 月，溝口雄三《作為方法的中國》在三聯書店出版。〔註3〕 此前，中文譯本已經在臺灣推出，題為《做為「方法」的中國》。〔註4〕而有的中國學者（如孫歌、李冬木、汪暉、陳光興、葛兆光等）也早在 1990 年代就注意到了《方法としての中國》，並陸續加以介紹和評述。最近 10 年的中國思想文化與文學批評界，則可以說出現了一股「作為方法」的表述潮流，「作為方法的日本」、「作為方法的竹內好」、「亞洲」作為方法，以及「作為方法的 80 年代」等等都在我們學術話語中流行開來，從 1985 年至 1990 年直到 2011 年，「方法」再次引人注目，進入了學界的視野。

這裡的變化當然是顯著的。

雖然名為「方法」，但是竹內好、溝口雄三思考的起點卻是研究者的立場和研究對象的特殊性。中國何以值得成為日本學者的「方法」總結？歸

〔註 1〕吳炫：《批評科學化與方法論崇拜》，《文藝理論研究》，1990 年 5 期。
〔註 2〕參見夏中義：《反映論與「1985」方法論年》，《社會科學輯刊》，2015 年 3 期。
〔註 3〕溝口雄三：《作為方法的中國》，孫軍悅譯，北京：三聯書店，2011 年。
〔註 4〕林右崇譯，國立編譯館，1999 年。

根結底，是竹內好、溝口雄三這樣的日本學者在反思他們自己的學術立場，中國恰好可以充當這種反省的參照和借鏡。日本學人通過中國這樣一個「他者」的來參照進行自我的批判，實現從「西方」話語突圍，重新確立自己的主體性。竹內好所謂中國「迴心型」近現代化歷程，迥異於日本式的近代化「轉向型」，比較中被審判的是日本文化自己。溝口雄三批評那種「沒有中國的中國學」，其實也是通過這樣一個案例來反駁歐洲中心的觀念，尋找和包括日本在內的建立非歐洲區域的學術主體性，換句話說，無論是竹內好還是溝口雄三都試圖借助「中國」獨特性這一問題突破歐洲觀念中心的束縛，重建自身的思想主體性。如果套用我們多年來習慣的說法，那就是竹內好－溝口雄三的「方法之論」既是「方法論」，又是「世界觀」，是「世界觀」與「方法論」有機結合下的對世界與人的整體認知。

事實上，這也是「作為方法」之所以成為「思潮」的重要原因。在告別了 1980 年代浮躁的「方法熱」之後，在歷經了 1990 年代波詭雲譎的「現代─後現代」翻轉之後，中國學術也步入了一個反省自我、定義自我的時期，日本學人作為先行者的反省姿態當然格外引人注目。

如果我們承認中國當代學術需要重新釐定的立場和觀念實在很多，那麼「作為方法」的思潮就還會在一定時期內延續下去，並由「方法」的檢討深入到對一系列人與世界基本問題的探索。

在中國現當代文學的領域中，我堅持認為考察具體的國家社會形態是清理文學之根的必要，在這個意義上，「民國作為方法」或「共和國作為方法」比來自日本的「中國作為方法」更為切實和有效。同時，「民國作為方法」與「共和國作為方法」本身也不是一勞永逸的學術概念，它們都只是提醒我們一種尊重歷史事實的基本學術態度，至於在這樣一個態度的前提下我們究竟可以獲得哪些主要認知，又以何種角度進入文學史的闡述，則是一些需要具體處理、不斷回答的問題，比如具體國家體制下形成的文學機制問題，國家觀念與民族意識的互動與衝突，適應於民國與共和國語境的文學闡述方法，以及具體歷史環境中現代中國作家的文學選擇等等，嚴格說來，繼續沿用過去一些大而無當的概念已經不能令人滿意了，因為它沒有辦法抵近這些具體歷史真相，撫摸這些歷史的細節。

「民國作為方法」是對陳舊的庸俗社會學理論及時髦無根的西方批評理論的整體突破，而突破之後的我們則需要更自覺更主動地沉入歷史，進

入事實,在具體的事實解讀的基礎上發現更多的「方法」,完成連續不斷的觀念與技術的突破。如此一來,「民國作為方法」就是一個需要持續展開的未竟的工程。

對文學史「方法」的追問,能夠對自己近些年來的思考有所總結,這不是為了指導別人,而是為自我反省、自我提高。自我的總結,我首先想起的也是「方法」的問題,如上所述,方法並不只是操作的技術,它同樣是對世界的一種認知,是對我們精神世界的清理。在這一意義上,所有的關於方法的概括歸根到底又可以說是一種關於自我的追問,所以又可以稱作「自我作為方法」。

那麼,在今天的自我追問當中,什麼是繞不開的話題呢?我認為是虛無。

在心理學上,「虛無」在一種無法把捉的空洞狀態,在思想史上,「虛無」卻是豐富而複雜的存在,可能是為零,也可能是無限,可能是什麼也沒有,但也可能是人類認知的至高點。是一個複雜的概念。在今天,討論思想史意義的「虛無」可能有點奢侈,至少應該同時進入古希臘哲學與中國哲學的儒道兩家,東西方思想的比較才可能幫助我們稍微一窺前往的門徑。但是,作為心理狀態的空洞感卻可能如影隨形,揮之不去,成為我們無可迴避的現實。這裡的原因比較多樣,有個人理想與社會現實感的斷裂,有學術理念與學術環境的衝突,有人生的無奈與執著夢想的矛盾……當然,這種內與外的不和諧本來就是人生的常態,對於凡俗的人生而言,也就是一種生活的調節問題,並不值得誇大其詞,也無須糾纏不休。但對於一位以實現為志業的人來說,卻恐怕是另外一種情形。既然我們選擇了將思想作為人生的第一現實,那麼關乎思想的問題就不那麼輕而易舉就被生活的煙雲所蕩滌出去,它會執拗地拽住你,纏繞你,刺激你,逼迫你作出解釋,完成回答,更要命的是,我們自己一方面企圖「逃避痛苦」,規避選擇,另一方面,卻又情不自禁地為思想本身所吸引,不斷嘗試著挑戰虛無,圓滿自我。

這或許就是每一位真誠的思想者的宿命。

在魯迅眼中,虛無是一種無所不在的「真實」,「當我沉默著的時候,我覺得充實;我將開口,同時感到空虛」(《野草》題辭)「絕望之為虛妄,正與希望相同」(《希望》)「於浩歌狂熱之際中寒;於天上看見深淵。於一

切眼中看見無所有；於無所希望中得救。」(《墓碣文》) 所以，他實際上是穿透了虛無，抵達了絕望。對於魯迅而言，已經沒有必要與虛無相糾纏，他反抗的是更深刻的黑暗——絕望。

虛無與絕望還是有所不同的。在現實的世界上，盼望有所把捉又陡然失落，或自以為理所當然實際無可奈何，這才是虛無感，但虛無感的不斷浮現卻也說明在大多數的時候，我們還浸泡在現實的各自期待當中，較之於魯迅，我們都更加牢固地被焊接在這一張制度化生存的網絡上，以它為據，以它為食，以它為夢想，儘管它無情，它強硬，它狡點。但是，只要我們還不能如魯迅一般自由撰稿，獨自謀生，那就，就注定了必須付出一生與之糾纏，與之往返。在這個時候，反抗虛無總比順從虛無更值得我們去追求。

於是，我也願意自己的每一本文集都是自己挑戰虛無、反抗虛無的一種總結和記錄。

在我的想像之中，每一個學術命題的提出就是一次祛除虛無的嘗試，而每一次探入思想荒原的嘗試都是生命的不屈的抗爭。

回首這些年來思想歷程，我發現，自己最願意分享的幾個主題包括：現代性、國與族、地方與文獻。

「現代性」是我們無法拒絕卻又並不心甘情願的現實。

「國與族」的認同與疏離可能會糾結我們一生。

「地方」是我們最可能遺忘又最不該遺忘的土地與空間。

「文獻」在事實上絕不像它看上去那麼僵硬和呆板，發現了文獻的靈性我們才真的有可能跳出「虛無」的魔障。

如果仔細勘察，以上的主題之中或許就包含著若干反抗虛無的「方法」。

2021 年 6 月於長灘一號

序

楊洪承

　　20 世紀上半葉，一大批從五四新文化新文學走過來的民國知識分子，不論是魯迅、郭沫若、茅盾、巴金、老舍、曹禺等一直佔據著新文學史的主流作家地位，還是胡適、朱自清、徐志摩、戴望舒、沈從文、張愛玲等經歷了從邊緣到中心文學史意義的轉變。他們既構築了蔚為壯觀的民國文學大師和繁花似錦的新文學世界，又滋生了一種人們習慣的文學史身份認同和作家評判的兩極思維。然而，文學史並非以簡單的兩面呈現的。20 世紀的現代中國文學總是有一批很難納入上述兩大類作家之群體的現代中國知識分子。他們身上有著那個時代知識分子獨具的精神風骨，有著開闊開放的世界文學的視野，有著自己獨立的思想與個性色彩，及其鮮明的藝術追求。本記的傳主現代作家王統照就是其中的一員。

　　在五四新文學的第一代成名作家中，大部分來自富庶的江浙、皖南地區，及福建等沿海城市，王統照（1897～1957）是唯一不多的從山東半島黃海之濱的諸城走出來的上世紀初最早的現代作家。他在濟南的中學時期，就是熱忱愛國青年，有「諸城三傑」之稱，曾直接投書京城新文化重要刊物《新青年》主編陳獨秀，很快在該刊「通訊」欄發出，並且加編者「按語」讚揚，「來書疾時憤俗，熱忱可感。中學校有如此青年，頗足動人中國未必淪亡之感。」時年王統照 19 歲。他是真正的五四之子。五四運動的爆發已為北京中國大學學生的王統照，就直接參加了五四當日的示威遊行；他是新文學第一個純文學社團文學研究會的 12 名發起人之一。王統照作為新文學的初創時期最為勤勉的作家，不僅以小說、詩歌、散文及散文詩、話劇劇本、文學批評、翻譯多文類的作品豐富了早期新文學貧瘠的園地，而且 1922 年就出

版了長篇小說《一葉》，對現代長篇小說文體建設有篳路藍縷的開拓之功。五四文學經歷了從文學革命到革命文學的創作轉變，王統照也是最早將自己的創作做出積極調整的革命文學實踐者。1920年代末1930年代初，他的散文《厲風雷雨》，詩歌《這時代》，及其代表作長篇小說《山雨》等作品，表現出直面現實，貼近底層寫作，關注時代風雲。他的長篇小說向我們展示了一幅困苦多難、血肉交織的北中國農村生活的畫卷，與當時茅盾反映上海都市生活的作品並駕齊名，文壇有1933年為「子夜山雨季」之說。1940年代國難時日，王統照與鄭振鐸、夏丏尊、陸蠡、王任叔、孔另境、金性堯、章錫琛等一批文化人留守上海「孤島」，他的一組五十餘篇的哲理散文在上海文匯報的「世紀風」欄目連載，以「無限悲哀意，繁辭欲語誰」的曲筆，含蓄表達團結抗敵，堅守民族氣節，憂國憂民的心聲。後以《繁辭》為這組散文小品結集出版定名，該散文集收入當時鄭振鐸等主編的「大時代文藝叢書」。全國解放前夕，王統照曾決定回故里，去山東解放區，後因歸途已被戒嚴，未果。他借「幾度奮飛路未通，強持杯酒謝春風」的詩句抒懷。1957年，王統照在首任山東省人民政府文化局局長的崗位上病逝，山東省委敬獻輓聯：「文藝老戰士，黨的好朋友」。

王統照一生作為現代中國知識分子思想進步、熱愛祖國，為人淳厚樸直、治學嚴謹；作為開創五四新文學的前輩作家始終默默耕耘，既忠實於自我和藝術生活，又與時俱進，關心民眾，一直堅持貼近時代的現實主義寫作。他在現代文學創作實踐、理論批評等多方面有著開風氣的突出貢獻。現代文學史上的著名編輯、老作家柯靈先生懷念王統照題詩：「冰雪其品，金石其文」，精準概括了王統照的為人為文。自然，與20世紀中國社會的大起大落、波瀾壯闊相比，王統照整體人格溫和、文風平實，一以貫之地堅守現代中國知識分子的良知而言和行。這樣，我們曾經習慣的上述文學史作家認同和評價的兩極思維，王統照就很難進入主流作家的行列了，失去普遍關注的熱點，也使得作家許多獨特的貢獻和藝術個性也被遮蔽。應該說，20世紀80年代中期以後至本世紀初葉，從老一輩山東作家臧克家、田仲濟等積極呼籲學界加強王統照研究，親自收集整理作家各方面資料，編輯出版作家選集、文集等，到高校學者劉增人教授等，及家屬陸續出版了王統照研究資料、作家評傳、作家論，乃至作家傳記等多種成果，奠定了王統照研究的基礎。長期也來王統照研究始終處於不溫不火的狀態。雖然新世紀以來受現代中國文學整體研

究拓展和深入的影響，王統照研究也有一定的學術推進，但是客觀上與王統照的實際文學史貢獻尚有很大距離。相當長的時間裏，王統照研究基本未突破已有文學史的定位和作家代表作品的重讀之範圍。然而，2010 年以後的短短一二年裏，我非常驚喜地在《文學評論》、《中國現代文學研究叢刊》、《新文學史料》等學界重要權威刊物上，閱讀到一位青年學者王瑞華博士陸續推出的系列研究論文，集中於王統照與家族文化、與地域文化、與革命紅色文化，及海峽兩岸文學的研究，這些成果給我看到了王統照研究積極的新探索。

　　王瑞華博士不僅僅在於研究視域的開闊，從單一的作家作品研究轉向了文化視野中的作家及作家群的勘探，而且她以紮實而豐富的史料和細緻的文本閱讀激活了長期滯後而沉悶的作家研究。比如，在「論山東相州王氏家族作家群」、「幾位作家與相州王氏私立小學」等系列論文裏，她以大量的一手史料首次梳理出一個具有濃厚地域文化色彩，豐腴家族文化底蘊的現當代作家群體。以齊魯之子、京華風雲的「五四」新文學中堅王統照為代表，還挖掘出同為生於斯長與斯山東諸城相州的王希堅、王願堅、王意堅，王力，及王家女婿詩人臧克家等一大批王氏家族作家群。這是一個有著豐富人與事的龐大而複雜的家族群落。他們共通的地緣、血緣關聯的不只是人脈和文脈，而是家族之中每一位作家鮮為人知的思想文化資源，及其文學生成的由來和創作的原型。山東諸城相州書香門第的王氏大家族，尊崇儒家傳統文化，又很早奉行洋務派張之洞的「中學為體，西學為用」的主張，辦學堂、建私立學校，傳播新文化新思潮，較早出現了長輩王統照為代表的作家群體，與現代中國歷史中的政治家群體。如山東早期國民黨、共產黨的創始人王樂平、王翔千均出自王氏家族。同一家族的兩大群體中文人、作家、政治家的雙重及多重身份既獨立又相互影響，立體地呈現了每一個體的鮮活，也使得歷史更為色彩斑斕豐富多彩。現代作家王統照一生並沒有顯赫的身份，卻有著超出普通作家的特殊經歷和人生壯舉，也有難以看清的思想矛盾和精神困境。將作家納入王氏家族群體中不無可以得到某些合理的解釋。甚至，作家的創作動因和文本思想的重估，也找到了一條考辨有據的文化通道。王瑞華博士的「兄弟文學：海峽兩岸紅、白敘事」、「隔海相敘：王統照、姜貴海峽兩岸的家族寫作」等論文篇什，對學界關注不多的王統照小說《春花》和姜貴小說《旋風》研究新的發現和重評其文學史價值，正是建立在對王氏家族複雜文化群體、厚重歷史生活的還原基礎上，她理解作家、細讀文本，尊重歷史的真實

與文學藝術的真實融合、牴牾的特性，有理有據的分析給人多有啟發性的思考。放在我們面前的這本王瑞華博士撰寫的《王統照評傳》，雖然再述傳主文學人生和創作貢獻，不過十餘萬字數並不厚重，但是內容多有自己王統照研究新成果的補充，而有了學術的增長點。相信，只要開卷閱讀的讀者自然會從中受益。

在這部「評傳」即將付梓之際，作者要我為給書稿寫幾句話，左右多感難以推脫。因為我既與王瑞華博士有過一段師生之緣，又早她先也寫過一本「王統照評傳」的小書，及一些相關王統照研究的文章，後還受王統照家屬的委託，主編了一套 7 卷本的《王統照全集》。我也一直困惑於學界王統照研究的邊緣化，曾經呼籲：王統照研究：亟待走出不應有的寂寞。多年來，青年學者瑞華博士潛心讀書，既默默埋頭圖書館原始史料的查閱，又深入故土走訪親友做田野調查，甘心做這一「寂寞」的研究工作，十分令人敬佩！現在努力有了收穫，也為她感到由衷的高興！

是為序。

楊洪承

2020 庚子年瓜月末　草於金陵外秦淮河畔

目次

序 楊洪承

前 圖

第一章 成長歷程：生於書香‧長在門第…………1

　　第一節 童年：家世與家庭………………1

　　第二節 少年：從傳統到現代………………8

　　第三節 大學：中西合璧的藝術視野的建構……11

　　第四節 參與文學研究會：作用與貢獻………14

第二章 愛情與婚姻…………29

　　第一節 「春雨」打濕的愛情………………29

　　第二節 婚姻：平凡夫妻一世情…………44

第三章 從「春雨」到「山雨」：家‧族‧國……49

　　第一節 從「春雨」到「山雨」………………49

　　第二節 相州王氏私立小學………………58

　　第三節 家族與家族寫作………………67

第四章 但開風氣不為師：多方面的成就與貢獻…99

　　第一節 詩與散文：民國知識分子的心靈史……99

　　第二節 作為編輯：對文學陣地一生的耕耘與
　　　　　　堅守……………120

　　第三節 作為教育家：世界視野的教育理念……136

主要參考文獻………………145

附錄1：王統照年表………………147

附錄2：王統照傳略………………163

附錄3：從王統照到莫言：「紅高粱」民族寓言
　　　　敘事的歷史建構………………165

後 記………………175

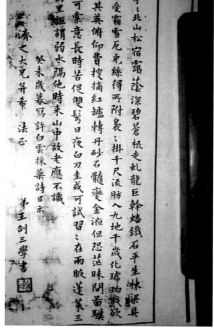

積陰連日歲將除　緩步衝泥赴市墟
列肆魚鹽爭善價　偷天籌筭笑旁肤
九衢凍骨朱門外　四海沈瞑血戰餘
剗慱黎民伏脽意　滿街飛泰備漿糈
橘柚懷貞歷歲時　克庭丹實耀寒枝
繁霜鴻雁空　飛喉南國芳馨寄　夢思密而敷陰成碧樹冬暄喋
霧佐清庖枳荊編植　爭前路受命靈根
鬖河澎魚缸印
終未歲暮偶得二詩　次首則記物寄
雪尊二君者
西諦覽讀屬書印希笑正
劉○臧物流籠

寒宵坐對酒如泉　尚有清狂未盡捐
踈讀離騷羞痛飲　偶逢善
會破愁顏風塵寇盜猶征戰風雪京華憶少年聊使肝腸
洗鍊未妨四顧慼莔煙
狼藉歸來謝友生十年未復此夕情姿嗟歲月侵霜鬢淥明
懷入香冥若夢飄零傷　往事徒知媿托時英吾儕醉飽終
何用雪夜關山戰火明
十戰未劇醉嘔吐偶淂一次六覽快脁醒後作二詩為西未
去過振鐸以重印十竹齋佳箋相贈鐵筆再录付已金盍
留鴻迹是点無益事耶吾知魁已
劍三○

嗟跰十載貪汗南　雙鬢顧泠蠃
雪色添琴籟戲釵　飄淺空有逍遙
林故里斷戈氻和沐後緣戱向人天
存怒枝南楄努力補荒年
茇漱郎水鳳
茇裳先生屬書
伝炟於汁水北懷前樂江甸友人

1922年中国大学毕业时
在北京

第一章 成長歷程：
生於書香・長在門第

第一節 童年：家世與家庭

　　十九世紀末，二十世紀初，中國正面臨國勢衰微，局勢動盪的歷史轉折時期，當時強勢的英國用船堅利炮，連續發動兩次鴉片戰爭，強行打開閉關鎖國的中國大門，進行罪惡的鴉片貿易，古老的封建帝國搖搖欲墜，各方勢力膠著較勁，紛爭動亂，世界局勢也是動盪不安，一些先知先覺者紛紛探索救國救民之路……

　　山東，曾經被譽為中國的「耶路撒冷」，是中華文明的重要發祥地之一，是中國文化聖人孔子、孟子的誕生地，也是戰國時代百家爭鳴的發生地，黃河文明曾經以這裡為核心，留下許多赫赫有名的世家大族，孔家、孟家、王家等。家族文化、鄉紳傳統長期以來是中國文化的重要基石，然而，局勢的動盪，新思潮的風起雲湧也讓這鄉間傳統面臨重要的轉折與轉化……

　　就是在這樣複雜飄搖的局勢中，一批傑出的時代之子誕生了，動盪的家國如他們生活的搖籃，氤氳其中，也跟著慢慢長大，參與到時代的歷史進程中……

　　王統照，1897 年 2 月 9 日，農曆正月初八，出生於山東省諸城市相州鎮的一個名門世家：相州王氏家族。這時春節剛過，正是北方乍暖還寒的初春季節，人們還沉浸在過春節的歡樂中，正開始準備新一年的打算，王統照的

誕生無疑給這個家庭帶來巨大的欣喜與春意。他家堂號為「養德堂」。這個新生嬰兒的第一聲啼哭，即告知了這個家族香火的得以傳承，也意味著這個家族文學香火的傳承……

作為一個封建貴族家庭，香火傳承是極為看重的，也因此，王統照的出生對他的家庭來說是意義非凡的：他既是自己家庭唯一的男丁，也是大家族的後裔子孫，這不僅意味著他從小享受到極為重視的生活尊崇與良好教育，也意味著他要承擔起小家庭、大家族的重大責任與使命。

如此說來他的名字格外有寓意：都在他的「統照」之中，而日後的發展也證明了這一點：家與國都被他的光亮「統照」過，他像一個全方位的發光體，他發出的光，既照亮過他的家庭、家族、家國，也照亮過中國新文學的諸多層面：小說、散文、詩歌、編輯、教育、翻譯等等……

王統照的人生足跡與文學足跡都是從他的故鄉：山東諸城相州出發的……

因此研究分析王統照也一定要從他的家鄉相州出發，一定要從他的家族：相州王氏家族出發，這不僅是以往研究王統照的一個重要缺憾，也不僅是只從他文本出發的研究都難免有隔靴搔癢之感，而是因為，如果不從這兩點出發，既無法深入理解他的小說，也無法深入理解他的散文，詩歌，更無法深入理解他思想與價值觀的形成根源與過程。故鄉是他生命與文學的「根」之所在。他一生的輾轉飄移如影隨形的是家人、族人；他的小說多是以家人族人為原型寫的；他的散文、詩歌也多是與家人、族人的唱答應和之作，多是家人家事與家鄉風物人情；而他思想與價值觀的根源與形成更是在政治漩渦中的家人、族人的深入交往與交流中建立起來的。這一切都是促成他獨立思考，作出自己理性而智慧的選擇的重要的前提，不深入瞭解這些，就無法深刻地理解、分析王統照，也無法深入理解他的作品與成就，可以說，他的家鄉與家族是他文學創作的核心與基石，不從這個核心基石出發的研究評判，只能停留在膚淺的表面、表象，無法理解、把握他創作的內在深刻性與獨特性。

王統照的家庭與家世，恰如他的兒子王立誠在回憶父親的文章裏寫到的：

> 父親生於 1897 年陰曆正月初八日，是諸城相州王氏養德堂的單傳兒子，據說我還有一位嫡親三叔，因天花病未成年就夭折了。

> 諸城相州王氏是一個書香門第，我父親曾向我說，遠祖是東晉

琅琊王氏。追溯祖先另有一支在元朝末年遷到本省新城縣（即桓臺縣），曾在明末清初出過一位大詩人王士禎，號魚洋山人，和蒲松齡同一時代，曾為《聊齋誌異》書稿題詩：「姑妄言之妄聽之，豆棚瓜架語絲絲，料應厭作人間語，愛聽秋墳鬼唱詩。」他的文壇聲譽很高，幾乎無人不知。但是相州一帶的這一支卻沒有什麼知名的文人，而是舉人、進士，為官的較多，所以在相州的街上歷代相傳樹有十幾座牌坊，一直到土地改革才被拆掉。歷代祖先為官較高的也就是侍郎，省裏的布正使（藩臺）。我記得在上海的一個冬夜裏，父親坐在書桌前，攤開一本線裝書指給我看說這裡記載的就是我的某一代高曾祖父以侍郎致仕回鄉家居，在乾隆皇帝南巡時又被召到濟南陛見的故事。年代久遠，我已記不得是本什麼書了。

這樣的家庭自然是很大的封建官僚地主，地方上的大紳士，擁有的田地最多時達到千頃左右，即所謂「掛了千頃牌」的大地主，遞傳到祖父這一代，田地已經很少了，據說大約不到十頃，但靠祖蔭庇護，在鄉里仍是大紳士，而且名聞遐邇，與山東的許多大家族都有親戚關係，如曲阜孔家、章丘孟家、濰縣丁家等等，正如《紅樓夢》中所敘：「一榮俱榮」。〔註1〕

王統照家是相州首富，他娶的妻子是章丘孟家聞名全國的瑞蚨祥綢緞莊的獨養女兒，王統照的姐姐嫁的濰縣首富，號稱「丁半城」的丁家，這樣錯綜交織的大家族，確如《紅樓夢》裏的大家族們一樣，王統照也如賈寶玉般在溫柔富貴鄉里成長。

相州王氏始祖祠堂楹聯有二：

> 源遠流長分一脈；根深葉茂啟三支。
>
> 孝悌力田孫子耕；文章食報祖宗天。

相州王氏五世祠堂，由康熙進士益都趙執信撰書長聯：

> 占盡春秋兩榜，子午卯酉，辰戌丑未，兼之巳歲登科，亥年發甲；
>
> 看來袍笏滿床，祖孫父子，兄弟叔侄，更有外甥宅相，女婿門楣。

歷史悠久、底蘊深厚的諸城文化與家學淵源孕育了王氏家族作家們的成長，故鄉也成了他們自覺不自覺的創作源泉與出發點，家人族人成為他們共

〔註1〕王立誠著《瓣香心語：王統照紀傳》，山西人民出版社，1999年10月版，7～8頁。

同的寫作對象。他們均有對諸城或以諸城為背景的作品。王統照只紀實風格
的小說就有寫自己在諸城家庭生活的長篇小說《一葉》，寫相州王氏大家族的
《春華》，還有無數散文、詩作直接寫故鄉山水人物的，如《詠漢王山》就是
相州旁邊的一坐有歷史遺跡的小山，是當年漢王劉秀駐軍的地方。小說裏的
人物多閃現著自己家鄉、家族人物的影子與人文地理風貌。

養德堂田黃印章（王斌收藏）

　　王統照與王家的後裔們就是氤氳著這樣的濃厚地域文化氛圍中成長起來
的⋯⋯

　　大家族儘管家世顯赫，但也有矛盾利益之爭，王統照家堂號「養德堂」，
是相州街上數一數二的富戶，也因此引來家族田產之爭，族人傾軋，王統照
父親便是在這傾軋中早逝而亡。王統照的早期家庭生活，上世紀 30 年代寫過
《我讀小說與寫小說的經過》《讀〈易〉》，這兩篇散文中，對自己童年時代的
家庭生活與讀書有著較為詳細、生動的記錄。另外，他最早的長篇小說《一
頁》也是根據在早年的家庭生活與家中人物所寫的，從中可以瞭解他童年的
生活、教育狀況。

　　濰坊學院王憲明教授曾研究指出：「諸城曾是中國《易》學中心，諸城王
氏從西漢王同傳田何之《易》到現代作家王統照讀《易》，歷史悠久。明清諸
城王氏科舉，多專攻《周易》。王氏古琴家、醫學家皆通《易》，王氏世德堂號

本為『世易堂』，《易》學變通、時中精神，對諸城王氏影響深遠。越是在社會劇烈變動時期，家族越是人才輩出，其家風和學養的傳承可謂影響深遠。」可見，王統照的家庭教育顯然承繼了先輩遺風。王統照的父親是一位在家讀書的文弱書生，母親是諸城城里人，他的外祖父是清同治七年（1868年）二甲第二十四名進士，曾做過翰林院編修，名叫李肇錫。母親嫁到王家之前，曾隨其父遊歷雲貴，眼界開闊，又喜歡詩詞繪畫，她對於王統照有很深的影響。王統照少年時的住宅，他的同鄉、作家陶鈍在《為文藝事業鞠躬盡瘁的人》一文中有過記敘：「先生的住宅未遭日寇漢奸摧毀以前也是高門大戶，畫梁雕棟的。記得1917年我第一次訪先生不遇，看到他客廳裏陳列的菊花約有三百多盆。客廳的內室的古式書架上插著很多的書籍，牆上掛著名人字畫。」王統照的父親也愛好文藝，這對他都有直接的影響，他的兒子王立誠在《記〈鄰翁叢譚〉》一章中如此追憶：

> 我的祖父王秉慈先生，字季航，也愛好文藝。遺著有筆記小說《鄰翁叢譚》，詩集《西軒詩草》二書。

> 這兩部書是在1927年底由父親整理自費複印的，書前注有「男統照錄」，書後附父親的跋語。原書注有著作時間：「清光緒二十九年七月十四日」即1898年。那年祖父二十一歲，正是戊戌政變那一年。父親在跋語中說：

> 「右鄰翁叢譚二卷，詩數十首，先考季航府君之遺作也。先考夙穎悟，童年即恂篤如成人，性尤和善與人無逆，唯以繼承先嗣王父，故未冠即獨立支持門戶，經濟家事，不得專心於學業，且天不永年，卒時僅二十八歲，年尚未立，其何以言樹立哉？然先考嗜音律、習繪事，雖為時限不能不專精而綠竹丹青成具規模，又如聚摹印章，廣蒔花木，朝輝夕陽，輒集戚族友好於院宇間飲酒賦詩以為樂，蓋幽靜雅適與夫篤好修藝之懷出於天稟，使非盛年逝世則所成就寧可限耶？即此零星雜著一歌一詠之間亦可見先考之志與胸懷。小子無似又何敢多贅。唯念先考卒時，小子方七齡，幼弄無知但能倚母身側看蟻鬥耳。十餘歲後承母命外出修業南北奔馳在家時少，故未能將先考遺著早日恭錄刊行，其追悔為何如哉？去年由京東歸侍母病而母不愈以春初棄小子輩而永逝。椿萱凋零相距方念四年耳。呼天之恨，此痛何堪？疇追憶，尤感混茫。三月既葬先母，乃

奉此稿本來琴島寓止。意志蕭條，百念頹心。乃於炎夏日中，敬錄
一過。其有字跡模糊者，輒就文意補寫一二字。蓋原稿皆係隨筆所
紀，頗有塗抹難辨處，非敢妄加補寫也。昊天何酷，我生多罹。校
閱再過，回思年來之家況與去冬靜夜風雪中侍先母劇病時之情景，
歷歷如在目前。固不知雪涕之何從也。何復成文，敬志此以紀痛耳。
十六年秋九月統照謹附志於琴島息廬。」

《鄰翁叢譚》一書類似《聊齋誌異》，談鬼說狐，意諷人間，共
上下兩卷，上卷二十八篇下卷三十篇。《西軒詩草》收舊體詩三十四
首。其中讀太真外傳一首錄之於下：

「沉怨黃土向誰伸，不怨朝綱怨太真，縱向尺綃送薄命，依然
宮闕陷胡塵」。

也是讀史有得之作。〔註2〕

可惜這位父親英年早逝。王統照上面本來還有一位兄長，剛出世不久，
發高燒、出疹子時，同族家人故意在牆外放排槍，被驚嚇而死。王統照就成
了家中單傳的獨子，另有一個姐姐、兩個妹妹，男丁不旺，在那個封建傳統
深厚的時代，便成了族人、親戚欺壓的對象。有親戚伺機掠奪毗鄰的田產，
在田契上做手腳，又藉口家族公益事業，便要「養德堂」拿出銀兩維持，其
後，又以單傳孤子繼嗣不牢為藉口，硬要把自家的子侄過繼給「養德堂」，想
藉此繼承「養德堂」家產，種種圖謀均未得逞，便散佈流言蜚語，惡意中傷，
凡此種種的家族糾葛，使文弱書生的王統照父親不堪重負，三十幾歲就神經
錯亂，終日處在躁狂不安中，一旦發病，就四處狂奔，夜裏也不停止。有時，
在花園看到樹枝就想上弔，不論是刀是斧，掄起來就砍，想自殺，妻子李清
差遣家中僕人寸步不離地看護，四處求醫問藥，不惜鉅資，但王秉慈抑鬱症
越來越嚴重，終日只想自殺，1914年，他又突發神經錯亂，加上著了風寒，
終於抑鬱而逝。這一幕給童年的王統照極大的打擊，令他終生難忘。他後來
在小說《一葉》裏，還詳細寫到：

是那年十一月十七日，……我再也不會忘記的！早上冷得很，
因為夜間吹了一夜的北風，草木上都凝結了很厚的一重冰雪。那天，

〔註2〕王立誠著《瓣香心語：王統照紀傳》，山西人民出版社，1999年10月版，13
～14頁。

父親的病已經到了最後一日。母親十幾天一直守護在父親身旁，好幾夜沒有合眼了。早上八點吧，父親已經氣喘得沒有說話的氣力，面孔瘦得如一張薄紙似得，身上蓋了一層薄被，在未天明之前，他吐出了一痰盂的血與痰，這時只有閉著目喘氣的份兒，在重危之中，突然父親強撐著目光，向四處散亂地看。母親似乎知道了，立刻喊乳媽將我找來。我被乳媽愣愣地抱到病床前，七歲的孩子，尚不及桌子高，恰好床帳旁邊，一張舊日的大藤椅子，母親讓乳媽將我抱著立在上面，此時我來了，立得靜靜地，看著這幅悲劇的啟幕……父親用散亂的目光注視著我……，又注視著母親，末後似乎用無力的由痰塞住的喉嚨中：歎聲送走了生命之最後的呼吸！……

　　那個不可忘卻的寒夜，我至今想起，心中也打寒噤啊！《一葉》

父親病逝時，王統照年僅七歲，已是「養德堂」唯一的男主人了，已成了全家的希望所在。與胡適、魯迅等文學大家相似，王統照也是父親早逝，家庭教育主要得益於慈愛而又嚴厲的母親。他的母親李清女士在丈夫去世後，勇敢地挑起了家庭重擔，擔負起培養、教育兒女的重任。在這種潛移默化的薰染中，也有意無意地培養出王統照強烈的家國意識與責任。

但也因此，王統照自小身邊環繞的是女性，上面有一個姐姐陪他讀書，下面還有兩個妹妹，母親又請了個惠子姑娘來家裏作伴，這使王統照的成長環境頗有點像大觀園裏的賈寶玉，他以後讀書也對《紅樓夢》情有獨鍾，這也因此使他有幾分陰柔的氣質，充滿愛與善的悲憫情懷。

王統照的母親名李清，祖籍山東日照，父親李肇璽是諸城縣城有名的翰林，他早年任過貴州監察道等官職，家眷也隨同前往。女兒李清從小便跟著父親遊歷雲南、貴州等地，乘車或坐轎，領略南方的地域風光，風土人情，對於北方諸城來說，各種南方故事、風情象傳說一樣新鮮又怪異。這些，在她後來成為母親後，都當成傳說與故事，講給幼小的兒子王統照聽。

在那個「女子無才便是德」的封建時代，李清無法受到正規、系統的學校教育，但她聰慧的天資，又勤勉好學，在家中時經常幫助父親料理文書案牘，耳濡目染中，也識字不少，略通文墨，而且，官宦之家的家教也使她談吐不俗，處理事務精明幹練，治家有方。嫁到王家後，因為王統照的父親身體病弱，且沉溺詩書，家中事務一概由她照料處理，在王秉慈病逝後，家裏的田產、子女教育等都由她全部扛起。她對獨子王統照的教育更可看出她的教

子有方與治家有術。她對獨子王統照愛而不寵，家教甚嚴。王統照的好友、隋煥東胞妹隋靈璧曾在回憶文章《我與王統照兄》一文寫道：

> 有時我問起他為什麼有這麼多知識，他坦率告訴我，主要是母親的嚴教和影響。……為了使獨生的兒子成才，免受人欺，母親教子甚嚴，每天夜晚，兒子讀書困倦，母親便擰他的大腿，使他醒醒再讀，塾師所授課程，她都要親自檢查兒子學習的情況。劍三從小學畢業時，剛剛是辛亥革命的第三年，那時地主家的孩子到外地上學的很少，可是他的母親卻毅然把愛子送到數百里外的濟南去上中學。每當談到這些往事，劍三總是滿懷深情地憶念著他的慈母。……

出身富裕人家的母親，卻培養了他個人節儉、為人慷慨的生活秉性。這些隋靈璧也到提到了：

> 劍三本家有幾十頃地的產業，岳父家又是山東有名的財東，自然經濟上是富裕的。但是令人稱道的是他家的生活卻相當儉樸，租住的房屋比較狹窄，全家人衣著樸素，吃的用的都與一般平民無多大差別，這與那些地主、資本家的少爺、小姐花天酒地的奢侈生活相比，簡直有天壤之別。劍三兄對家里人自奉儉約，對別人卻慷慨解囊。每逢星期天，我們同學七八人同去逛公園，午飯皆由劍三兄招待。我們這些窮學生，在校吃官費，本身無積蓄，能在星期天歡聚一起，全賴劍三兄之助，大家從內心裏感激他。〔註3〕

正是母親的嚴格督導與教子有方，使王統照日後不但學業有成，而且胸懷寬廣，為人仗義慷慨，重視友情，也正是這些品格秉性使他以後在文壇上不但成就卓著，而且能擔當重任，廣交各路朋友，慷慨培養文壇新人，為新文學作出卓越貢獻。

第二節 少年：從傳統到現代

王統照5歲上學，村裏已經有了私立的學校，但是母親因為他太小，不願他入學校，請先生在家裏教讀。私塾先生就是本家族的王香楠先生。王先生雖是一位秀才，學問方面卻很通達。他曾學過算學，能以演代數，懂得一

〔註3〕隋靈璧：《我與王統照兄》，《王統照先生懷思錄》，諸城文史資料委員會編，
中國文史出版社，1991年版，145～146頁。

些佛經，又在廣東住過幾年，看過那時的新書不少。」他成了王統照最初的啟蒙老師。對於少年時讀書與課外的文化生活，作家本人這樣寫道：

記得我最早學著看小說是在 10 歲的那一年。父親那時已經故去了 3 個年頭，家中關於小說這一類的「閒書」，母親都裝了箱子高高地擱起來。書房裏除了木版的經，史，與文章，詩歌，說文，字典之外，沒有別的有興趣的書籍。因為自五六歲時好聽家中的老僕婦、乳媽，與別人講些片段的《西遊記》《封神榜》上的故事，尤其是在夏夜的星星下與冬晚的燈下，只要是聽人說些怪異的事，縱然害怕，情願蒙頭睡覺，卻覺得有深長的興味。當時有個五十多歲的老瞽者，他姓王，能夠彈三弦，唱八角鼓，又在那些讀書的人家裏聽來，記得許多《綱鑒》上的事蹟，《聊齋》上的故事差不多每篇都說得來，甚至其中的文言他也學會一些。每年中他到我家幾次，唱唱書之外，我同姊妹們便催著他講故事。他有酒癮，只要是喝過二兩白乾之後，不催他說他也存不住。於是那些狐鬼的故事我聽說的最早。小孩子的好奇與恐怖的心理時時矛盾著，愈怕人的愈願意聽，可是往往聽了臨睡時看見牆角門後的黑影都喊著怕！及至認得一些字後，知道這些怪事書本上有記載著的，家中找不到這類的書，便託人借看以滿足幼稚的好奇心。那時給我家經管田地事務的張老先生的大兒子對我說，他有一部全的《封神》，我十分欽羨！連逼著催他由家中取來。後來他把這部九本的──正缺了末一本──鉛字排印的小說送給我，從此我便添了一種嗜好。早飯時從書房中回來，下午散學，晚飯以前，都是熟讀這部新鮮書的時候，書是上海的什麼書局印的，油墨印的太壞，每個字的勾畫旁邊都有黃暈。沒有幾天已經看完，不知如何能有那樣耐性，看完了，從開頭再溫著讀。數不清是看過了多少次。其中的人名、神名、別號、法號，甚至於成套的文言形容詞，當時都背得很熟。尤其高興著的是哪吒的故事，怎樣借了荷花梗還魂，與善踏風火輪，以及哼哈二將，這都是十分留心看的地方。可惜少了末一本，姜太公怎麼封的諸位善神、惡神，不曾明白，認為是美中不足的事。還有最不懂的是書的「闡教」，著實悶人！儒，道，兩家多少知道點，佛也明白是另一種教門，可是《封神演義》中有「闡教」，無從解釋，問別人也少有懂的。以後便

看了些鼓兒詞，如《破孟州》《瓦崗寨》之類，卻引不起多大的興趣來。雖然活潑的小孩子也願看些你一槍我一刀的熱鬧把戲，因為這等鼓詞句法太整齊了，人物也沒有什麼變化，想像力更薄弱，所以不大留意。

這是王統照記錄在相州老家生活較長的一段文字，從中我們可以清晰看到，他從小就受過很多的古典傳統文學的薰陶與教育，這為他以後的創作奠定了一個較好的古典文學的底子。值得指出的是，王統照儘管日後倡導新文學，但他從未完全否定舊文學，認為不過是文學發展的不同階段，甚至在主編刊物徵稿時，也要求不論新舊，只要寫的好就歡迎。他也親自動筆，寫過不少頗有文采的古典詩詞，也為他的新文學提供豐富的滋養。他的這些回憶文章，我們不僅能夠知道他少年時的種種樂趣與煩惱，也能夠體會到那個深宅大院裏對他的約束與孤寂。等到他離開那個大院，到濟南讀書的時候，就是小鷹初展翅，投入到更廣闊的社會中去了。

王統照在相州老家這個豪門巨族中，一直住到 1913 年他考入山東省立第一中學的時候。在濟南上學期間，假期也常是在家鄉度過的。諸城人當時在濟南十分活躍，他的同族家人王樂平、王翔千等，當時都是各種濟南政治運動的積極倡導者，他們組織了「諸城旅濟同鄉會」，王統照與他們過從甚密，也主要參與的是他們的活動，當時年輕氣盛，在濟南一中學潮事件中也是重要角色，參與「駕」校長活動，並且起草執筆了「駕」校長宣言，惹怒校方，要開除他。王統照見事不好，便在學校宣布之前自行離開，後考入北京中國大學英文系讀書。

王統照 1913 年時考入濟南山左公學（翌年更名山東省立第一中學）。他整天努力讀《文選》，背唐詩，念古文，課餘便寫小說寫詩。王統照寫了一部章回體長篇小說《劍花痕》，「約有二十回，大略是寫些男女革命、志士一類的玩意」。這本書沒有出版。王統照的白話短篇小說《紀念》《遺髮》發表在《婦女雜誌》上，在一中引起轟動，同學們自此都以作家視之。王統照是較早用白話文寫小說的人之一，此前，他也寫過文言小說。有一篇《新生活》：「晚鐘六鳴，街上若月之電燈，皆以發其華光。時某工廠內汽笛鳴鳴，聲入霄漢；濃煙縷縷，如天馬行空，爭相馳逐而暝色四合，亦不能辨煙色矣。蓋時方冬令，故日乃促也。其時工廠門首，有無數之工人，鹹魚貫秩秩由廠中出」，以學校西面的電燈公司為背景，寫工廠人物，可看出王統照舊

學功底。讀書期間，他還寫了一百七十多首舊體詩，後結集為《劍嘯廬詩草》。他還就教育問題發表議論，給時在上海的《新青年》去信，這封信以《山東省立第一中學校學生王統照致記者》為題，刊登在《新青年》2卷4號上。

王統照在濟南讀書期間，同為諸城籍的路友于、王統照、楊金城因語文成績突出而被稱為「諸城三傑」，「三傑」後來都有較好的發展，但楊金城不幸早逝，王統照與路友于一直保持了深厚的同窗同鄉情誼。路友于中學畢業後赴日本留學，與王統照一直通信探討時政問題，還在王統照主編的刊物《曙光》上發表文章。

可以看出，從出生沐浴著封建家庭的傳統因子，從小接受私塾教育，有著良好傳統文化基礎的王統照，在中學時代，是從傳統轉向了現代，開始接受新知識、新思想的薰陶，並積極參與其中。

第三節　大學：中西合璧的藝術視野的建構

1918年，18歲王統照考入中國大學，學的是英文專業，開始全面而系統的外國文學專業學習。得以廣泛地接觸英國和其他國家的一些文學名著，從西方文學裏吸收了大量的營養，漸漸滋長了改革中國舊文學的思想萌芽，被推選為學報編輯。「五四」運動時，他參加了火燒趙家樓等學生行動。不久，他同一些進步青年創辦了《曙光》月刊，宣傳新思想，介紹新文化，迎接新世紀的「曙光」，並結識了瞿秋白、鄭振鐸、耿濟之等人。

王統照考入北京中國大學後，依然與在北京家人、族人關係密切，與他的侄子王晴霓、山東同鄉宋介等，一起租房居住、參加火燒趙家樓、一起創辦刊物《曙光》等，並且在他的帶動下，王家多位子弟親戚也考入北京中國大學讀書，如王晴霓、趙明宇等，可以說家人、族人、家鄉始終是與他如影隨形的存在，始終關係密切，互動頻繁。

中國大學英文系的學習，不僅使王統照翻譯介紹了很多歐美作品進來，也使他受過很好的外國文學的教育與薰陶，及後來又去歐美專門考察遊學一年，使他的知識結構明顯呈現出古典與現代、東方與西方融合的特點，逐步建立起中西合璧的藝術視野。

王統照在新文化運動中心的北京，讀的是中國大學外國文學系，這使他

能直接閱讀和親手翻譯大量的外國文學作品，得以吸取西方的文學思潮與文學方法來滋養、提升自己的文學素養與水平。

他最先從創作手法上吸取外國文學創作經驗。他曾說：

我想在目前的狀態之下，欲求我們的創作，更深澈，更有力量，不可不有下列的兩條的研究：

一、多讀西洋的創作。

二、多研究文學的原理及研究的方法等書。

……多讀一點文理密察、想像豐饒、藝術生動的西洋文學作品，至少也可以增加我們的思考力、想像力，使我們可以得到創作的方法。〔註4〕

從西方文學中吸取創作經驗，學習創作方法，是王統照學習西方文學的最直接收穫，並作為經驗在主編刊物時與讀者同仁探討倡導。

最先給予王統照重要影響的西方詩人是葉芝，舊譯夏芝，是現代愛爾蘭著名的詩人和作家，一九二三年度諾貝爾文學獎的獲得者。王統照在五四時期，就熱切向國內讀者介紹葉芝，積極翻譯他的作品，早在1921年，當時年僅25歲的王統照就翻譯了他的小說集《微光》，一九二三年以後，又接連發表了幾篇研究他生平和作品的論文。他認為：「夏芝（W‧B‧Yeats）為愛爾蘭新派詩人，及小說家，其所作品，多帶新浪漫主義趣味，為近代愛爾蘭新文學派鉅子之一，其短篇小說，尤能於平凡的事物內，藏著很深長的背影，使人讀著，自生幽秘的感想。即不同寫實派的純重客觀，亦不同浪漫時代的作品，純為興奮的激刺。他能於靜穆中，顯出他熱烈的情感，寫遠的思想，實是現代作家不易達到的藝術。」這些也為五四文壇，吹進了新風。

對於王統照有重要影響的作家，第一，是葉芝，第二，是泰戈爾。王統照的好友、同為文研會發起人的瞿世英先生曾說過：在中國文學家中，最受泰戈爾影響的有二人，「一人是冰心女士，她的詩很有太谷兒（即泰戈爾）的詩的風格，再一位就是王統照」，「他的思想受太谷兒的影響很深，但形式是不一樣的」。瞿世英講這一番話時，王統照在座，後來又把這番講演加了按語，編入北京《文學旬刊》。王統照稱泰戈爾為「名滿世界而且永久不朽的詩哲」。

〔註4〕王統照：《對於創作者的兩種希望》，1923年北京《文學旬刊》19號。

　　一九二四年，泰戈爾來華講學，隨之出盡風頭的是徐志摩與林徽因，而潛心學習、研究泰戈爾的則是王統照。泰戈爾是印度近代文學史上最偉大的作家。王統照對印度文學的研究可以追溯到 1920 年，他曾在《曙光》雜誌上發表《印度詩人葛拜耳之略‧傳與其詩之表象》的論文。泰戈爾來華時，他不但跟著忙前忙後接待並在濟南親作翻譯，王統照還專門給《晨報》寫文章介紹泰戈爾：「泰氏恒著玄色、灰色、畫色之長袍，冠印度紫絨之冠……若中國之老叟。每講至重要處，則兩臂顫動，聲若銀鐘之響於幽谷，若清馨之鳴於古寺……」

　　而這段話甚至引起了毛澤東的一段誤會，《毛澤東文集》第二卷《在魯迅藝術學院的講話》中，曾指出「徐志摩先生曾說過這樣一句話：『詩要如銀針之響於幽谷』，銀針在幽谷中怎樣響法，我不知道。」後人查證「銀鐘之響於幽谷」並非出自徐志摩，而是王統照。泰戈爾分別在濟南省立一中作《中印文化之交流》，在省立一師作《一個文學革命家的供狀》，齊魯大學作《東西方文化之比較》等演講，他還陪同泰戈爾一行坐輪船，渡長江，於月白風清之夕，或則唱著《愛之歌》，或則拊掌相和，與泰戈爾有著直接的相遇相知與交流互動……

　　這兩位外國文豪對他前期追求「愛與美」是有很大影響的，而後期，王統照則對俄羅斯文學表現出相當的熱情與興趣，個人創作風格也逐漸轉向現實主義。在《春華》等後期小說中，明顯地受蘇聯文學影響甚深。法國大革命等世界知識也自然而然地融匯貫通到他的思想與創作當中。正是中國大學外語系的專業培養，不僅使王統照全面而系統地學習了西方文學知識，得到了豐富的文學滋養與文學經驗，更重要的是培養了他的國際文化視野。

　　只從書本上間接學習還不夠，1935 年，王統照還專門自費都歐洲各國實地考察、調研了一番，對西方的教育、文化、風土人情做了全面的考察，不僅親身感受西方文化的薰陶，而且做出很多東西方的比較分析，留下了《歐遊日記》《歐遊散記》等創作，大大深化、加強了他世界藝術視野的建構。

　　在這樣的基礎上，他此後無論是創作小說、詩歌、散文，還是思考社會問題，都能在融匯古今中外知識的基礎上，把中國問題放在全世界的格局中去思考，去創作，以世界性視野關注研究中國文學與中國問題，也因此，獲得了具有前瞻性的思想與見識。也可以說，王統照是五四以來難得地具有世界意識的作家。

第四節　參與文學研究會：作用與貢獻

1921 年，也就是民國 10 年，對於王統照來說，是一個十分重要的年份，此時，儘管他只是中國大學英文系的大三學生，可在這一年，他作為發起人之一參加了文學研究會，成為新文學的重要成員。

也在這一年，他遭遇了平生唯一的一次愛情，與玉妹癡戀。如果說愛情最終化作了「春雨」與「春淚」，文學研究會則是他的陽光雨露，他乘著這新文學清晨的曙光，開啟了他一生輝煌的文學生涯。

文學研究會是「五四」新文學運動中成立最早、影響和貢獻最大的文學社團之一，於 1921 年 1 月 4 日在北京中山公園來今雨軒成立，由周作人、鄭振鐸、沈雁冰、郭紹虞、朱希祖、瞿世瑛、蔣百里、孫伏園、耿濟之、王統照、葉紹鈞、許地山等十二人發起，會員先後有 170 多人。其宗旨是「研究介紹世界文學，整理中國舊文學，創造新文學」。如果以在文學研究會機關刊物《小說月報》上發表文字的篇幅多少為依據，文學研究會前八位作家分別是：鄭振鐸、盧隱、朱自清、王統照、沈雁冰、葉聖陶、許地山、冰心。當時的王統照還是在中國大學讀書的大學生。

這說明王統照不僅是文學研究會的重要發起人，也是其中的重要作家。然而比之赫赫有名的研究會同仁，王統照既不是其中最光彩奪目的，也不是最稜角分明的，卻是踏踏實實做事的中流砥柱式的人物，在那動盪不安的年代，支撐著這座文學的堡壘，在時勢艱難的環境裏艱難而又堅韌地向前邁進，保持了文學研究會的正常運轉與持續發展，團結培養了大批作家與文學新人，壯大了文學創作隊伍，為新文學的繁榮發展做出了傑出的貢獻。

關於文學研究會的緣起，茅盾在回憶錄《我走過的道路》中曾回憶：「我給王統照寫信告以《小說月報》即將完全革新，由我主編，並請他寫稿並約熟人寫稿。我當時不知道王劍三就是王統照。我發了快信，不多幾天，卻得到了鄭振鐸（當時，我不但不認識他，並且不知道有這樣一位搞文學而活動能力很大的人）的來信，大意說他和王劍三是好朋友，我的信他和朋友們都看了，大家願意供給稿子，並說他們正想組織一個團體，名為『文學研究會』，發起人為周作人等，邀我參加云云，這封信給我極大鼓舞云云。」可見，正是王統照收到茅盾的上海來信，即交給鄭振鐸等朋友傳看，他們一致認為能夠從舊文人手中得到這樣一個老牌的雜誌作為發表新文藝作品的陣地，意義十分重大，也正好彌補了他們想自己創辦刊物而力量不足的缺憾。於是朋友們

推舉熱心於組織聯絡工作的鄭振鐸給沈雁冰覆信，王統照等人則熱心於創作與翻譯，為改刊後的《小說月報》提供作品。沈雁冰主持《小說月報》，可作為文學研究會代會刊的消息，給鄭振鐸與王統照等文學同仁鼓舞很大，也促進文學研究會的加速進行。可見，正是王統照從中牽線搭橋的周旋努力促成了 1921 年文學研究會在北京的正式成立。

王統照自始至終都是文學研究會籌備、組織中的骨幹，也以創作上的業績顯示文學研究會的實力。王統照在創作初期就各種文體廣有涉獵，小說之外，他還寫作散文、詩歌、劇本等，書法亦獨樹一幟，均取得了不俗的成績。他以全方位推動新文學的多元發展為己任，但開風氣不為師，一直辛勤耕耘培育各種門類的文學藝術的全面發展，也總是寬容、鼓勵年輕作者的創新發展。

茅盾曾特別在《中國新文學大系・小說一集序》中對他做了比較詳細的介紹：

> 在「發展」的過程上跟葉紹鈞很相近的，是王統照。他的初期的作品比葉紹鈞更加強調著「美」和「愛」。但是他所說的「愛」和「美」又是一件東西的兩面。他的「美」和「愛」的觀念也跟葉紹鈞的稍稍不同。他以為高超的純潔的「愛」（包括性愛在內）便是「美」；而且由於此兩者的「交相融而交相成」，然後「普遍於地球」的「煩悶混擾」的人類能夠「樂其全」而「得正當之歸宿。」

1922 年 7 月，王統照從中國大學畢業，並得以留校任教。1923 年 5 月，文學研究會在北京的會員召開會議，王統照當選為本期書記幹事，負責北京分會的會務工作。他後來回憶說：「那時，文學研究會北京分會每月總開一次常會，至少總有十多個會友聚談，其實並無多少會務，只是藉此『以文會友』而已。有兩年我曾被舉負分會書記之責，每次開會由我召集，每次自己準去」（《悼佩弦先生》），他正是在這時與朱自清結為密友，並且對他的沉穩平和的個性有了更深一步的瞭解。這年 6 月 1 日，由文學研究會北京會員創辦的機關刊物《文學旬刊》問世，王統照擔任主編。也是在這一年，王統照介紹在中法大學讀書的陳毅，加入了文學研究會。

劉增人在《王統照傳》93 頁指出：「自從鄭振鐸離京赴滬後，文學研究會在北京的大旗，便交給了王統照。1923 年更是關鍵的一年，無論從組織形式還是創作實績，他都成為文學研究會在北京的實際負責人，成為文學研究會

在北方的一面旗幟。」

茅盾後來曾說：文學研究會實質上是一個鬆散的文學團體，把大家維繫在一起的，是宣言中那一句「將文學當作高興時的遊戲或失意時的消遣的時候，現在已經過去了。我們相信文學是一種工作，而且又是於人生很切要的一種工作」。這種「為人生」的藝術態度，王統照最為切實堅守了一生，其後在動盪起伏的年代，文研會同仁也是不斷變化、分化，而王統照是堅定地堅守了知識分子立場的人，在動盪的年代，從未加入任何黨派。這也或許是他在黨派鬥爭一直激烈的二十世紀始終不受重視的原因。

王統照溫柔敦厚的性格，無政治偏見的寬廣胸懷，不但保障了文學研究會的持續繁榮發展，也與諸位同仁結下了極為深厚的情誼，在那憂患重重、動盪不安的年代，以海納百川的寬廣胸懷吸引、支持各路作家到文學研究會中來，保障了文學研究會長久不衰的發展勢頭，不斷為文研會培養新的作家，發掘新的作品，為文研會的發展注入生生不息的生機活力。以他的熱情溫暖了作家與文學。這從他去世後，朋友們的悼文中可以見其一端。

王統照謝世後，老作家葉聖陶在《悼劍三》一文中寫到：

……四十年的交情，雖然敘首的時候不多，可是彼此相知以心。好幾年不見一回面，不通一回信，都無所謂。只是相互相信，你有所為，有所不為，我也有所為，有所不為，這就盡夠了。待見面或者通信的時候，談這麼兩三個鐘頭，寫這麼兩三張信，又證實了彼此的相信，於是歡喜超乎尋常，各自以為嘗到了友情的最好的味道。是這樣的一位朋友，現在他去了，永遠不回來了，再也不能跟他通消息了，哪得不異常悵惘？

用抽象的詞語說，劍三樸實，誠摯，嚮往光明，嚴明愛憎，解放以後熱愛新社會，盡力他所擔任的工作，個己方面無所求，所求的只在群眾的福利和社會的繁榮。我不說他改造已經到了家，達到了脫胎換骨的境界，只說他從舊教養中得來的積極因素保持得相當多，為己為私的習染非常少……

劍三寫成長篇小說《山雨》，我讀他的原稿，又為他料理出版方面的工作。近年來他對我說，他還想從事創作，想就近幾十年的歷史事件取題材。我當然慫恿他……他說只望身體好些，就抽空動筆。現在他永遠不會動筆了，我異常悵惘！……

葉聖陶還特別賦詩紀念：

《悼王劍三（統照）先生二十四韻》

　　　　嗚呼我劍三，交將四十年！

　　　　昔遊宛在目，念之意悵然。

　　　　小閣滬瀆夜，煙波太湖船。

　　　　立身互勖勉，論文語聯翩。

　　　　久睽長相憶，偶或惠一箋。

　　　　殷勤致祝願，母健與子賢。

　　　　解放欣良覿，積愫獲暢宣。

　　　　歲必一聚首，此樂尤逾前。

　　　　而君呈衰相，骨出膚弗鮮。

　　　　吁吁時喘氣，舊嗜擯捲煙。

　　　　所幸衰者貌，意壯神故全。

　　　　為言新社會，人人有仔肩。

　　　　貢力唯恐後，群利最當先。

　　　　復言筆未疲，尚擬草數編。

　　　　取資於近史，如汲不涸泉。

　　　　今夏赴大會，臥病城東偏。

　　　　倚枕力疾寫，哀懷以筆傳。

　　　　嚴辭斥右派，從知所守堅。

　　　　回鄉仍未愈，熱情馳遙天。

　　　　十月革命節，吟詩頌蘇聯，

　　　　是豈弄翰墨，欲罷未能焉。

　　　　詎料遽絕筆，交接更無緣！

　　　　我既傷逝者，猶將善自鞭。

　　　　庶幾有生日，心力不唐捐。

　　　　　（原載 1958 年第 1 期《人民文學》）〔註 5〕

相處一生的知音好友鄭振鐸先生在《悼王統照先生》長文中，如此寫到：

　　我剛從國外回來，就聽到了王統照先生的噩耗。這個不幸而令

〔註 5〕見《王統照先生懷思錄》，山東省政協文史資料委員會、諸城市政協文史資料
　　　　委員會合編，中國文史出版社，1991 年 6 月版，3～7 頁。

人悲傷的消息使我沉默了好幾天，我寫不出一個字來哀悼他。無言的悲戚不是平常的人對於最沉重的哀悼之感的一般的表現麼？等到心境比較安靜下來的時候，一樁樁、一件件的回憶就都湧現在心頭了。一個平常的小事，足以令你突然的感泣起來。一件當時看來很平凡的無足輕重的談話。這時都會叫你追想起來，心腸絞痛。四十年來的交情是不平常的。常常有三五年或七八年不相見了，卻彼此相信得過，彼此知道是在工作著，在努力著，在不辜負彼此的期待而向著正確的光明的道路上走著……

王統照先生的字寫得很勁秀，一手褚河南，深得其神髓，在今日的書家裏，他算得上是出類拔萃的一位。但他從來不自己吹噓，所以，知道他會寫字的人很少……

表面看起來，王統照是隨和得很的人。甚至有些「婆婆媽媽」般的。他和誰都沒有爭吵過。但他是「有所不為」的！他是內方外圓的，其實固執的很。對於不正義的事，他從來不肯應付，或敷衍一下。他嫉惡如仇。他從來沒有向任何罪惡的力量低過頭……

他是認真的。凡是從事於任何一件工作，他都是認真負責到底的。就是在他很憂鬱時候，他也從來不放棄他自己的任務。只要他答應你做那一件事，他就會用全副精神全副力量來辦好它的。像上面所講的在上海編輯《文學》的事就是如此。他在山東大學教書的時候，他的這種認真負責的態度和精神，得到了學生們的愛戴。他對學生們是那樣的喜愛，又是那樣地引導著，恨不得把全身的本領，或他知道的一切，全都教給他們。當然最重要的還在於：教導他們如何明辨是非，分清敵我，走上革命的道路……〔註6〕

（1957年12月15日寫，刊登於《人民文學》1958年1月號）
在青島的知交老舍先生在《祭王統照先生》一文中，也如此說：

王統照先生的逝世是文藝界的很大損失。他為人誠篤，治學嚴謹……這樣的人是死不得的！我們需要他。

他與我同歲，自從初識到如今，三十年如一日，始終是最親密

〔註6〕見《王統照先生懷思錄》，山東省政協文史資料委員會、諸城市政協文史資料委員會合編，中國文史出版社，1991年6月版，10～14頁。

的好友。他的死使我極其傷心。但是，一想到文藝界怎麼需要他，我就更傷心了！

解放後，他每逢到北京，必來看我。他的身體一次比一次弱，有時候連說話都感到困難。可是，他不肯休息，該到北京來就到北京來。他把工作擺在第一，個人的病痛放在其次……〔註7〕

文壇好友柯靈先生的詩作《懷劍三先生》對他如此評價：

松風謖謖山雨欲臨

冰雪其品金石其文

雍雍穆穆典型長存

驀然回首已百年身

山大同事、著名學者蕭滌非先生特別為他題寫：

文章有神交有道

似君須向古人求

統照先生古道熱腸人也！

謹題杜句以志永懷！

王統照被老朋友們深深地懷念，他也曾深情地回憶懷念那些先他而去的朋友：

1950 年，送瞿秋白赴蘇聯的那一幕過去 30 年之後，王統照仍對一切記憶猶新。在瞿秋白遇難的 6 月 18 日，他寫下長篇紀念文章《恰恰是三十個年頭了》，深情回憶了他們當年一幫摯友鄭振鐸、許地山、郭紹虞等在耿濟之寓所為即將赴俄採訪的瞿秋白送行的情景。不僅如此，當瞿秋白的《新俄國遊記》出版後，他還親寫評論發表在《晨光》雜誌上。

著名詩人徐志摩遇難後，他也寫下長文《悼志摩》，在深情回憶相處相知的往事後，寫到：

志摩的詩歌、散文，以及各種的著作，不止在他死後方有定評，現在有些人已經談過了。至於他的為人，性情，思想，尤其是許多朋友所深念不忘的，並非所謂『蓋棺論定』，以我與他相處的經過，我敢說那些『孩子似的天真，他對人的同情，和藹，無機心，寬容一切』的話，絕不是過多的讚美。本來一個理想很高，才思飄逸的

〔註7〕見《王統照先生懷思錄》，山東省政協文史資料委員會、諸城市政協文史資料委員會合編，中國文史出版社，1991 年 6 月版，8～9 頁。

詩人，即使他的性情有些古怪偏僻也並不因此失卻他的詩人化的人格，但志摩卻能兼斯二者。他追求美，追求愛，追求美麗，痛惡一切的虛偽，傾軋，偏狹，平凡，然而他對於朋友，對於青年，對各樣的人，都有一份真摯的同情。凡是與他相熟的，誰也要說他是「一位最可交的朋友」，若不是具有十分純潔的天真與誠篤溫柔的心哪能這樣。

愈因為他是聰明的詩人，能以使人願意接近，死後使人不止從他的詩情上痛悼，這正是志摩的特異之處。我自知道他死去的確信後我總覺得為中國文壇上悼念的關係居其半，而為真正的友情上也居其半……〔註8〕

可見，無論各種派別的作家，他都能傾心交往，友誼彌深。這也正是鄭振鐸先生所說的「內方外圓」的稟性，在思想活躍的年代，他不但能團結各路作家，也能於危難中力挽狂瀾。王統照即是當初茅盾主編的《小說月報》與文學研究會相結合的聯結人，也是在傅東華主編的《文學》遭遇危機時解救人。

唐弢在《劍三先生》一文中，對這一段有追憶：

我和劍三先生相識並不太早，但從他編《文學》的時候起，已經開始通信了。1933年7月，生活書店出版《文學》第二卷起標明編輯傅東華、鄭振鐸，那時西諦（鄭振鐸筆名）尚在北方，掌握大方向的是茅盾。刊物嚴謹莊重，沒有《現代》活潑，卻完全是《小說月報》的繼承與發展。以後發生傅東華用「伍實」筆名嘲諷魯迅事件，拒見陳子展約談退稿事件，刪改周文小說《山坡上》的「盤腸大戰」事件……《文學》的聲譽一落千丈。西諦已另編《世界文庫》，傅東華去職，由王統照接任。我開始為《文學》寫稿……〔註9〕

在《文學》雜誌遭遇危機之時，茅盾、鄭振鐸都認為王統照是解決危機、接受並承擔主編重任的最合適人選。王統照果然不負眾望，在主編《文學》期間，團結了大批作家，他以寬容的心態與善良的稟性吸引聚集各路作家，他與風流浪漫的徐志摩交情頗深，與激進的聞一多相處融洽，與海外歸來的

〔註8〕見劉增人著《王統照傳》，東方出版社，2010年1月版。

〔註9〕見《王統照先生懷思錄》，山東省政協文史資料委員會、諸城市政協文史資料委員會合編，中國文史出版社，1991年6月版。

老舍情投意合，更以坦蕩的胸懷扶持、鼓勵許多年輕作家，培養關懷多位初登文壇的年輕人：臧克家、劉白羽、端木蕻良、唐弢、吳伯簫、李健吾、王西彥、於黑丁等，他們也都曾深情撰文回憶他們初登文壇從王統照那裡得到的關心與支持，日後，他們都成為文壇上崛起的新人，成為新文學的持續發展的重要力量，也可見王統照的識人與育人，利用《文學》雜誌不遺餘力地挖掘培養新人，也是王統照對新文學的重要貢獻。

著名作家端木蕻良在《統照先生和我》中如此回憶：

王統照先生從英國回到上海，接替傅東華編輯當時水平最高的文學雜誌之一《文學》月刊。我的第一篇短篇小說《鶯鶯湖的憂鬱》就寄給了《文學》月刊。不但刊登了，而且王統照先生還在後記裏作了介紹：「其他三篇的作者，在本刊上還是頭一次發表作品，請讀者自加評論，編者不再饒舌了。然而就描寫的特別手法，與新鮮風格上論，《鶯鶯湖的憂鬱》一篇很值得我們多看幾遍的。」接著，《文學》七卷五期又發了我的短篇《遙遠的風沙》；八卷二期又發了我的短篇《渾河的激流》；從九卷一期開始連載了我的長篇小說《大地的海》……

1936年秋，我住在離普希金銅像不遠的一座花園小樓房裏。有一天，一位戴眼鏡，穿深色西服，中等身材的人來找我，當他自我介紹是王統照時，我意外高興地接待了他。他一邊走進來，一邊查看我這清冷雜亂的小窩，我禁不住有些局促，因為我這裡幾乎沒有來過客人。統照先生非常和藹可親，笑眯眯地和我談話，很快我就感到自如了。他詢問我目前在寫什麼？手頭還有什麼作品？喜不喜歡寫話劇？因為我不喜歡情節戲，自然而然的我談到了契可夫，談到了契可夫，談到了契可夫的作品《櫻桃園》《三姐妹》《海鷗》等，統照先生很贊同我的看法，鼓勵我，要我寫話劇，他可以為之發表。臨走時，還一再叮囑我，寫了作品，寄給他。

魯迅先生逝世後，我和統照先生同在送葬的行列中，他打著黑領帶，默默地走著，不時取下眼鏡，用手帕擦拭被淚水模糊了的鏡片。

統照先生編《文學》，看稿、選稿、改稿、校對，都是親自過目，一絲不苟。他和鄭振鐸、茅盾先生交往密切。「七‧七」事變前，茅

盾先生召集文學同仁，組織了一個「日會」，每逢星期日，在茶館聚會一次，輪流作東，商討有關文學方面的問題。王統照先生每次見到我，都和我坐到一起交談。他有一股山東人特有的豪爽氣概，他對我，幾乎無話不談。

……不久，便得到他去世的噩耗！由於在「運動」中，我是被審查的對象，任何悲哀都無法表示，只是默默地在心底痛悼。直到1982年，四平師範學院的姚素英同志告我，當年是王統照先生逝世二十五週年紀念，我才寫了一首詞，《調寄青玉案・題王統照先生詩集》：

琴臺芳草橫塘路，海上燕，迎風舞，熱血鋼花追勁旅。眉稠李賀，腰寒賈島，我有何足取。

遽隕荃星天色暮，灑淚相逢同懷土，劬于翩飛知幾許！此情如畫，此情誰譜，此意何能補。

現在得知統照先生的家鄉決定出版紀念統照先生的專集，我雖在病中，為了紀念劍三先生，雖不能表達我的思念，我還是要寫的。

1990年2月於北京西壩河〔註10〕

臧克家在悼念王統照的文章《劍三今何在》一文中也提到：

我在山大讀書期間，不時到他的觀海二路寓所去……劍三很看重友誼，真誠待人，給我以溫暖，如陳年老酒，越久越覺得醇厚。對我這個後進，鼓勵、扶掖，不遺餘力。我的第一本詩集，他是鑒定者，資助者，又作了它的出版人。沒有劍三就不大可能有這本小書問世，這麼說也不為過。……劍三愛才，但他不徇情。做了主編以後，我有的詩，他認為不宜發表，就在來信中說明不發表的理由，使你不但不感到失望反而覺得從中得到教益，衷心感謝。吳伯簫同志，1938年去延安之前，把他的一部散文《羽書集》的稿子交給了劍三。地角天涯，南北兩極，重新會面，何日何年！後來伯簫告訴我說：「我在延安，有一天，一位同志對我說：『我看到你新出版了一本書。』我聽了大為驚異，出版了一本什麼書？！急忙借來一看，

〔註10〕見《王統照先生懷思錄》，山東省政協文史資料委員會、諸城市政協文史資料委員會合編，中國文史出版社，1991年6月版，78～81頁。

原來是《羽書集》。我感動得不得了！」分手之後，劍三得處境是那麼困難，但對朋友的囑託卻如此負責。〔註11〕

吳伯簫在《劍三，永遠活著》一文中，也有感人的追憶：

……記得 25 年前，像一個學生就教老師，我開始認識你，你那樣厚道、謙虛，平易近人，使人一見如故。在青島觀海二路你的書齋裏，我們不知道一同送走過多少度無限好的夕陽，迎接過多少回山上山下的萬家燈火。

……在寫作上，你對我的鼓勵和幫助是令人難忘的。記得抗日戰爭開始，我要遠走，把剪貼的舊稿《羽書集》交給你，看能不能找個印行的地方。分手以後，大家在戰火裏奔波，我幾乎把那件事忘記了。三年以後，在延安，我無意中看到一個署名「韋佩」的給那本小冊子寫的序言，一看語氣就知道是你寫的。開頭說：「伯簫此集存在我的亂紙堆裏已兩年半了……幸而這個稿本隨我留此，否則也要與我的存書同一命運——即免劫火，定遭散失。現在它能與閱者相見的機會殊不容易。」為這點小事，你也這樣盡心，當時看了，增加了無限的懷念。可是天涯海角，那時候我連寫信給你都不知道往那裡寄啊。只是想，若是你也在自由民主的革命根據地該多好。等看到序言的結尾：「……寫幾句話，向未來先付下書約：——不為個人與個人間的私誼，而是每一位在苦難裏打過滾的中國人的共同希望。無論如何，我們應該還有更明朗，更欣慰，更可以把杯痛飲，從容寫文的『未來』在！」我想這裡邊有你對抗戰勝利的信心，有你對朋友懇切的期待……〔註12〕

劉白羽《巍巍江上一峰青——紀念王統照先生》：

王統照先生是我的恩師，我的第一篇小說是經他發現而發表出來的。那是三十年代的事，他在上海主編《文學》，為革命文學擺開戰場。1936 年我寫出小說《冰天》，貼半分郵票投寄《文學》，承他從眾多來稿中發現，於 3 月號《文學》上發表，接著又在 9 月號上

〔註11〕見《臧克家回憶錄》，中國工人出版社，2004 年第 1 版，2008 年 4 月 2 版，102 頁。

〔註12〕見《王統照先生懷思錄》，山東省政協文史資料委員會、諸城市政協文史資料委員會合編，中國文史出版社，1991 年 6 月版。

發表我的小說《草原上》，從此引我走上文壇……統照先生竟那樣虛懷若谷，坦誠交談，他那暖人的微笑，純樸的言語，從此深刻在我的心靈之中，於是我同統照先生結下忘年之交。新中國成立後，他每到北京，我必去看他。他為人胸襟坦白，品德高尚，特別是他那謙謙長者之風，實堪為人師表。在新文學運動中，他貢獻卓著，對青年作者，一向青睞，多所扶持……我寫詩一首以示銘志。

> 無邊風雨壓申城，
> 樞紐文壇巨臂擎。
> 未必才華堪賞識，
> 只憐瘦馬躍堅冰。
> 此代艱危多苦戰，
> 幾度滄桑喜轉峰。
> 熱血栽培天下士，
> 巍巍江上一峰青。

1989 年 12 月北京〔註13〕

李健吾在《懷王統照》一文中，曾寫到：

他（王統照）那時候似乎在中國大學讀書，寫長篇小說，也翻譯東西，後來胡適還因為他翻譯錯了寫文章罵他，話很刻薄，我相信胡適如今一定很後悔，因為他有時候感情旺盛，專愛罵不屬他那一體系的年輕人，並不公平。譬如說，他捧伍光建的翻譯，捧上了九十九天，可是天曉得伍光建後來造了多少冤孽。商務印書館是賣名字的書店，還一直當食糧送給中學生做英文課外書讀，真是害死人了。

儘管胡適罵王統照，我們幾個窮中學生愛他，他自己是大學生，沒有架子，人老實，卻又極其誠懇，他寫得最壞的東西也永遠不違背他的良心，他永遠表裏如一。他沒有浮光，可是向山東人要浮光，應當埋怨自己不懂土地性。找一個現代人和他相似的，或者文字，或者為人，我想到的也就是葉聖陶，奇怪的是江南人，我前面說的那個土地性失去了依據。在文學裏追尋科學，真是一件困人的事。

〔註13〕見《王統照先生懷思錄》，山東省政協文史資料委員會、諸城市政協文史資料委員會合編，中國文史出版社，1991 年 6 月版，15～16 頁。

對了，朱自清也相似……全是沒有言語可以形容的天下第一大好人……

　　一轉眼十年過去了，唉，過去了十年。我們久已失去音信，忽然又在上海重逢。他還記得那年在會館裏吃媽做的饅頭……原諒我，眼淚又下來了……〔註14〕

王西彥在《回憶統照先生》一文中也有深情回憶：

　　大概是 1935～1936 年間，我和統照先生開始通信。當時，我是個二十來歲的青年，正學習寫作，從北京的小公寓裏，寄文章到上海，向各個文藝性雜誌投稿。那對我是一段充滿艱辛的歷程。每一次我把一篇眷寫好的稿子封進信套，交付給郵局，就是自己精神上的一次冒險。那些稿子，要不是突然地給發表出來了，就是突然地給退回來了，但也許就會永遠不見發表出來，也不見退回來，成為永沉大海的石頭。總之，命運是很難測的。因此，在學習上，我也只能自己摸索。尤其是，各個雜誌的編輯部，給了我一種神秘的感覺，好像完全是高不可攀的，難以接近的。統照先生是上海一個大型雜誌──《文學》的主編，卻一下子就打破了我原先那種冒險家的觀念。我記得清清楚楚，我把一篇新寫好的描寫農村生活的小說稿投寄給《文學》的編輯部，並沒有另外寫信給主編人，自然照例懷抱著一種冒險似的心情，等待著稿子的被發表或是被退回。完全出乎我的意料，在稿子被發表和被退回以前，竟接到了統照先生一封熱情橫溢的長信，一方面對我的習作提出了坦率的意見，另一方面卻給了我很大的鼓勵。使我感到驚訝的是，還是寫信人的那種態度──那完全不是冰冷的教訓，也不是淡漠的例行「公事」，而是一個朋友的熱情親切的談心。不用說，從那一次起，我們就慢慢地建立起一種不僅是投稿者和主編人的關係，更是一個青年習作者和文學先輩的朋友的關係。……

　　在過去那個社會裏，人與人之間的關係是很複雜的，即使在文藝界，也不能完全避免種種欺騙和傾軋的現象，需要戒備和小心。統照先生為什麼對一個素不相識青年，顯露自己如此坦率的胸懷，

〔註14〕見《王統照先生懷思錄》，山東省政協文史資料委員會、諸城市政協文史資料委員會合編，中國文史出版社，1991 年 6 月版，49～50 頁。

給予如此深切的信任呢？這當然只能說明他是一個善良仁厚的人，對待青年，就持著自己一顆善良仁厚的心……統照先生熱愛朋友和青年，他死後也將永遠活在朋友和青年的心裏。統照先生是「五‧四」以來有很高成就的詩人和小說家，通過他的作品，他輸給廣大讀者以愛和理想，現在和後世的讀者也將永遠感激他，紀念他！

1957 年 12 月 31 日上海

（原載 1958 年《前哨》1 月號）〔註 15〕

原復旦大學中文系主任、許杰教授在《懷念我心中的王統照先生》中寫道：

我之所以走上現代文學的道路，則是由於讀了研究會成員如沈雁冰、鄭振鐸、葉紹鈞、許地山等人的作品，受到他們對於文學的看法與主張的影響的緣故。這其中主要的是王統照先生。我是先從閱讀他的作品中，認識並且崇拜他的……

王統照先生不但是「五‧四」以後中國新文學運動的前驅，他在文學上的成就也是多方面的，小說、散文、詩詞、戲劇、文學理論無所不通。幾十年來，他寫了許多優秀的作品，在人民中間傳播，他是一個切切實實把自己才華智慧無條件地奉獻給人民大眾的作家。由於他逝世過早，這些年來，他的事蹟漸漸不為人所知，他的成就和貢獻也漸漸被人們遺忘了。作為一個老一代的文學工作者，我覺得這是不公正的。吃水不忘挖井人，一切新老文學工作者，都應該牢牢地記住並且永遠紀念這位為中國現代文學做出開拓性貢獻的老作家王統照先生。

1990 年 2 月於上海〔註 16〕

可見，這些日後成為中國文壇重要力量的作家們早年無不受益於王統照的精心栽培。不僅如此，王統照培育人才不拘一格，1924 年，他還介紹後成為開國元帥的陳毅參加了文學研究會。當時，陳毅在北京中法大學讀書，就學期間，他酷愛文學，翻譯了許多法國文學作品，寫了許多詩歌和小說，並試圖用馬列主義的觀點來影響中國文學，因此寫了許多文學理論文章，如：

〔註 15〕見《王統照先生懷思錄》，山東省政協文史資料委員會、諸城市政協文史資料委員會合編，中國文史出版社，1991 年 6 月版，94～102 頁。

〔註 16〕見《王統照先生懷思錄》，山東省政協文史資料委員會、諸城市政協文史資料委員會合編，中國文史出版社，1991 年 6 月版，82～85 頁。

《論勞動文藝》《對羅曼・羅蘭及其英雄主義的批評》《對法朗士的批評》等
等。這些作品，大部分投給當時在北京中國大學教授兼出版部主任王統照先
生主編的北京《晨報》副刊《文學旬刊》。由於陳毅的文學主張接近文學研究
會的「為人生」，由此引起王統照先生的注意。就在這一年，王統照先生便介
紹陳毅加入了文學研究會。王統照先生曾寫一首詩《贈陳毅同志》，證明了這
件事情：「誰知勝算指揮者，曾是當年文會人」。可見他倆當時時常來往，交
情頗深，1957年，王統照先生因病仙逝，陳毅同志聞知後「不勝悼惜」寫下
了一篇詩作：

　　　　劍三今何在？

　　　　前聞王統照先生逝世，不勝悼惜。頃讀《詩刊》二月號載有劍
　　　三贈我詩，生前並未寄我，讀後更增悼念。為賦《劍三今何在》以
　　　報之。

　　　　劍三今何在？
　　　　墓木將拱草深蓋。
　　　　四十年來風雲急，
　　　　書生本色能自愛。

　　　　劍三今何在？
　　　　憶昔北京共文會。
　　　　君說文藝為人生，
　　　　我說革命無例外。

　　　　劍三今何在？
　　　　愛國篇章寄深慨。
　　　　「一葉」「童心」我喜讀，
　　　　評君雕琢君不怪。

　　　　劍三今何在？
　　　　濟南重逢喜望外。
　　　　龍洞共讀元豐碑，
　　　　越南大捷祝酒再。

　　　　劍三今何在？
　　　　文學史上占席位。

只以點滴獻人民，

莫言全能永不壞。〔註17〕

臺灣作家姜貴也曾提到他初登文壇時王統照對他的提攜與幫助：

動筆寫的第二部是中篇小說《白棺》，可惜沒有出版；《白棺》
由王統照拿去在《青島民報》連載……〔註18〕

當年這些初出茅廬的文壇新人，正是在王統照的發掘與培育下，日後成
為新文學重要作家，為新文學的持續發展注入生機活力。

可以說，文學研究會從成立起，他就全力投身其中，在文壇內外、在承
前啟後的新文學發展史上，王統照先生以他「內方外圓」的性格為中國新文
學文學的穩固與發展奠定了堅實的基礎，不僅自己著述甚豐、而且在主編刊
物培養新人等方面亦獨樹一幟，對中國新文學的發生與發展做出了傑出的貢
獻，他的文品與人品交互輝映，如中流磐石，在歷史的風雲激蕩中，使新文
學得以平穩健康、多姿多態地繁榮發展。

王統照（中）與其子王立誠（右）、其侄王笑房（左）妻弟（後立者）合影
（照片由其子王立誠提供）

〔註17〕《王統照秦生懷思錄》，山東省政協文史資料委員會、諸城市政協文史資料委
員會合編，中國文史出版社，1991 年 6 月版，1～2 頁。

〔註18〕見《姜貴中短篇小說集》，應鳳凰編附錄二《姜貴的一生》，臺灣九歌出版社
有限公司，2003 年版，239 頁。

第二章　愛情與婚姻

第一節　「春雨」打濕的愛情

王統照在 1921 年 2 月 12 日至 6 月 18 日寫了 3 大本日記，計 7 萬餘字，稱為《民國十年日記》。王統照之子王立誠認為：

> 這部日記實際上是一部結構鬆懈的『私小說』或者說是『赤裸裸的心靈自白』，也是『五四』新文學運動以來發掘出的極少數活生生的歷史見證之一，其中間斷地記載著他和沈雁冰、鄭振鐸之間的通信往來，他對於葉聖陶、冰心諸先生的評論和當時北京文學研究會同人的一些活動。也記載著他是如何如饑似渴地鑽研泰戈爾的《迦檀偈利》詩集和愛爾蘭詩人夏芝的《微光集》的。〔註1〕

不僅如此，日記中還記錄了王統照青年時代與同鄉隋煥東女士的一段刻骨銘心的戀情。王統照生前一直把這幾本日記和一幅沾滿淚跡的繡花手帕一起保存在他隨身使用的一個小皮箱裏。他去世以後，家人整理遺稿時發現了這部日記和其他遺物，經再三考慮，決定將這部日記公之於世，遂於 1997 年公開出版，日記中所記錄的王統照與隋煥東的生死戀情，也終於在王統照誕辰 100 週年之際公之於世。這時距王統照去世已整整 40 年了。

王統照日記中魂牽夢繞的「玉妹」是他的同鄉隋煥東，「玉妹」是王統照對隋煥東的昵稱。日記中，王統照把他與隋煥東相戀相識、深情眷眷，以及

〔註1〕見王立誠：《瓣香心語──王統照紀傳》，山西人民出版社，1999 年版，23 頁。

兩人在北京相處的點點細節與哀怨情傷都詳細記錄下來，從中可以看到那個時代為了愛情而苦苦掙扎的兩顆年輕心靈，那種難以言說的愛情傷痛，實在是一曲感人至深的「五四」式的愛情悲歌，讀來令人感懷動情。然而，兩人當時只是秘密交往，所以日記中對隋煥東的身世沒有說明，我們能從日記中看到王統照對隋煥東的癡情愛戀，卻難以確切知道這位「玉妹」的詳細情況。五四以後，王統照雖蜚聲文壇，人們對隋煥東卻一無所知。為了澄清王統照與隋煥東的這一段生死戀情，筆者根據目前所能掌握的史料，試將這位「玉妹」與王統照的生死戀情詳細還原。

隋煥東是諸城人，與王統照同鄉，是一位接受過辛亥革命和五四啟蒙的知識新女性。關於她的家庭背景和身世，她的胞妹隋靈璧寫給諸城文史資料委員會的《一代新女性隋煥東》一文有詳細介紹，現全文轉錄如下：

> 隋煥東，名廷玫，以字行。山東省諸城市昌城鎮隋家官莊人。生於 1898 年（清光緒二十四年）。父親隋理堂是諸城最早的同盟會員之一，在諸城、安丘、高密一帶進行推翻滿清、建立民國的革命活動，組織家族中的青年參加革命。煥東受父親的影響，15 歲就參加了同盟會。1911 年在濟南女子師範學校讀書。1913 年父親因進行反袁（袁世凱）活動被捕，關押在濟南監獄。煥東假期從家中回校後，借女師學監與內政司長冀積柄的兄妹關係，營救父親得以釋放。當時有救父緹縈之稱。

> 1916 年煥東從女子師範畢業，回諸城在縣立兩級女校教書。「五·四」運動爆發，旅京、旅濟的學生回縣宣傳，縣高等小學和兩級女學都組織了反日會，並在西關商業繁榮地區召開了反日大會。隋煥東和高等小學的徐寶梯（即陶鈍）都是領導人。在這個反日大會上，高小學生王伯年破指血書「寧死不當亡國奴」七個大字，群眾情緒激昂，全場痛哭流涕。暑假期間，昌城鄉和相州鎮都在本鄉召開了反日大會，昌城鄉大會在劉家河岔村召開，隋理堂先生和徐寶梯主持大會，煥東在大會上做了慷慨激昂的講演，他的講話動人心弦，催人淚下。爾時昌城鄉還沒有天足的婦女出頭露面，煥東得風氣之先，對農村婦女群眾影響深遠。

> 1920 年，煥東考入北京國立女子師範大學，她愛好文藝，與新文藝作家王統照、新詩人臧亦遽等人常相往來，自己也經常寫作詩

文在報刊上發表。畢業後去綏遠省教書。

　　1924 年馮玉祥在山海關起義，曹錕賄選政府倒臺，吳佩孚的武力統一失敗，段祺瑞組織臨時執政府。在南方，中國國民黨召開了第一次代表大會，孫中山先生改組了國民黨，確立了「聯俄、聯共、扶助農工」的三大政策，實現了與共產黨合作救中國的遠大目標。此時，煥東參加了國共合作的國民黨，並在孫中山先生北上時，被推為參加國民促進會的山東代表。她和劉清揚同是北京婦女界的活躍分子。

　　當時以李大釗為首的國民黨北京執行部，同反對國共合作的西山會議派進行了堅決的鬥爭，山東、湖南等省的部分國民黨員成立了孫中山主義大同盟，勇敢地站在北京執行部一邊，而煥東就是大同盟的一員，協助北京執行部領導人丁惟汾進行工作。她堅決擁護孫中山的三大政策，反對蔣介石破壞國共合作的惡劣行徑及取消群眾運動的獨裁行為，因而經常被派到北方各省市去進行黨的活動。後來蔣介石以陳果夫代替了丁惟汾的國民黨組織部長，煥東即離開丁惟汾，跟隨孫中山的親密戰友何香凝先生做秘書工作。

　　1927 年，蔣介石發動了「四・一二」事變，屠殺共產黨員，北方軍伐張作霖則搜查蘇聯大使館，逮捕並殺害了李大釗、路友于等20 名同志，煥東聞訊萬分悲憤，由此染病在身，但她仍奮不顧身的繼續為堅持國共合作而努力工作。1930 年煥東因腹膜炎病逝於北京，年僅 32 歲，她與李冠洋結婚僅年餘，無生育，死後葬於北京西山慈幼院墓地。〔註 2〕

　　隋靈璧也是一位革命新女性，曾陪同周恩來等赴重慶談判，與毛澤東等中共主要領導人都有過交往，生前是民革中央委員會婦女部主任，她與隋煥東是至親，又有相同的革命經歷，她的表述無疑為我們提供了第一手可靠的資料。

　　關於隋煥東青年時期的革命經歷，她的諸城同鄉──曾於 1919 年五四運動期間與隋煥東一起在家鄉組織反日大會，後來成為全國曲藝協會主席的陶

─────────────────

〔註 2〕見隋靈璧《一代新女性隋煥東》，諸城市政協文史資料委員會編，諸城文史資料：第十一輯，濰坊市新聞出版局准印證，1990 年，147 頁。

鈍（又名徐寶梯）有一段回憶：

隋家官莊有個隋理堂老先生，他是動員我祖父送我入高小的前輩。他在清朝是個秀才，現在是山東省議會的議員。他又是同盟會的會員，見過孫中山先生，競選過山東省參議會的議長沒有成功。他對我奔走開反日會極口贊成，誇我愛國，答應我一定到會，並且叫出他的大姑娘隋煥東和我認識。隋大姑娘，不只我這樣稱呼她，縣城甚至省城的一些知道她的人都這樣稱呼她。她年紀約二十二三歲，山東省立女子師範畢業，現在縣立兩級女學當教員。細高條身材，四方臉、大眼睛，頭上梳了兩個蘑菇髻，上身穿愛國布（其實也是英國紗織的）短衫，下身是黑綢裙子。那是袖齊手腕，裙掃腳面。在縣城開反日大會的時候，兩級女學是她帶隊。因為在縣城組織反日大會是互相知道的。那時還是男女授受不親的時代，不能隨便談話。她在自己家裏見到我，說話很開朗，我倒顯得很羞澀。叫她什麼呢？不是同學，又不是同事，叫她隋老師又太尊。我叫隋老先生表大爺，順口叫她表姐，她卻按省城男女學生因公接觸的習慣叫我徐先生。

反日大會的會場設在劉家河岔，離我家只有二里、十幾個村子最遠的東老莊也不過五里。這十幾個村子，共有十處小學。劉家河岔的張校長得知會場設在他那個村子裏，十分歡迎，答應布置會場的一切。若是按今天的習慣只要打掃出一個會場地址來，掛上國旗，一切都完了。學生可以自帶小板凳和小馬紮就行了。可是那時上層人士認為和農民一樣矮坐不成體統，所以會場要放下小學的凳子，還不夠又向村民借了一些，會場裏的坐位全是凳子，而且擺得很整齊。會場周圍的樹上和牆上貼滿了標語。隋老先生指定他們小學一位教師──曾跟他在省城活動的人──作司儀。第一項是推舉主席：張校長推舉隋老先生，隋老先生推舉張校長。最後還是張校長，恭敬不如從命當了主席。城裏的紳士只要是出大門就穿大褂馬褂，熱天也不穿短衣出門。我們高小學生在鄉下沒有穿大褂的習慣，弄個大褂進城時就穿上，出城就脫下來，在肘窩裏夾著。在城裏不穿大褂，如果被校長和老師碰上，就要因為「不敬」記一條過。這天反日大會上，鄉下教師一律不穿大褂，只有隋老先生和張校長都穿

大褂，不外加馬褂，就算是常禮服了。隋大姑娘還是在學校裏上課時的打扮，就不能不惹得鄉下人注意。特別是鄉下婦女看到一個大腳板、長裙子，頭上挽著兩個疙瘩的姑娘，覺得很是稀罕。秩序單上第一項是宣布開會，第二項主席致開會詞。這位張校長是到過濟南的，有人說他到過北京。平日他講的是本地話，上了主席臺就講「官話」了，表明自己不是一般的鄉下老，是走了官場，見過世面的。他的話小學生們聽不懂，教師們聽到有點驚訝，想不到他是個鄉宦。在第三項——講演，宣布以後隋大姑娘向兩邊的人略作謙讓之後，緩步上了主席臺了。教師們帶頭，小學生們跟著鼓起掌來。這時不僅會場裏的目光集中向她，周圍的牆頭上樹杈上都上去了人。他們，也有她們從來沒見過大腳板，走起路來一掀一掀的樣子，也沒見過長裙子、蘑菇髻。會場周圍抬著筐、扛著鋤的男人也聚了不少。我看到會場裏有一部分凳子空著，想去招呼他們來坐下聽聽，可是我不到他們面前還好，到了他們面前，他們抽身回頭就走了。再走向幾個也是同樣，像是趕他們走似的，我就停止招呼了。這位大姑娘在濟南女子師範上學的時候就是一位活動分子。今天在小學生、小學教師面前她毫不拘束。她向場子前一鞠躬就講話了。第一句就是「同胞們」。她的講話好像早已背熟了：從日本帝國主義要侵略中國，先從山東下毒手；全國四萬萬同胞，山東 3800 萬同胞要當亡國奴開頭，越說越激動，忍不住聲淚俱下，嗚咽的聽不清講的什麼了。臺下的教員學生被她激情所感動得也紛紛落淚。司儀趁這機會高呼「打倒日本帝國主義！」、「抵制日本貨！」臺下也跟著呼喊。她在講完了話下臺的時候，還用手絹抹眼淚。接著各校的教師有兩位講演，都是有準備的背講詞。隋家官莊小學的學生，十三四歲四年級生也上臺講了背熟的詞。最後一項是喊口號，經過開會學生們也習慣了，口號喊得有點聲勢了。這次反日會開過以後，我們也沒有查日貨，鄉村裏依然風平浪靜。〔註3〕

　　從陶鈍的描述中，不難想像這位隋大姑娘的青春風采。轟轟烈烈的五四運動以後，風華正茂、激情昂揚的隋煥東赴北京求學，在北京求學期間，她與王統照墮入了愛河。

〔註 3〕見陶鈍《一個知識分子的自述》，山東人民出版社，1987 年版，72～73 頁。

其實，王統照與隋煥東很早就認識了。1913 年，王統照 17 歲就讀於山東省立第一中學，寒假時從濟南返故鄉諸城，在火車上，巧遇同在省城讀書的諸城隋家的兩位兄弟，還有他們的妹妹隋煥東。既是同鄉，又是立志有為的年輕人，他們一路相談甚歡。這次相遇，使少年王統照和隋煥東產生了愛慕之情。對此，王統照《民國十年日記》3 月 26 日有明確記載：

> 且回念八年前春假中由濟歸里，與玉妹同車，彼時方皆年少，雖不得深言而神相冥契，至為欣慰。是時，春氣融暖，已更夾衣，道旁花草皆放微馨。是日因車行出軌，易車誤點，比及坊子站已十點鐘矣。冷風細雨，汽輪砰轟，猶記在車中購得蘿蔔數枚聊以潤喉。以半枚餉予，相接之際，感愛交迸，其中心快愉，匪言可宣。是晚即同寓一棧，予攜一僕與多人居一大室，妹與其二兄及一較小之小密斯臧住南室。晚間飯後予往妹室中言，「予室人多臭惡不可當。」妹之少兄言：「汝何不移至此室外間？」（以草附泥作壁而無門）予唯微笑不答，而妹則盤膝坐床上，予移時遂去。〔註4〕

這次相遇以後，王統照與隋煥東情竇初開，但兩人交往並不順利。王統照年輕氣盛，在濟南一中學潮事件中是重要角色，參與「駕」校長活動，並且起草執筆了「駕」校長宣言，惹怒校方，要開除他。學潮事件以後，王統照去北京讀書，隋煥東在濟南。兩年以後，19 歲的王統照奉母命回鄉成婚，娶了山東巨富瑞生祥綢緞莊的獨養女兒孟昭蘭（字自芳，有時用「字芳」二字）為妻。婚後第二年，母親就讓妻子搬到濟南與他同住，不久，兒子王濟誠出生。雖然婚後生活平靜，但王統照對隋煥東難以忘懷，時常悵然若失。1920 年暑假，已在北京讀大學的王統照回濟南探親。在大明湖公園，又遇到了美麗的隋煥東，王統照勸說她到北京求學，報考女師大。不久，隋煥東考入北京國立女子師範大學。進入女師大以後，隋煥東每當節假日、星期天便到王統照的公寓，一起補習英文和中文，兩人由此開始了一段致命的苦戀。

北京求學這段時間，王統照與隋煥東兩情眷眷、情意纏綿。隋煥東曾寫過一首詩：「清寒天氣雨絲絲，嫩柳含煙舞綠枝。料得今朝小院裏，有人悵望恨來遲。」王統照《民國十年日記》2 月 18 日有這樣的記載：

> 晨興，貯滿懷熱望，俟玉妹來。俟至近午，又復香然。予知今

〔註4〕見王立誠《瓣香心語》附錄，山西人民出版社，1999 年版，187 頁。

日又成空想，遂覺身心搖搖，無一絲力氣以自持。〔註5〕

對於王統照與隋煥東的戀情，王統照的夫人孟昭蘭（字芳）不但知情，而且是理解的。王統照《民國十年日記》5月4日對此有說明：

> 予在省寓與字芳之言談有關玉妹者甚多，記不勝計，後得暇補記可也。總之予一夜曾對字芳言：「予之愛玉妹實過於對汝。」伊顏色日見枯黃，非若少婦之風致也，但伊對予與玉妹之關心與諒解，予實心感於無極也。〔註6〕

不幸的是，王統照與隋煥東在北京陷入熱戀的這段時間，隋煥東身體染病。王統照把隋煥東之病因歸咎於自己，他在《民國十年日記》2月18日寫道：

> 玉妹因予已伏可悲之病根於身，清咳體熱。前經醫者診視，其身心血虧欠，兼悲傷不眠，時自啜泣，如此華年，已令他人看之至為惋惜，況予也耶！今秋冬際尤甚。予愛之不殊害之，然予雖即為無上聰明亦無法處此也。玉妹！玉妹！予知汝不怨予，且愛予之誠直以血淚相塗，他日使妹萬一先逝者，予何生為亦豈尚能生耶？嗟乎！玉妹，予書至此，萬念凄咽，異日或汝見次冊當亦淚痕透紙也！〔註7〕

王統照《民國十年日記》多次提到隋煥東的病情以及為她買藥等，令他念茲在茲，牽掛不已。5月8日的日記中寫到：

> 予所至慮者惟一事，則妹之病是，昨朝妹言近日已確知病已現相，午後腿疼體懶或小腹緊陷微熱，此甚可愁。且已近三月……如何！如何！妹此病非一朝夕之故，來源已久，而予時時抱我雖不殺伯仁之隱恨，志悔而無可如何，天何此酷。予囑妹覓醫診治，妹又不肯，將若何耶！若何耶！〔註8〕

王統照一方面為隋煥東的病情而揪心，一方面也更加珍視隋煥東對自己的知遇之情。他在3月26日的日記中寫到：

> 真正能愛我知我者，我非作妄言，此不能不推玉妹。予即此刻

〔註5〕見王立誠《瓣香心語》附錄，山西人民出版社，1999年版，175頁。
〔註6〕見王立誠《瓣香心語》附錄，山西人民出版社，1999年版，219頁。
〔註7〕見王立誠《瓣香心語》附錄，山西人民出版社，1999年版，177頁。
〔註8〕見王立誠《瓣香心語》附錄，山西人民出版社，1999年版，227頁。

與玉妹同死，自覺更無繫戀者。玉妹亦苦病纏綿，身體虛弱，計及

將來，殊為歎惋……。〔註9〕

因王統照與隋煥東戀愛之事招致飛語流言，他母親聞訊後命兒媳帶孩子
從濟南搬到北京，與丈夫同住。自此，王統照與隋煥東之間的往來被隔斷。
不久，王統照母親離世。王統照幼年喪父，由母親撫養長大，母親的去世讓
他甚為悲痛，照顧家庭的責任也更加重。因此，母親去世後，王統照舉家遷
居青島，離開了北京這塊傷心之地。關於王統照的離京，有一種說法是因為
翻譯出錯而受到胡適等人的攻擊，現在看來應是各種原因綜合促成的，除了
喪母的悲痛，與隋煥東愛情無望也是一個重要因素。《民國十年日記》中，王
統照多次歎息世間的苦楚相思最甚，但考慮對母親的愛，對家庭的責任，王
統照始終沒有衝破封建婚姻樊籠的勇氣，他因此在日記中自嘲：「既可稱為狂
思無當之青年，亦可謂為自然情愛之囚徒」。

從家庭背景上看，王統照與隋煥東的熱戀既有個人的機遇，也有同鄉的
因緣。王家與隋家同是諸城的大戶，王統照在濟南省立一中讀書時是校內有
名的才子，隋煥東的父親隋理堂先生對他很是賞識。在濟南、北京求學期間，
王統照與隋煥東和隋煥東的妹妹隋靈璧交往密切，在北京的時候王統照還曾
與隋煥東的兩個侄子租屋同住。王統照日記中提到隋理堂先生曾專門寫信給
他，請他多關照自己的孩子。因著這些交往，王統照對隋煥東的妹妹隋靈璧
也是照顧有加，情同手足，終生保持著深厚的情誼。隋靈璧曾回憶說「我感
到他對我比親兄長還親，自我童年起就撫育我，教育我」。她在《我與王統照
兄》一文中，記錄了與王統照的交往：

　　我和劍三兄（王統照）第一次見面，是我到濟南上中學時。那
時劍三在省立一中尚未畢業，我父親在濟南當省議員。一次他到我
家，父親為我們作了介紹，才彼此相識。不久父親去世，他成了我
在外地讀書時唯一依靠，不論學習上、生活上有什麼困難都去找他。
我從濟南女師畢業以後，拿不定主意報考什麼大學，他主張先考北
京女子師範大學，如不錄取，再報考中國大學（當時他在中國大學
上學），結果我兩校都被錄取，我選錢玄同先生（著名科學家錢三強
的父親），其他教師也多是有名學者……我的英語基礎差，聽課非常
吃力，而劍三先生的英語特好，總是在上課之前，先給我講一遍，

這樣聽課時便輕鬆多了。

　　他在中國大學上學，住在新華公寓，和我的兩個上大學的侄子住在一起。課餘時間，他常幫我練習英文寫作，在他的幫助下，我的英語進步很快。以後他又找來一些英文短篇叫我譯成中文，我試譯了幾篇，他親自幫助修改，有時竟被文學刊物錄用了……。

　　劍三大學還沒畢業，就把家眷搬到了北京。他結婚很早，夫人是章丘舊軍孟家（舊軍是鎮名），我叫她二嫂。她家是舊軍孟家的一個分支，在青島開著資金雄厚的商店。劍三本家有幾十頃地的產業，岳父家又是山東有名的財東，自然經濟上是富裕的。但是令人稱道的是他家的生活卻相當儉樸，租住的房屋比較狹窄，全家人衣著樸素，吃的用的都與一般平民無多大差別，這與那些地主、資本家的少爺、小姐花天酒地的奢侈生活相比，簡直有天壤之別。

　　劍三兄對家里人自奉儉約，對別人卻慷慨解囊。每逢星期天，我們同學七八人同去逛公園，午飯皆由劍三兄招待。我們這些窮學生，在校吃官費，本身無積蓄，能在星期天歡聚一起，全賴劍三兄之助，大家從內心裏感激他。〔註10〕

　　在相愛無望的情況下，王統照選擇了服從母親、承擔家庭的責任。隋煥東在與王統照熱戀時已是病身，又深受情傷之痛，但她畢竟是受過革命啟蒙的新知識女性，並沒有被這次的感情挫折所擊倒。隋煥東本就出身國民黨世家（其父隋理堂是山東國民黨元老、山東最早的同盟會員之一，是諸城辛亥起義的主要領導人，還參選過省議長）與當時在北京從事革命活動的同鄉、國民黨早期重要領導人路友于交往頗多，隋煥東也加入了國民黨，後赴武漢參加國民革命，曾隨何香凝作秘書工作。

　　路友于與王統照是山東省立第一中學的同學，在濟南讀書期間，同為諸城籍的路友于、王統照、楊金城因語文成績突出而被稱為「諸城三傑」，「三傑」後來都有較好的發展，但楊金城不幸早逝，王統照與路友于一直保持了深厚的同窗同鄉情誼。路友于中學畢業後赴日本留學，與王統照一直通信探討時政問題，還在王統照主編的刊物上發表文章。回國後加入國民黨，積極

〔註10〕見《王統照先生懷思錄》，諸城文史資料委員會編，中國文史出版社，1991年版，143頁。

從事國共合作，深得李大釗賞識，1927 年 4 月與李大釗同時被捕、同時就義。關於路友于與隋煥東的交往情況，隋靈璧的回憶文章《追憶路友于烈士》中寫到：

> 我童年時，曾聽父親說：「路汝悌（友於的名）的文章我看過，這孩子很有才分……王統照、路汝悌、楊金城是咱們諸城的才子，你要好好向他們學習……。
>
> 就在 1927 年 4 月初的一天我到蘇聯大使館去看友於。這時外面的空氣已十分緊張，大門緊閉……有人正在水缸裏燒文件。大釗同志坐在屋內中間，大概是在指揮處理文件。友於住在北屋的西間，見面後，我說接到我姐從武漢來信，叫我來看看你近期的情況，她聽說北京形勢緊張，甚為牽掛，要你務必注意，以防不測。友於告訴我，住在使館安全，外交上有規定，他們不敢怎麼樣……他一直把我送到門口，我從後門出去，安全返回了住處……。〔註11〕

從家庭背景看，路家與隋家相距僅 5 里地，路友于與隋家的交往比王統照更早、更密切。路友于堂弟路仲英在《堂兄路友于往事瑣憶》中回憶路友于：

> 在與隋家官莊的親友往來中，常獲同盟會員隋理堂先生的教誨，及其在外地求學的子女隋少堂、隋少亭、隋煥東等進步青年的影響，幼小的心靈，激起了奮發報國之情，一心想去城裏高等小學讀書。〔註12〕

由此看來，隋煥東是路友于童年時期的偶像式人物。基於這樣的同鄉情誼，隋煥東與路友于在北京他鄉遇故知，隋煥東在與王統照熱戀的絕望掙扎中得到路友于的引導和幫助應在情理之中，他們之間由鄉情、友情而互相引為知己也是很自然的。

隋煥東與路友于北京相遇後關係密切。對此，路友于的胞弟路君約（1949 年後到臺灣做大學教授，是臺灣著名學者）在《懷念二哥友於》一文中有述及：

> 當 1927 年二哥北返抵京後，曾寫信給煥東姐說，他最牽掛著兩個人。豈料一個月後他竟捨棄他所掛念的所有人殉國而去。二年

〔註11〕見《民主革命的先驅──路友于》，山東人民出版社，1988 年版，60～65 頁。
〔註12〕見《民主革命的先驅──路友于》，山東人民出版社，1988 年版，86 頁。

後，煥東姐病逝北京，竟也安眠在翠微山馬路的那一邊的半山坡上。〔註13〕

這裡所說路友于就義前夕「最牽掛著兩個人」，一個是隋煥東，一個是路君約。另外，路友于的北大同學（也是路友于、隋煥東的同鄉，早年曾留學蘇聯，八十年代曾擔任過山東省副省長）王哲曾撰有《長留風範在人間——深切懷念路友于同志》，文中提到：

> 1927 年 4 月 5 日（注：這個時間不對，路友于就義在 4 月 28 日，但原文如此，王哲寫此文時已 88 歲，看來是記憶有誤，但確切日期已不可考）我在武漢遇到了隋煥東（友於的同鄉和戰友）。她痛苦流涕地告訴我友於遇難的消息。這對我簡直如晴天霹靂」〔註14〕。

以上回憶中，可見路友于與隋煥東情誼深厚，由此也可以想見路友于犧牲對於隋煥東的打擊是十分沉重的。

值得補充一點的是：路友于胞弟路君約的獨生女兒即是臺灣著名作家平路（本名路平），筆者 2013 年在臺灣有幸面談，並把有她二伯父參加的《空前的悲壯與慘烈：不該被遺忘的諸城辛亥起義》一文贈送與她，她也多次提到二伯父路友于對她與家人的影響，這也成為她創作的契機，她在香港《趨勢》雜誌 2014 年 1 期發表的《多少諸城舊事》特提到：

> 我二伯父路友于，從辛亥年底的起義裏逃過一劫，民國十六年在絞刑臺上就義，那是更悲壯的死法。遇難前他在北京，政治上非常活躍，與李大釗是親密戰友，而隋煥東當時是何香凝的秘書。這批熱血青年組成「中山主義大同盟」，與北方的軍閥勢力纏鬥。他們當時屬國民黨左派，秘密串聯北京各界，組織反對英日等八國最後通牒的集會遊行。我二伯父曾在《益世報》作主筆，長於議論，他一人負責起草《北京國民大會宣言》。當時風聲日緊，一批同志藏身蘇聯大使館內，張作霖派軍隊進去緝捕。後來，我二伯父與李大釗一起站上絞刑臺，遇害時才 32 歲。
>
> 據家父記憶，二伯父臨行前仍然一臉昂然，不減英雄氣概。二伯父的死難，在家族中烙下至深的傷痕。家父當年在北京上學，為兄長鬧市收屍，晚年的父親提起來還是老淚縱橫。二伯父的悲劇，

〔註13〕見《民主革命的先驅——路友于》，山東人民出版社，1988 年版，95 頁。
〔註14〕見《民主革命的先驅——路友于》，山東人民出版社，1988 年版，31 頁。

實屬我父親一生的至慟。

如今從王瑞華的文章中讀到辛亥年底諸城的浩劫，湮遠的人與事，絲絲縷縷，竟都牽連了起來。

其實何曾湮遠？多年來，二伯父的悲劇，始終也是我自己心上的深刻印痕。我寫的長篇小說《行道天涯》裏，在宋慶齡與鄧演達身上，或有我二伯父與他的同志的影子吧。從小到大，父親一遍遍把二伯父的事說給我聽，何其堅貞又何其浪漫，終成為我心目中理想主義的原型！而鄧演達在當年正是二伯父最要好的朋友。

二伯父遇害後四年，鄧演達也遇害了。因為天真？因為過於充沛的熱情？因為處身的大時代？一個接一個，像是撲火的飛蛾……

年輕的生命化成灰燼，但在家人心裏，卻是抹不去的悲愴。想著我的父祖之輩所經歷的時代，此刻讀到王瑞華的文章，今昔之感，一時俱在心頭。〔註15〕

關於隋煥東英年早逝，隋靈璧和路君約的回憶文章中都將其直接原因歸為路友于犧牲的刺激和打擊，這是可以肯定的。但通過王統照《民國十年日記》還可以看到：隋煥東的病根在她與王統照熱戀時已經種下了，與王統照熱戀的絕望已經使隋煥東元氣大傷，路友于的犧牲對有病在身的隋煥東是最後的致命一擊。人們之所以將隋煥東的早逝與路友于的犧牲聯繫在一起，是因為路友于與隋煥東的這段感情對親友是公開的，而隋煥東與王統照的那段生死戀情卻一直是對親友保密的。正因為如此，知情者普遍把隋煥東的死因歸結到路友于的犧牲造成的打擊，而不知病根其實在王統照身上。隋煥東病逝後，王統照的悲痛可以想像。到1936年冬，他還寫下了《月上海棠》一詞，寄託對「玉妹」的無限懷思與追憶：

凌波去後音塵絕，幽香空付柔腸結，幾番沉吟，應自悔負心輕別，空相慰，留得夢魂清澈。

與隋煥東的熱戀，是王統照一生唯一的一次戀愛。與隋煥東離別後，他與夫人字芳過起了平淡的家庭生活，全力投身文學創作，主編雜誌，培養文學新人。但他心中始終沒有忘記隋煥東，那部記載了他們青春之戀的《民國十年日記》他隨身攜帶，陪伴了他一生。王統照身體的早衰與早逝應該與這

〔註15〕見平路：《多少諸城舊事》，《趨勢》雜誌（香港），2014年第1期，58～59頁。

段感情有關。隋煥東病逝後，王統照把她的胞妹隋靈璧當作親妹妹一樣關心和愛護，也可見王統照對隋煥東一往情深。

從歷史上看，五四以後諸城兩大才子王統照、路友于與才女隋煥東之間的愛情悲劇是耐人尋味的——王統照、路友于都出身於名門望族，他們的婚姻都是家庭包辦，他們同在學生時代接受了革命與啟蒙的洗禮，又同在革命與啟蒙的進程中遇到了同樣出身於諸城名門望族的紅顏知己隋煥東，他們的愛情是五四新文化運動的結晶，但最後都只能以悲劇結局而告終。作為五四前後接受了革命與啟蒙洗禮的知識新女性，隋煥東以自己的青春與愛情實踐了一代知識新女性的追求與夢想。她美麗而短暫的人生，不僅點亮了兩顆青年才俊的心靈，也照亮了中國文學與歷史的一角。

這場化作了「春雨」戀愛，既潤澤了他的人生，也打濕了他的青春夢幻，對王統照影響甚大，直接催生了一系列文學作品。如小說《春雨之夜》，詩作《紫藤花下》《在門邊》《幾度》《最難忘的》等，從中可看出他們當初相愛的場景與失戀後縈繞在心懷的難以忘記卻又不得不忘記的苦楚，也可以說是這場愛情的文學印跡與紀念。這也是五四青年人特有愛情的悲戚，有著鮮明的時代印記，也是五四新文學的重要收穫。「春雨」化作「春淚」、「春文」，祭奠了他的青春夢幻的「愛與美」⋯⋯最終都變作「春夢的靈魂」⋯⋯可見這場「春雨」對他的至深影響。

> 春夢的靈魂
> 春夢的靈魂，
> 被晚來的細雨，打碎成幾千百片。
> 生命的意識，
> 隨著點滴的聲音消去。
> 幻彩的燈光，
> 微微搖顫。是在別一個世界裏嗎？
> 淒感啊！
> 紛思啊！
> 幽玄的音波，到底是觸著了我的那條心弦。
> 玄妙微聲中，已經將無盡的世界打穿。
> 我柔弱的心痕，哪禁得這樣的打擊啊。
> 春晚的細雨，

我戀你的柔音，

便打碎了我的靈魂，我也心願！

我更願你將宇宙的一切靈魂，都打碎了！

使他們，都隨著你的微波消散！

花架下的薔薇落了，

春將盡了，

你潤澤的心思，尚要保存它們的生命！

一點，

一滴，你只管衝破了我的靈魂的夢境，

但那架下已落的薔薇，卻醒了沒曾？

在門邊

在門邊，在門邊

我曾歡迎著那玲瓏的身影，

薄鬆的髮痕在懷中逗送。

忽然有一聲尖鳴，

柳枝上的雛鷹叫破清冷。

在山邊，在山邊，──

我曾為歡喜向那身影低首，

一朵薔薇在襟前兜住深憂。

忽然那薔薇落了，

深澗裏向何處尋求？

在天邊，在天邊，──

我曾見一彎彩虹若隱若現，

挑逗起人間的希望，眷戀。

忽然來一陣暴風雨，

沉到心中，那虹影光亮的映著黑暗！〔註16〕

　　而從王統照的散文《雲破月來》，最能感受到這場「春雨」對他人生的洗禮與轉化。這沉鬱憂傷的心路歷程，在這篇散文中得到了非常真切、生動的展現：

〔註16〕見孫基林編選：《山大詩選》，山東友誼出版社，2011 年 9 月版，55～60 頁

春雨夜深時，幾人在暗淡的燈光下漫談。淒清的空階雨滴間和著遠街上的車鈴聲，幽靜與匆忙的不調諧，正如各人的心境一樣。

時代挑起心頭的熱感，風雨叫醒了離人的苦夢。想吧：夜中，江頭，湖畔，邊塞的沙磧，群山中的谷澗。……想吧：死屍，血流，空中火彈的飛蕩，地面上壯兒的怒吼……

他們此地聽著靜夜中的雨聲？

由淒然轉到默然，正是萬千思念橫在心頭，連接續著談論的事件都找不出頭緒。

回憶，期望，多少酸楚與等待著的慰安交互織成薄薄的血網，網住每一顆跳躍的心。誰無癡願？誰無鄉愁？縱使白晝中如何忙勞，豈乃這半夜雨聲滴滴點點衝上心來，即令散去，是有感者何能入夢！

過一會，他們走向廊簷，冷風掠過，像在額上黏著冰塊。向上望，一片深黑，不知是雲低還是夜暗，什麼也看不見。

不想麼？他們的心並不曾為聽雨而平靜，想的什麼？自己也說不分明。

突然，一陣迅雷把春夜從暗淵中震醒，接著風雨大鳴，再不像先前慢條斯理地令人沉悶，如四絃上的將軍令，如貝多芬交響樂的急奏。耀目的閃電滌淨了夜空的陰霾。同時，大家也感到衷心地歡暢！他們不再沉思，也不再擔憂，精神隨著震雷閃電在空間躍動。

雲破後，雷雨聲息，皎潔的明月獨立中天。

他們心上的血網都一絲絲地迎接著這微笑的清光，凝成了一片明鏡。

（《去來今》）〔註17〕

由此也可見，這場「春雨」既滋養了王統照的青春情感，也滋養了他的文學生命，由此從詩歌、散文、小說都有這場春雨滋潤之後誕生的作品，對其創作而言，則是迎來一個文學豐收季。

〔註17〕王立誠、王含英編《王統照散文選》，山東教育出版社，2005 年 6 月版，第 154～155 頁。

這場愛情「春雨」也影響改變了王統照的文學美學趨向，使他從「春雨」往「山雨」的方向轉化，「春雨」過後，他的人生從「愛與美」的理想主義，轉化為現實人生的「山雨欲來風滿樓」的現實主義。他個人也從浪漫的青春少年，轉化為承擔家庭重任的人到中年。

春雨過後，春雷炸響，「把春夜從暗淵中震醒，接著風雨大鳴」，預示作者走出個人的愛怨情殤，走上廣闊的社會人生：「山雨」來了！

第二節　婚姻：平凡夫妻一世情

關於王統照的夫人孟昭蘭女士，王統照的兒子王立誠先生有篇生動細緻的回憶文章《我的母親》，引錄如下：

> 我的母親孟昭蘭，字自芳，有時用「字芳」二字，是山東省章丘縣舊軍鎮孟氏商業家族的後人，生於 1894 年舊曆五月十四日，逝於 1958 年公曆 10 月 7 日，享年六十四歲，她是一個純樸、賢淑、勤儉、大方的舊式家庭婦女，我以為，她的血統中遺留著我外祖父孟氏商業家族中善於經營、計算、勤儉、創業的家風，也蒙受到我父親幾十年文學生涯對她的感染，她十分尊重我父親的文學愛好，支持我父親一生正直不阿的經濟生活，那怕是在經濟最窘迫的日子裏，她也能把家庭生活調配得過得去。

> 她勤儉治家而對外絕對不失大方體面，我上小學時，下午回到家裏叫嚷著要好吃的東西，她常常是給我一塊烤饅頭，搭一塊諸城特產的醬（這是一種球狀的豆醬，可以代替鹹菜），從來不給我零用錢，夏天我想吃冰激凌想得要發瘋，她卻堅決不許我吃，說吃了要泄肚的，回想起來，那時青島冷飲店的衛生條件是很差的，更沒有現代化的大工廠統一生產和包裝的冷食（對比起來，我覺得我的孫女現在是太幸福了。幾乎要什麼有什麼。）但是在親友往來時十分顧及體面。抗日戰爭以前，她幾次叫我記帳，記些什麼呢？無非是端午節、中秋節、春節以及婚嫁弔奠時親友送來的禮物，例如：水果多少；點心多少；現金多少，幛子幾丈幾尺（那年代時興在紅白事時送一幅綢緞，附上祝弔之詞，這統稱幛子）；而以後遇到同樣的日子她一定查我記的賬，以同樣的規格買了禮物派人送到這一家。

她說：「不能，欠人家的情」。親友到家拜訪，她一定留飯，招待很豐盛。甚至故鄉的遠方本家或農民來訪她也一律留飯，共話家常毫無大家的架子。所以當時故鄉農民中流傳一句話，說我家是個「大飯店」，如果到了青島無處可投時就可以到我家，一定管飯，這是舊式鄉土社會中一個少見的現象。

她很愛我，但是很少給我買新衣服，有一年我問她：「為什麼給大哥做西服不給我做」？她說：「那是你大哥得了獎學金做的，你要想做，也得去掙一份獎學金。」所以我自中學至大學常常是穿一件家縫的灰布大褂。

一直到 1951 年，我在一封家信中提到將隨首長到北京開會，她老人家為了看看我毅然一人乘火車來到北京，在外祖姑母家等我一面，那次我只陪了她一個多小時，匆匆又走了，現在回想起來，真是畢生憾事。

她沒有上過學，只是自學到能識字而已，我小時常見她在家務閒中，捧著一本舊彈詞唱本《天雨花》或《再生緣》輕聲吟詠，但是很少寫字，也不大看報。

她雖文化不高，卻很重視支持我父親的文學生涯，她不論什麼時間都周到地照應我父親的寫作，不論深夜或白天，都預備下茶水、煙捲，並叮囑我們兄弟保持安靜。夏天，父親臨窗寫作時，母親給他拉下窗外的葦簾以免日曬；冬天，父親深夜寫作時，她給通旺火爐，滿室生春，有時還預備得有點心、紅棗果子湯，她常把父親的幾本重要著作擺在正屋書櫃上，還說給我聽。

我以為她和父親的關係是好的，正常的。在抗日戰爭以至青島解放以前，家中最困難的日子裏，都是她支持我父親度過的。早年她知道我父親和「玉妹」的戀愛，但是從未乾與，據說是一直到我祖母也知道了並且指示我父親把小家庭搬到北京去，這件事了。她從來沒有和我父親吵過架，有事總是和平地商量，我只見過她大哭過兩次。第一次是在上海接到濟南家信報知我外祖父逝世的消息時，她真是痛不欲生。她的另一次大哭是在我父親逝世以後，我送她回到青島故居，一進門家里人都圍了過來，她倚門大哭，老淚縱橫。她個性堅強，能

忍受痛苦的折磨，有時會迸發出驚人的勇氣。那大約是在 1941 年至 1942 年之間，父親在開明書店編譯所的薪水難以維持家用，母親大膽地提出了一個方案，由她親自回家鄉籌點款子來，父親無奈之下也同意了，於是她便化裝成了一個短衣婦女，像一個給闊人傭工的女僕，由一位跑單幫生意的同鄉陪同，乘上火車逕自回到青島、諸城，看望了許多親友、本家，另外還藉此機會去了北平、天津，探望了孟氏族人。大約一兩個月以後，她回來了，精神很好，話也滔滔不絕，並且給家裏籌來了一大筆錢，加上父親的薪水，維持我們在上海生活到 1944 年夏天。這一件事，使我衷心佩服我母親的大膽、明決和能幹。

她是經過纏足又放大了的，走路多了很不方便，所以我十分驚奇在戰亂之中她一個人敢走南闖北。

她從我小時候就教育我做人要正直。有一次我從理髮店回來，拿錯了別人的一把傘，我立即給人家送回去了，她稱讚我說：「真是個耿直的孩子。」這使我深刻地懂得了做人的道理。

她從來不穿華麗的衣服，剛到上海時，父親給她買了一件藍色的絲絨大衣，她一直不穿，最後還是送給我的大嫂了，一直到 1957 年，她陪父親到北京開會，在軟臥車廂和飯店、醫院裏，也只穿一身白布衫、黑綢褲出出進進。

我生平最遺憾的事是沒有知道她的重病，後來瞭解，在我父親辭世以後，我母親的子宮癌也越發嚴重了。但是她不願意跟我說，大約囿於封建觀念，因為我是一個男孩子，不懂這些事，而且我又遠在北京，母子之間不能見面溝通，這些事是無法託人寫信的。我自恨在 1957～1958 年間我為什麼糊塗到沒有回家一趟，如果我能接她到北京的大醫院就診，哪怕是摘除子宮，那也不是少見的大手術，但是一定能延長她的壽命，古人云：「樹欲靜而風不止，子欲養而親不待。」我枉自為人，卻沒有在關鍵時刻向母親盡上一份孝心，最後只落下了一個接到電報，馳返青島，撫棺大哭的結果。

娘啊！我對不起您，您聽得見嗎？〔註18〕

〔註18〕 《瓣香心語：王統照紀傳》，王立誠著，山西人民出版社，1999 年 10 月版，158～161 頁。

從她兒子王立誠親身體驗，可以看出這位名門閨秀的賢淑寬厚，她不但無微不至地關懷、支持丈夫，而且寬容大度，甚至連丈夫的情人都能包容，實在難得。更重要的是，每每王統照遇到困難時，總是她出面籌措解決的。在故鄉相州，她出資助夫出國一事，至今有多個「版本」流傳。對這位富家之女也有多種傳說。相州同鄉范寶聚曾寫《〈山雨〉出版與王統照出國》一文，專門記載：

> 因為王統照的夫人孟昭蘭（字自芳），是有名的瑞蚨祥大商家的獨養女兒。過門時，卻什麼嫁妝也沒有，孟昭蘭只挎著個黃綢包袱，跟隨一個貼身丫環。

> 過門後，王統照母親覺得孟家是聞名遐邇的綢布業巨商大戶，從 1862 年開設鋪面已有百餘年，除擁有數千畝土地外，經營的瑞蚨祥綢緞鋪店，濟南、北京、上海、天津等十幾個城市都有分店，名揚全國，這樣富商人家，女兒出嫁沒有大宗嫁妝，真叫人難以置信。但王統照之母又礙於兒子，不便啟齒相詢，只是內心快快而已。婆婆的不快讓兒媳窺透，丫環亦解其意。於是，兩人商量出個小小計策，以寬婆母之心。

> 第二天，丫環跑去對王統照母親說，小姐一隻耳環丟失了，請給以配之。王統照母親即刻打發家人先青島，後濟南，再後北京、天津，直至上海，無一處金店能給以相配。上海最大珠寶店一老闆說，這隻耳環除法國別無可相配之處。統照母親聽後吃驚非同小可，一隻小小的耳環，倒如此價值連城，真不愧是名門之家女兒。當即便聯想到那個黃綢包袱中的價值了。

> 卻說王統照自青島回到故鄉家中，沉悶不語，孟昭蘭便問其情由。經過幾番問詢，王統照方告知詳情。對《山雨》出版為丈夫招致的禍端，孟昭蘭已有耳聞，並為他的安全惴惴不安。得知丈夫為出國之事憂心，便慨然表示支持，並叮囑路途中要謹慎小心，一路平安。這時，王統照方說出路費不足，回鄉賣地也無濟於事。孟昭蘭問需要多少，統照說大約十萬大洋。孟昭蘭問何時用，統照說原打算如資費齊備明天可啟程。孟昭蘭笑道，我全包了，保你不誤時程。

　　第二天，孟昭蘭從包袱中取一張專用箋紙，為王統照寫了一個便條，讓他到青島瑞蚨祥分店找資方代理人取銀。王統照一到那裡，代理人見了孟昭蘭手筆，見是東家來了，忙盛情接待，並好言相勸，說，帶這麼多銀兩，路途中顯眼不安全，不如去上海瑞蚨祥分店，或以支票或兌以外券，既安全又穩妥。這時，王統照才恍然大悟，這幾處「祥」字號的綢布分店原來是妻子的陪嫁之資呀。心中思忖著，同意這麼辦。旅資的徹底解決，使王統照輕鬆暢快起來。

　　就這樣，王統照的歐洲之行在賢惠的妻子的幫助下，順利成行。得以對歐洲的文化教育進行全面的考察學習，使自己的學問與見解也大有長進。

　　既使在抗戰時期，生活艱難困頓的時候，孟自芳女士也是盡可能地艱苦持家，支持丈夫的事業，照顧丈夫的生活。一生與王統照相濡以沫，患難與共。作為一位富商家的大小姐，她洗盡鉛華，甘於清苦淡薄，崇尚文化，對書生王統照傾盡一生的情與愛，支持幫助他一生的文學事業。可以說，這位賢淑聰慧、而又大度溫和的妻子給了王統照一生幸福溫馨的家庭生活。

第三章 從「春雨」到「山雨」：
家・族・國

第一節 從「春雨」到「山雨」

　　王統照 1930 年創作的長篇小說《山雨》在當時的文壇上曾引起巨大反響，與茅盾的《子夜》並稱《山雨》《子夜》年，取「山雨欲來風滿樓」之意，以他的故鄉山東諸城相州鎮為背景，揭示了農村的破敗、盜匪四起的混亂景象，普通百姓了無出路的生存現實，預示了革命形勢的必然到來。小說發表後遭到當局的查禁，他本人亦被迫出國考察，是王統照最為知名的長篇小說。

　　王統照之子王立誠曾如此介紹《山雨》：

　　　　先父的長篇小說《山雨》是他生平的代表作，所以用「山雨」
　　二字命名，取典自唐朝許渾的《咸陽城東樓》一詩中的兩句：

　　　　溪雲初起日沉閣，

　　　　山雨欲來風滿樓。

　　　　他曾經自己說：「我選擇『山雨』作這本小說的書名，用意是說明我國北方農村的崩潰、農民的覺醒和時代即將發生的變化。」

　　　　也許正是由於這個用意，這部小說初版沒多久，國民黨中央黨部即以「有煽動階級鬥爭之嫌」禁止此書發行。後來經過出版商開明書店一再申訴，才得到以刪除最後五章為條件批准繼續發行。這樣，一直到建國後人民文學出版社重排本出世，讀者才得以窺全豹。

好像是在 1978 年，瑞典皇家科學院的漢學家馬悅然教授來華訪問，曾通過社科院找到我，他說希望得到一個完整的《山雨》第一版原本，即使複印也行。我就贈他一本人民文學出版社的重排本，我說：「這就是全本了，而且是他親自修改過的，至於 1933 年第一版的原本，我也找不到了。」

《山雨》取材自我的故鄉──山東諸城，文中還曾大量地採用家鄉的方言俚語，其中主要的是幾個不同個性不同經濟地位的下層青年農民。

奚大有：是個自耕農（中農）的兒子，勤儉勞動，最後在地主、紳士的壓迫下賣光了土地，流浪到青島拉洋車。

徐利：是個敗落了的貧苦農民，性格強悍，富有反抗性，面對地主、紳士的壓迫，他敢於夜半到練長公館放火，一致被捕處死。

肖達子：是一個病弱的佃農，最後被退佃揭鍋，流亡南山，不知所終。

杜利：從農村流向青島做工，開始俱備革命的覺悟，是奚大有的好朋友。

我在建國後長期研究農業經濟，我以為，在那個時代，中農的破產象徵著農村經濟的崩潰，所以先父著力描畫奚大有一家，極富有典型意義。〔註1〕

《山雨》的寫作，一直被認為是代表著王統照寫作的最高水準，也作為現代文學的經典之作入選中國現代文學史，長期以來，得到多方面的研究與重視，而他與家族的小說寫作和詩歌、散文的成就則長期被遮蔽，被漠視，因此，本文就對《山雨》論述略些，而對前人甚少關注的家族關係與寫作則更詳細些。

《山雨》不僅代表著王統照的重要寫作成就，而且顯示出他寫作的重要轉向，是從前期理想化的、更多個人色彩的「愛與美」，轉向更為沉重的現實社會，更為廣闊的社會人生。

王統照的前期小說《一葉》幾乎可以看作他本人的一部成長小說，一個

〔註 1〕《瓣香心語：王統照紀傳》，王立誠著，山西人民出版社，1999 年 10 月版，31 頁。

少年作家的成長經歷。主人公青年學生「天根」身上明顯能看到王統照個人生活的影子，甚至可以說是作者自己的一部「自傳」也不為過。《春雨之夜》也是源自王統照本人與同鄉隋煥東的真實愛情經歷，詩歌《紫藤花下》《春夢的靈魂》《最難忘的》《彳亍》《幾度》《在門邊》等，都是這場愛情的情感抒發。散文更是基本是真情實感的流露。

可以說出身於富貴之家的王統照，早期創作，無論小說、詩歌、散文都是源於個人的生活與個人情感的。而《山雨》則是真正作者突破個人生活的侷限，走出個人情感與生活空間，深入到了社會底層的民眾之間，不但關注研究他們，而且寫出了社會底層最廣大的普通民眾的生活，對整個社會的未來做出預言與探索，這對出身貴族之家的王統照來說，既是難能可貴的，也是相當不容易的。

茅盾曾特別在《中國新文學大系・小說一集序》中對他做了比較詳細的介紹：

> 在「發展」的過程上跟葉紹鈞很相近的，是王統照。他的初期的作品比葉紹鈞更加強調著「美」和「愛」。但是他所說的「愛」和「美」又是一件東西的兩面。他的「美」和「愛」的觀念也跟葉紹鈞的稍稍不同。他以為高超的純潔的「愛」（包括性愛在內）便是「美」；而且由於此兩者的「交相融而交相成」，然後「普遍於地球」的「煩悶混擾」的人類能夠「樂其全」而「得正當之歸宿。」……
>
> 王統照又從正面寫了「愛」與「美」之偉大的力量；這就是《微笑》（《春雨之夜》頁一一九）。……
>
> 《春雨之夜》（王統照的第一短篇集，民國十年到十二年的作品）所收的二十個短篇就有這樣一種「理想的」基礎。從這理想的詩的境界走到《山雨》那樣的現實人生的認識，當然是長長的一條路。……〔註2〕

這條「長長的路」體現在作品中的從理想的愛與美到現實人生的轉化路程，也是王統照心路歷程的一個發展轉化，是他從青春年少、浪漫激情的青年成長為承擔起更為沉重的家庭、社會重任，堅韌而堅強地面對現實人生的成熟、轉化；也是他走出個人生活天地，走向關注更廣大的社會人生的一個

〔註2〕馮光廉、劉增人編：《王統照研究資料》，知識產權出版社，2000年1月版，171～172頁。

轉化。

王統照 1918 年考入北京中國大學，1922 年 7 月，畢業留學任教，1924 年就任中國大學教授兼出版部主任，時年 27 歲。又早在 1921 年就加入了文學研究會，早已是享有盛名的著名作家，當時胡適先生出任北京大學教授時也是這個年紀，可謂時代俊傑，青春得意，滿懷著對文學、對社會「愛與美」呼喚與改造的願望。然而，隨著年齡的增長與局勢的變化，各種紛擾也紛至沓來，糾結改變著人生進程與文學方向，這給他打擊，給他痛苦，卻也使他成長、成熟，人生走向現實沉穩，文學風格也隨著處在變化與轉化當中……

其中一個最直接的打擊與變化就是母親的離世。因為父親去世較早，王統照的母親一直是家裏的頂樑柱，承擔起一切家庭事務，尤其是培養、教育孩子等，王統照的求學、婚姻都是母親一手操持、安排。

到 1924 年時，王統照的母親李氏夫人的身體日漸衰弱，呼吸道的疾病越來越嚴重，每到秋冬季節就發作的厲害。王統照也不得不時常奔波於北京─相州之間。那時的交通狀況遠不是現在的便利，火車很慢，汽車也不快，路況也很差，有時還出車禍，王統照就是在這奔波途中，有一次火車剛過濟南，與巡道的便車相撞，王統照當時正在餐車，一下失去知覺，十幾分鐘後才蘇醒過來，兩肘被碰得鮮血淋漓……

大約是 1925 年的冬天，又一封「母病速歸」的電報，他又急匆匆往家趕，那時交通狀況之差，完全是今人難以想像的。他這富家公子也沒辦法，又趕上因路軌出險，火車不通，他只好乘船從天津到煙臺再回相州。在隆冬的早晨出行，從北京到天津居然需要顛簸 8 個小時。再從天津坐開往煙臺的輪船，因倉位緊張，費盡口舌，花鉅資才向船上的洋人頭領買個加座，而那個座位，躺下時只能放下身子，膝部以下就只有伸進衣櫥內擱在一條木凳上，就像希臘神話中那位叫做普洛克儒斯忒斯的妖怪的施刑臺，長人他要截短，短人又要拉長……這樣的座位還得等了一天一夜才出發……海上寒風淒厲，一些辛苦回去的路人，一件棉袍、一條被窩，連底倉都沒有地方，只好在甲板上、過道上過夜，不凍死也得被吹死……無限制地賣票，無限制地踐踏自己的同胞，包了外國人的船卻用很便宜的代價當貨來載這些苦人……這些辛苦奔波的路程，也使他有機會真切見識體會了底層人民生活的苦況與辛酸（見散文《號聲‧鬼影》），這些都使他對社會現實有了深切的認識與感受……

歷經艱險趕回家，病床上的母親氣喘微微，抓著獨生兒子的手囑託後事：

自己眼看不能支持多久了，這份家業卻一定要保存下來，子孫後代穿衣吃飯，唯一指靠的就是這些田產！你多年在外上學教書，既不容易，也受艱難，不如回到家中，看好祖業，不必再出去經受風雨的摧折、世路的磨難，母親別無他求，只望你早日歸來，一家人團聚在一起，至少可以省下想念之苦、牽掛之苦……！

因母親的病情，也因母親的懇求，王統照在 1926 年即辭去了中國大學的教授職務，專門回去侍奉病重的母親。1927 年 3 月，母親病逝，王統照按相州習俗，隆重安葬了母親，此時，王統照的大姐已出嫁，嫁給濰坊號稱「丁半城」的丁家，兩個妹妹尚小，需要他的照顧，而此時鄉間鬧土匪嚴重，她們已不適合在鄉間居住，鄉間的祖產也需要打理。他自己此時也已經是兩個兒子的父親。在這個家庭人生面臨轉折的關口，身為獨子，他必須接替母親，挑起家庭的重任。幸好他的祖上早已在青島購置不少房產，慎重抉擇後，他最終在青島置地買房，把妹妹們都接來，在青島安家落戶。

1927 年春，對從小在母親關照之下的王統照來說，母親的故去，是：

「一個重大的打擊，加之中國正在紛憂的時代中，耳聞目見，

觸懷生感，個人的身體，生活，也都沉浸於苦痛不安裏。」〔註3〕

不僅是母親的去世，使家庭的重擔落到了他肩上，還因為他周遭一系列親人的遭遇與情感創傷，都使他「沉浸於苦痛不安裏」。這條長長的路上，伴隨著是他長長的心路歷程……給予他重大打擊的還有他與「玉妹」隋煥東小姐的那場情深意長纏綿悱惻的愛情的破滅與痛苦及隋煥東因此染病的不幸早逝，都給他無法言說，只能埋在心底的甚深苦痛，《紫藤花下》《最難忘的》的一系列詩作與小說、散文等都是這場愛情催生的文學表達……

這條路上，還橫梗著一具具他情意深厚的家人族人、好友故交的軀體，王統照都與他們交誼深厚，還把他們作為人物原型寫進小說裏：

王盡美：在小說《春華》中熱情奔放的理想主義者「金剛」，原型是中共一大代表王盡美，這位共產主義理想的堅定而熱烈的追求者，於 1925 年在青島患肺結核病逝，以他的病軀殉了他的青春理想。

鄧恩銘：《春華》中激烈的政治鼓動者「老佟」的原型，1931 年犧牲於濟南。

〔註3〕見《王統照短篇小說集》序，《王統照文集》（第 2 卷），山東人民出版社，1981 年版。

路友于：1928 年 4 月，王統照的中學同窗好友、同為諸城三傑的路友于與李大釗一起在絞刑架上犧牲。王統照之前一直與他有書信來往，還在《曙光》雜誌刊登過他的文章。

王樂平：1930 年 2 月 18 日深夜，王統照的童年好友，本家族人王樂平，被國民黨內部傾軋，被人闖入法租界邁爾西愛路 314 號辦公室，亂槍狙擊。王樂平身中七彈，當即身亡，時年 46 歲。不久，上海總部垮臺，改組派陷入癱瘓。

王統照與山東國民黨創始人王樂平是同族家人，也是相州王氏私立小學的同學，情誼深厚，1928 年當王樂平帶著父親的棺材從上海歸鄉，目前仍健在的王樂平的二兒子王鈞吾與兒媳臧任勘告訴筆者，其時王樂平因主張國共合作遭到蔣介石追捕，在最危機的時刻，是躲到王統照家裏逃過劫難的。

王樂平遇難五年後的 1935 年，王統照還把他當作人物原型，寫進小說《春華》裏，寫的生動傳神，真切如在眼前，可見其熟悉交往程度。

王翔千：曾被譽為「山東共產之父」，是王統照的族兄，年長王統照 9 歲，對王統照情誼深厚，影響甚深，王統照每次到濟南都住到他家裏。王翔千也是中共一大代表王盡美、鄧恩銘的老師，他早期積極組織參與濟南馬克思主義學會的活動，而在 1928 年後，卻退出了政治，從濟南回到相州老家，面對了理想的艱難⋯⋯

這些他熟悉且關係密切的理想主義者或為理想獻身，或理想破滅，這些不能不說給了王統照直接的現實警醒與現實思考。使他從青春浪漫的「愛與美」，到面對更為複雜艱難的社會現實，對社會對人生的思考也更為複雜深刻⋯⋯

他本人也從青春浪漫的青年人，變成了沉穩負重的中年人；文學風格也從唯美浪漫的理想主義轉化為沉鬱滯重的現實主義，這樣的經歷與思考之後，便是現實主義代表作《山雨》的寫作與誕生。

王統照在 1931 年結集出版 1923～1924 年間創作的幾篇小說，名為《霜痕》，在序言中表明愛與美的理想已破滅了：「十年前後的作品不但是無力量而且只看到人生一面」，「那時青年多構成一個空洞而美麗的希望寄存在美麗的樂園之中，然現實的巨變將大家的夢境打破了。除卻做生的掙扎外一切空虛中的花與光似都消沒於黑暗中去。」

田仲濟先生也因此認為：

　　　　　這裡的「花」與「光」，也可以理解為他初期說的「美」與「愛」，
　　　但打破夢境的應該說不是「現實的劇變」，那時現實還沒有「劇變」，
　　　而是他認識不同了。從理想漸漸走到了現實。〔註4〕

　　田先生這裡顯然也是沒有深入王統照的現實人生去理解王統照所說的「劇變」，而只是盲目套用外在大時代劇變的對應，而對王統照本人的世界而言，正如前面一一列舉的，他的家人、朋友許多已是理想破滅、陰陽相隔，已經發生了「劇變」，因此，應該認為確實是現實世界發生了劇變而導致了他寫作傾向的劇變。從追求理想化的愛與美走向沉重的現實人生，正如從「春雨」走向「霜痕」，他的人生也是從「春」往「秋」漸漸轉化。這也說明深入作家生活去理解作家作品是多麼重要。而盲目套用外在事件與時代只會造成對作家作品的誤解與誤讀。

　　此後，在長期以現實主義為主導的小說評價體系中，對王統照關注的焦點大都集中在《山雨》上，許多評論家都關注過《山雨》，並認為這是王統照最有成就的代表作，這無形中既是拔高，也是遮蔽，過於拔高《山雨》，意味著他的其他作品成就不高，但這顯然是對其他作品的貶低與不公，尤其是對他的散文與詩歌，關注與研究是遠遠不夠的，而他從事的編輯與教育工作更是未給予應有的重視。我們對作家過於現實功利性地評價與解讀，過於貼近政治意圖的解讀，導致了對作家評價的偏頗與不公平，而王統照恰恰是一個超越於時代的寫作者，過於貼近時代的研究與解讀，把他最核心最有價值的部分反而過濾掉了。

　　既便是在小說方面，王統照更有成就的創作也應該是他以自己的家族為原型的創作。但這些也被長期遮蔽了。因此，本文就把這些長期被遮蔽的方面做一下細緻的分析。

　　王統照一直與家人、族人關係密切。小學是在家讀私塾，生活在家人之間這個前面已提，就是離開家鄉，到濟南讀中學，身邊常來往的是他的本家族人王翔千、王樂平等人，參加的是「諸城旅濟同鄉會」裏的活動，這個同鄉會裏多數人就是他相州王的同族家人。到了北京讀大學，也是與家人、族人關係密切，一起辦雜誌、參加五四運動是與他的侄子王晴霓等一起的，回到青島，更是回到了親人與家人之中，他先後任職的青島鐵路中學、青島市立

〔註4〕見田仲濟《序言》，《王統照全集》第一卷，中國工人出版社，2009年版，第4頁。

一中都是本家族人、親戚在負責主持工作的。

　　青島鐵路中學原是是附設於膠濟鐵路青島小學內的一個初中班，1927 年
3 月，從小學內遷至廣西路 26 號，正式掛牌「膠濟鐵路青島中學」。

　　王統照 1927 年到這所中學任教，當時擔任膠濟鐵路青島小學校長的是王
統照諸城相州的同鄉、親戚、中國大學的校友趙明宇先生。王統照的本家族
侄子王笑房娶趙明宇的胞妹趙慧英為妻。王統照到青島鐵路中學任教，是否
是受趙明宇的邀請不得而知，但與趙明宇關係密切卻是事實，這由王統照《悼
趙明宇》詩作為證。詩中追憶過兩人的交往的生動場景。並且，兩人從童年
時就交誼甚篤，之後還是在北京時的大學校友與故交，其後王統照的小兒子
王立誠也到這所學校讀小學，也回憶過趙明宇對他的關照之情。

　　青島淪陷後，趙明宇返回家鄉親自組織隊伍抗日，也親自參加了戰鬥，
可惜在隊伍的內鬥傾軋中導致精神錯亂，英年早逝。王統照對他的早逝極為
痛惜，親自寫下《《悼趙明宇》一詩，對他深情懷念：

　　悼趙明宇君

　　鄉塾猶憶讀書聲，神采鬈齡見默沖，

　　夙慕終童能屬氣，獨懷宗愨破長風。

　　三年哀國同堂舊，一代人才巨冶中。

　　期爾少年能努力，及時誅蕩奮為雄，

　　七載青丘施聖公，八年桃李化春風。

　　忍觀滄海揚塵急，尚憶新亭對泣逢。

　　晦夜飛濤笳鼓競，寒秋落水燕鴻空。

　　風煙何時消除淨，方得舒憂白日中。

　　盧溝烽火大江湖，痛憤彌天共驅討。

　　豈有男兒甘俘虜，忍看胡馬牧神臬。

　　兵稱忠義合鄉黨，氣壯風雲集故要。

　　此志未伸先自隕，九原終古恨難消。

　　離愁南邁志未紛，死亡無悲恬殉身。

　　山河此日真還我，風雨清宵水憶君。

　　秋草孤墳蝶夢化，滄波落日雁群分。

是非死後真難論，攬涕高丘望暮雲。〔註5〕

　　不僅有詩作懷念，還把他寫進小說，是王統照1935年創作的小說《春花》中宋義修的原型人物。可見兩人的交往與感情有多麼深厚。

　　在青島時，趙明宇的妹夫、王統照的侄子王笑房擔任過膠澳中學的校長，也就是王樂平當年創辦的膠澳中學，後來改名為青島第一市立中學校長。在北京中國大學同他一起辦《曙光》雜誌、一起參加「五四」遊行的王晴霓（又名王靜一），此時也到了青島，他曾擔任過早期的膠澳中學校長，王靜一還是青島商校的創辦者，在青島創辦商校時，從集資到聘師，主要靠他一人籌劃。當時局勢不穩，人心浮動，人們對舉辦公共事業不感興趣。是王靜一上下呼籲，八方奔走，並用他私人積蓄，為學校購齊了桌凳。他的巨大熱情和堅強毅力，感動了社會上一部分中上層人士，也都積極相助，使新創的青島商校如期舉行了開學典禮，王靜一親自任校長。也可以說，青島的現代教育、文化事業的發展，相州王家子弟是做出了重要貢獻的。王統照後來也由鐵路中學到這個本家族人創辦起來的青島第一中學任教，也可說是參與、繼承了家族事業。尤其是他的長兄王統熙一家也在青島購置樓房「居易裏」，成為相州王家親戚們交往活動的中心。王統熙過世後，把家事、兒女都託付王統照照管，兩家孩子也是情同手足，來往頻繁。也因此種種，無論北京還是青島王統照始終與族人關係密切，繞開他的家族去理解他就很難把握其生活與作品的全貌，失之片面。王笑房也是王氏族人中傑出的一位。據王笑房兒子、現任國家行政學院教授的王偉講：王笑房當年到北京報考大學時，因為有人開玩笑說王家只出文人，他不服氣，偏去報考數學系，果然成為傑出的數學人才。當時，山東省就讀於北平師範大學數學專業的有八人，成績優異，號稱「山東八大數學金剛」；其中諸城籍王笑房、廣饒籍鞏憲文與霍樹楠尤為突出，並稱為「山東數學三傑」，在京師頗有名望。王笑房是臧克家髮妻王慧蘭的胞兄，也是臧克家出版第一本詩集的三位資助人之一（另兩位是王統照、聞一多）他對臧克家一家生活關照甚多。與族叔王統照在青島更是交誼深厚。後到北京，也來往密切。即便在歐洲考察期間，在德國，也是由他的侄子王深林（王笑房胞兄）陪同。

　　也可以說，王統照一直與本家族人保持著密切的交流與交往，這既給了他親情與溫暖，也給了他無盡的創作源泉。王統照許多直接以家族人物為原

型的小說，都可看出家鄉與家族對他人生與文學的滋養與影響。前面已有介紹，王家本身就是山東的一個重要文化、政治交會之地，王家子弟在國難當頭之時，廣泛參與了各領域的事務，並成為其中的領軍人物，如王樂平，王翔千等。王統照的難能可貴之處在於，儘管處在政治漩渦的家族中，他還是清醒而堅定地選擇了他知識分子的獨立性。也因此，研究王統照及其創作，就不能不從他的家族談起。王家是典型的家國同構的家族，家事與國事相交織，王統照的創作中也是把家、家族與國家的命運密切地聯繫在一起的，並融為一體的，家與家族成為他思考、書寫國家民族的重點基點，家‧族‧國在在那裡獲得有機統一。

第二節　相州王氏私立小學

　　王統照的家族，諸城相州王家，在現當代文學領域湧現出六位著名作家，山東三個黨派的創始人，都與他們家族辦的私學——相州王氏私立小學有著密切的關係。其中王氏家族的四位作家：王統照、王希堅、王願堅、姜貴（王意堅）都在這所小學接受過初級教育，另兩位王家的女婿：臧克家、王力沒在這裡上學，但對他們影響甚深的夫人都是在這個小學上學的，而王家的三個黨派人物王翔千、王樂平、王深林則即在這所小學受過教育，也曾在這所小學任過教，王盡美等都以這裡為舞臺，進行過不少革命活動，後在臺灣任國民黨空軍總司令的王叔銘將軍也曾在該校就讀。山東《大眾日報》的早期創辦者與幾位編輯都是這所小學畢業的王辯、王平權、王力、王希堅等王氏兄妹。可以說，這所小學是王家作家們接受教育、接觸政治的基礎與搖籃。在現代歷史上，從這個偏遠的鄉村小學走出的人才不亞於一所重點大學，聯繫到當前教育的種種問題，回眸歷史上成功的經典範例，或許對後人不無啟發。

　　王家人才輩出，關心文學與政治是與他們家族的遺傳、諸城相州當地的教育、思想氛圍、民情世俗等方面密切相關的，王家六個作家都與政治關係密切，也都是這種家族教育影響的直接結果。現在根據資料對由王家人創辦、王家子弟多在此接受基礎教育的小學做一下研究。王統照也是如此，而這所學校也成為他一生的牽掛。

　　相州鎮是開化很早的地方。清末，諸城縣城裏還沒有中學，王氏私立學

堂就已經辦起了中學班。比起其他鄉村來，相州鎮特別重視文化教育。可以說，不守舊，重革新，這是相州鎮的「鎮風」。相州鎮在京城省府讀書謀事的大有人在。先進思想、新鮮事物得天獨厚地首先在這裡傳播。這個鎮子裏的人，對外界也特別敏感，對新事物也容易接受。還在辛亥革命前夕，中國同盟會舉辦的旨在宣傳三民主義、倡導民主革命的進步刊物《民報》和梁啟超在日本橫濱創刊的鼓吹改良主義思想的《新民叢報》，就曾一齊傳到這裡。

19 世紀末，清政府的統治面臨崩潰的危機。清王朝為了維護反動的專制統治和適應帝國主義的需要，宣布實行「新政」，光緒 31 年（1905 年）詔諭全國，廢科舉，建學堂。從此，各級私立和公立的學堂在全國各地興辦起來。諸城縣相州王氏私立學堂，就是在這種形式下應運而生。

王景檀，清末曾任京議員，是當時諸城縣頗有影響的人物。清廷革新教育的「新政」頒布後，王景檀即與舉人王煒辰（字紀龍、王樂平父親）、秀才王武軒、王明霄、王鬱生等人計議償辦學堂，動員統融族人，籌措辦學經費。議定從王氏祭田中捐出五頃，由相州五大戶（以約堂、慶陽府、養德堂、居易堂、保和堂）和巴山前後樓王氏各負擔其半，徵收祖金為建校和辦學費用。並由相州地主居易堂王統熙，獻出宋家莊子（現相州一村）大草園作為校址，議定校名為「王氏私立三等學堂」（初小、高小、中學三個階段）。

學生入學須經嚴格考察。入中學班的必須是有功名的秀才、拔貢、貢生等。入高小班的必須是在私塾讀過書，有了一定文化基礎的。沒念過書的入初小班。學生除大部分為王氏子弟外，還擇優收取了少數外姓子弟。由於辦學經費出自王氏祭田，所以對王氏弟子備加優待，在校的食宿費用及學生制服、書籍、筆墨皆由學校供給，以鼓勵學生攻讀成名。外姓學生食宿、服裝費用則由自己負擔，唯書籍、紙筆等與王姓學生同樣免費。

王氏私立三等學堂所奉行的是洋務派張之洞的「中學為體，西學為用」的主張。即以尊孔讀經的傳統教育為主體，另外學習利用西方的科學技術為封建統治階級服務。在這種理論的指導下，學校所開設的課程，中學班有古文、四書、格物（即物理）、數學、英文、體育；高小班有國文、數學、歷史、地理、英文、音樂、體育、美術；初小班有國文、算術、音樂、體育、美術。雖是小學，卻有著中西兼備、自由並包的辦學氣魄與氛圍。而正是這種自由並包的氣氛，使得共產主義與三民主義能同時在學校得以傳播，它的早期畢業生王樂平、王翔千分別成為國、共兩黨在山東的創始人，後來他們又帶領

的家族子弟與學生王深林成為農工民主黨的創始人。表現在文學上，也是一家三派，海峽兩岸著名的紅色作家王願堅、王希堅與臺灣白色作家姜貴（王意堅）都出自這個家族、這所小學，還有始終堅持獨立立場中間派的王統照。這一切顯然都與學校自由的教育氣氛有關。不僅如此，「五‧四」運動的春風也很快就刮到這所小學，得以宣傳與盛行，使在學校就讀的作家們童年起也受到影響與感染。

姜貴對當年學校的政治活動曾有詳細描述：

> 民國九年暑假，他（王翔千）由濟南回到相州，在高小的學校的大操場裏搭了戲臺，演出三個獨幕劇。那時稱「新戲」，即進步到現在的「話劇」。戲目為《終身大事》《回門》《瞎子算命》。回門一劇，述說一位剛出嫁的姑娘回到娘家，對妹妹訴說在婆家的種種痛苦，總而言之，婚姻不滿意。五四文化運動的目標之一，是反對父母之命、媒妁之言的婚姻，提倡自由戀愛和自由結婚。這三個獨幕劇，都以此為主題。
>
> 相州那地方雖開通，但在那時候還請不到女孩子演戲。因此，所有女角只好都以男扮。翔千六伯父指定我演回門中的妹妹。我為這件事情為難得要死，怎麼也鼓不起勇氣來。最後，決定拒絕。逼急了，我就大哭。因為父親、母親、五伯母都站在我這面，無條件支持我總算得到勝利。六伯父於大發一頓脾氣之後，找了別人。
>
> 演出在下午，到了許多平日絕不出門的老太太和大姑娘。六伯父自飾瞎子的一劇《瞎子算命》放在最後。三劇戲演完了，大家一笑，原本可以圓滿收場了。但六伯父於後臺匆匆卸裝之餘，又跑到前臺演說一番。開口一句話是：「你們的瞎老爺又來了。」
>
> 「老爺」的爺字，在相州分兩個讀音，而意義不同。讀陽平，與國語無異，如青天大老爺是。讀陰平，則含有輩份較高的意思，如父祖或叔叔大爺是。六伯父這句話，偏偏是讀陰平的，而臺下聽眾，有些是比他高一輩或兩輩的。當時無人抗議，但事後引起責難，背後他被罵得不亦樂乎……

與之不謀而合，1941 年曾經擔任小學董事長的王笑房是北師大數學系畢業生，曾擔任北師大數學系教授，是臧克家的妻兄，姜貴《無違集》中提到與他是小學同班同學，他在回憶文章《「五‧四」火炬照亮了相州古鎮》一文中，

對當年王氏小學的師生抵制日貨、宣傳革命的政治活動的回憶基本與姜貴吻合：

　　在開展宣傳活動的同時，由於王翔千、王子容、刁步雲、王深林、郝任聲等十餘名師生組成了國貨維持會，一邊大張旗鼓地宣傳抵制日貨，勸說群眾不賣不用日貨，也不要把糧食、雞蛋等買給敵人；一邊組織學生檢查隊在大小路口攔截奸商，查禁日貨。對商店和商販手裏的日貨，現存的一律蓋印標記，賣光為止，不准新購。如發現再進新貨即予沒收。因為我們的宣傳打動了成千上萬的人的心，買日貨、用日貨的人越來越少，商店和貨攤上的日貨也大為減少，但還有少數商人唯利是圖，不聽規勸，仍在暗暗地販賣日貨，我們對他們不講客氣，一經查到，立即沒收。一次相州集上，在驢市街將沒收的一批洋布、洋線一火焚之，這一下教育了群眾，打擊了不法商販，以買賣仇貨（群眾稱日貨為仇貨）為恥辱的風氣很快佔了壓倒的優勢。

　　伴隨著反日愛國運動的開展，新文化運動也在相州蓬勃興起。當時私塾很多，尊孔空氣甚濃，「五‧四」以後大力提倡新學（當時叫「洋學」），讀白話文，看新書新報，並實行男女合校。學校還新設了手工勞作課，組織學生學木刻，用泥土製造花瓶，老師畫上圖案，拿到附近窯廠去燒。為了破除迷信，揭露封建包辦婚姻的罪惡，學校裏自己編排演出了《瞎子算命》和《傻女婿》等小話劇。在《瞎子算命》一劇中，王翔千親自扮演算命瞎子，我和王蛀鑲等扮演小學生，學生把瞎子領到尼姑廟門前，尼姑走出坐定，請先生算命，算卦先生說：「我算你明年不是抱個孫子，就是抱個外甥。」尼姑說：「了不得先生，俺是出家人。」先生又說：「你八字不清當老僧，我算你炕沿裏抱了個小臭蟲。」這滑稽而又詼諧的表演，把算命先生的騙人伎倆揭露得淋漓盡致，觀眾看了都大笑不止。在向封建迷信和舊道德的挑戰中，王翔千總是首當其衝，他率領學生到學校附近的一座大廟裏砸掉了神像，這在當時是非常驚人的行動，還帶頭為自己的女兒王辯剪了髮。

　　在當時，這一系列的活動並不是沒有阻力的，曾受到來自社會上各方面的非議、責難和破壞。王翔千就被人稱為瘋子，被其父親大罵

過，甚至被反動當局當作危險人物看待。有些學生家長怕鬧事、怕惹禍，把自己的孩子關在家裏，不准外出活動。女孩子上學被譏諷為野孩子。有一個學生後來患過嚴重的傷寒病，有人竟說是砸神像的報應。還有些奸商利用封建關係託人情，企圖阻撓抵制日貨等等。

（選自《「五‧四」火炬照亮了相州古鎮》：王笑房生前回憶材料整理）〔註6〕

這個小學舊址保存至今，現已轉賣給當地農民私用

可以說，王氏私立小學始終與王家的政治家、文學家們關係密切，是他們宣傳自己的思想與理想的一個重要舞臺，也可見這所小學始終是對社會開放大門，即讓社會上的各種思潮湧進來，又讓學生自由地走出去參加……

這所小小的學校始終與時俱進，即與外界的事情經常保持呼應，在老師的帶領下積極有效地參與社會活動，而不是關起門來只為考試做準備。這就有效地鍛鍊了學生的社會實踐與認知能力，又增強了學生對社會的知識與責任感。

而傑出人才的湧現顯然與教學的質量與教學方式密切相關。王氏私立三等學堂，對教師的選擇頗為嚴格，被延聘的都是有資歷的「飽學之士」。如聘

〔註6〕見王笑房：《「五‧四」火炬照亮了相州古鎮》，《諸城市文史集粹》，諸城市政協學宣文史委員會編，濰坊市新聞出版局准印證（2001）第003號，2001年1月印刷（164～167頁）。

請晚清舉人王在宣等教授古文、四書，聘請濟南高等學堂畢業生教授格物、數學，重金聘請英、德傳教士教授英文。該校由王景檀任學董，王煒辰（又名王紀龍，王樂平父親）任校監，具體負責教學及事務。王統照的堂兄王統熙任首任校長，對這所小學的初期建立與發展打下了良好的基礎。他是著名導演崔嵬的姐夫（是他把從小上不起學的內弟崔嵬培養出來，崔嵬也是諸城人，後來王樂平被殺後，其子女住無定所，也在他家借住或暫住，他在文學與歷史上沒有留下名字，但對王氏大家族的貢獻可謂功莫於大焉）該學堂是從舊的私塾脫胎而來，所以還沿襲了某些舊的習俗。但從課程設置、教材編選到教學方法等方面都有了重大改革，開始呈現出新的氣象。

這也就是說，王氏私立學堂的興辦，從一開始就與許多有識之士的參與、支持分不開的。

後來到臺灣的著名作家姜貴（王意堅）對自己當年在王氏私立小學讀書的情景記憶猶新，儘管事隔多年，他在自傳中，對他的這段學校生活依然有很生動的敘寫：

> 我沒有趕得上念私塾。民三至民十，讀完七年兩級小學。在高小的時候，正遇上五四，提倡白話文。每天下午，上完了正課，我們也有兩小時的課外補習。由老派的王友冬先生講授舊文學，如古文觀止、論語、左傳、戰國策、古詩源、古唐詩合解等，我們都宣讀過，而且被打著手板子背過，同時新派的王子容先生又教我們新文學，他喜歡讀劉半農的新詩，一首一首寫在黑板上，要我們抄下來。我記得有一首劉半農寫給 D 君的「詩信」，我奉命念背過了它，可惜現在早已忘得沒有蹤影了。
>
> 王子容先生還給我們講一個對話式的笑話：
>
> 甲：作文言文比作白話文難，難能所以可貴。
>
> 乙：吃狗矢難能，難道也可貴？
>
> 我們當時聽著很覺有趣。但王友冬和王子容倆先生從不互相攻擊。他們倒是商量好了，有計劃地為學生灌輸舊的，也灌輸新的，他們認為兩者都重要，不可偏廢。
>
> 民國十年，我在高小畢業，同班十三人，我考了第一名。此事我冤枉。原來同班石兆麟和趙榮復兩人，我必須承認他們功課比我

好，我應當是第三名。但王友冬先生以為「王氏私立高等小學校」，絕不能讓外姓學生考第一，就硬說我的一張大楷和一張小楷寫得比他們好，給了個滿分，於是總平均分數，我就第一了。

我平常最恭敬王友冬先生（他比我高兩輩，我父親叫他三叔），獨獨這件事情，我認為他做得不公平。

我對我獲得的第一名，不但不以為榮，反而覺得十分愧對石趙兩同學。我家在我們的山海關巷子裏，只算是一個中等戶。兩家大戶為冉香閣和筠松堂。他們都養著雙馬轎車和成群的奴婢，派頭大得很。我家裏大人總是囑咐我們小孩子不要到他們家裏去玩，因此我們從來不去。

我們倒常到較遠房的對松堂三叔祖父的畫室裏去玩。三叔祖父有一個從不發怒的好脾氣。自署為「濰水魚郎」，是個畫家，山水人物都馳名於當時當地，求之者眾。但他偏愛畫奇奇怪怪的妖精打架圖，畫了又不收起來，隨隨便便不定那裡一放，我們小孩子都樂於去翻出來欣賞一番。

他是我們高小的圖畫老師。每到星期五下午，該上圖畫科了，學校便派人請他，但十請九不到，偶然到了，也只是和學生說說笑話完事，並不認真教畫。

除了愛畫妖精打架圖外，他還不惜巨金收集「禁書」賣田收入又不夠用於抽鴉片，粉紙刻板，裝潢精緻的「肉蒲團」，在他的畫室之外，四十年來我從未再見。這些書，後來都隨著張競生的「性史」走進都市的小癟三市場，粗製濫造，錯訛百出為風雅之士所不屑與一顧，早已失去收藏的價值了。

恒軒三太爺兄弟三人，他的二哥那邊，有我的一位大叔。他的嗜好是收藏小說，他因此傾家蕩產。他曾用五百吊錢買進一部《金瓶梅》。五百吊錢約合銀元三百或良田二畝。在鄉下地方，這是令人不解的驚人「豪舉」。

姜貴饒有風趣地提到的他的圖畫老師，愛畫妖精打架圖的三叔祖父，是王同軒先生，王統照與他有深厚的情誼，這位有民族氣節的知識分子在日軍佔領諸城後自殺，值得指出的是諸城淪陷後，有不少這樣的鄉間知識分子自

殺明志。王統照專門寫有散文名篇《追念同軒老人》，就是懷念他的，還想為他寫傳，可惜未成。詳見王統照的散文與詩一節。

從他的敘述中，我們不難體會小學當時自由並包的開放學風，以及當地濃厚的國學風氣。而正是這樣寬容、自由的學習氛圍，才使眾多王家子弟從小受到很好的教育，得到多方面的薰陶與教育，後來走向社會，成為國家的棟樑之才。

不守舊，重革新的「鎮風」直接影響了王家子弟，後來，王統照能夠參加「五・四」遊行示威運動，成為文學革命的先進分子，與他所處的這種環境是分不開的。如果說十歲之前對他的影響較大的是王氏家庭，那麼十歲之後對他影響較大的則是相州鎮的社會風氣，具體體現就是這所小學。

王統照後來在編輯刊物、朋友交際中體現出來的重情重義、包容、寬厚的胸懷，是與從小在這種包容寬厚的氛圍中的薰陶、影響有密切關係的。

1911 年，辛亥革命震動全國，在相州的影響也不小。因為當年相州鎮私立學堂的幾個畢業生就是辛亥革命的參加者，他們自然會把當時革命運動的進展情況首先報告給自己故鄉、母校，而故鄉和母校也因有這樣的先驅而感到自豪，從而更加關心政治革命運動。可以說王氏私立小學始終是與時俱進，各種新思想一直都能在這裡得到傳播。在艱難的歷史進程中始終堅持對王氏子弟的良好而寬容的基礎教育。

1914 年春天，在濟南山東學堂（翌年更名為山東省立第一中學）讀書的王統照因病回家鄉諸城相州鎮休養，當時擔任相州鎮王氏私立小學校長的族兄王統熙因事辭職，他抱病代理該校校長，時年僅 17 歲。王統照代任校長後，首先為學生設計、製作了 60 套灰色「八大塊」的制服和大蓋帽。款項由學校經費開支一半，另一半王統照私人解囊相助。15 天後，學生們穿上了整齊的新校服，精神面貌煥然一新。緊接著，他又帶領師生修建校園，利用勞動課，劇除荒草，平整窪地，修葺了水塘，栽上了荷花，並自籌資金，雇用工匠，在荷花池畔建造了一座八角涼亭。之後，又新建教室兩排，每排 15 間，還改造了學校大門，修繕了師生宿舍，開闢了活動場地。操場周邊栽滿了樹木花草。從此，學校一掃頹勢，師生們精神狀態為之一振。半年後，王統照病癒，與學生們依依不捨的回到濟南，這半年校長，為小學注入了新的活力、氣象。（參見范寶聚《王統照與王氏私立小學》）

1935 年初，當時在文壇已經成名的王統照旅歐回國後，重返相州。回鄉

第二天，他就到學校裏給師生們講話。他結合自己在國內外的經歷和體會，反覆強調學習如逆水行舟，不進則退的道理，並引用了愛迪生的名言：「天才是百分之一的靈感，百分之九十九的血汗。」鼓勵學生們好好讀書，好好做人，將來成為國家有用的人才。講話之後，他問當時的校長王石佛還有什麼要求。王校長就將學校想建圖書館苦於無書的事提了出來。王統照爽快地笑了笑，滿口答應幫助學校籌集圖書，回去之後，他自費購買了《小學生萬有文庫》《水滸》《西遊記》等 5000 多冊圖書，用木箱子裝著從青島寄了來。隨之，相州小學便在校分院利用一座廟宇「玉皇閣」建立起學校第一個圖書館。學生們讀著這些難得的圖書，開闊了眼界，豐富了知識。可惜，在 1938 年，日軍飛機轟炸相州時，兩枚炸彈扔在「玉皇閣」附近，圖書館被炸塌，圖書也散失了。

王統照這次回故鄉，還應邀為相州小學編寫了校歌，當時歌名為《相州王氏私立學堂校歌》後被整理傳唱為《做一個新兒童》歌詞是：

「明白事理，

學習技能，

中華疾病弱與窮。

身體勞動，

精神樸誠，

救人救國在於功，

大家力合心，

同衛土的蟻，

釀蜜的蜂，

你我他，

做一個新兒童，

快樂融融，

春日的風箏，春日的風箏」

歌詞由相州小學音樂教師石友琪譜曲後，在學校裏廣泛傳唱開來，崇尚新思想，追求新生活的政治空氣日益濃厚。應當說，許多畢業生後來成為國家的棟樑之材，與王統照對學校的建樹有密切的關係。其時，1925 年留學蘇聯的山東第一個女共產黨員王辯與王懋堅都在這所小學讀書。現在還有那個名家會對一所小學去嘔精境竭慮呢？或者他們是否還被允許進入初級學校教

育呢？更多人關心的是如何得高分的交流。

這次，王統照回相州只待了半個來月，還為小學學生編輯出版過一本書。在他回鄉期間，一天校長王石佛抱了一摞小學生的作文抄本給他看，並說明這些作文是學生為練習國語而搜集的當地流傳的故事、歌謠等，請王統照給以改正。王統照看過之後，高興極了。他認真地一篇一篇地圈閱。離開相州時，帶在箱子裏。回到上海後，又把它們編成一冊《山東民間故事》，次年12月，他又親自寫了序言，1937年3月，由上海兒童書局出版發行，出版後王統照又特為相州小學圖書館寄來一些。王翔千最小的女兒、王力的夫人王平權期時正在小學讀書，她有兩篇作文被選入本書中。

對兒童教育的重視，幾乎貫穿了他的一生。在編輯刊物期間，多次編發兒童文學特輯。1936年7月，王統照接手當時最權威的大型文學刊物《文學》月刊後，在7卷1號上專門推出了「兒童文學特輯」，他特約當時的著名作家茅盾、老舍、葉聖陶等名家創作的兒童文學《大鼻子的故事》《新愛彌爾》和《一個練習生》。他自己也創作了以上海小童工為題材的兒童文學作品《小紅燈籠的夢》。在「創作」欄目中，共有沙汀《苦難》、艾蕪《小犯人》等作品8篇，「詩」欄目則包括臧克家的《跳龍門》《依舊是春天》，葛葆楨的《荒村浮動線》等7首兒歌。另外，該特輯還對剛剛起步的中國兒童文學進行了理論探討，發表了高爾基著、沈起予譯的《兒童文學的「主題」論》、鄭振鐸的《中國兒童文學讀物的分析》、茅盾的《兒童文學在蘇聯》等論文。對中國兒童文學的發展有著重要的推動作用。

而從17歲擔任王氏私立小學校長開始，也開啟了他一生中至為重要的教育生涯。從小學、中學、到大學，王統照都曾擔任過教職，教育事業也伴隨了他的一生，他始終關心教育，熱心教育，並全心全力教人育人。即使不在教育崗位上，在從事文學活動，主編文學刊物時，也把教育培養文學新人、教育年輕作者看做重中之重。

第三節　家族與家族寫作

一、家鄉與家族

中國有著深厚的家族文化傳統，宗親家族就是有同一父系血緣關係的人們相聚而居，他們祭祀同一祖宗，拜祭相同的宗廟，分享共同的土地財產，

有共同的墓地等的一個家族群體。可以說，「族」就是對同一父系血緣關係的人的總稱。相州王氏家族就是在這樣的基礎上形成的居住在相州鎮上的王氏家族宗親的總稱。這個家族人才輩出，影響波及海內外，在現代中國政治與文學舞臺上扮演過重要角色。

作為在歷史上有很高影響與聲望的家族，相州王氏乃琅琊王氏後裔，家學淵源很深，歷代名人輩出。據《諸城文史資料集粹》（818～820頁）記載：

> 相州王氏是自明代自縣西小店子遷居相州，傳至清末共二十世。據記載，小店子王氏遷出三支，一遷相州，一遷營子、一遷新城（今桓臺縣，為清刑部尚書王世禎之祖）。

> 王沛檀，字汝存，其父王鉽、伯父王瑛、子王棠等，均為清王朝重臣，歷官御史、布政使、給事中、員外郎等職。沛檀康熙年間舉於鄉，歷官漳州同知、四川建南副使、貴州按察使、廣西布政使，雍正四年升左都御史、吏部右侍郎，上疏求歸，以左都御史銜歸。五年後卒，年七十七歲。檀善斷疑案，喜興事功，所至皆有政聲，鄉人敬之。

> 王鉽，順治十五年進士，西寧知縣，為官清正廉明，凡幾年境內升平，後以疾歸，居於水西村。鉽文學淵博，嗜墨硯，工詩略，著作頗多，有《水西紀略》《世德堂文集》《詩集》《朱子語類纂》《署窗臆說》《粵遊日記》等。

> 王瑛，字伯和，順治六年進士，歷官戶部浙江司主事員外郎、雲南司郎中，十三年進江西饒州道參議，升貴州按察使，康熙二年升江西布政使，卒於官。瑛性爽慨，不事矯飾，與友人交有始終。著有《破夢齋詩草》等。瑛在江西饒州時，曾監造瓷器，特別是青花瓷，繪製人物、山水、亭榭、庭院，畫工細膩，有分水點，淡繪及濃筆渲染，色調翠蘭沉靜，為當時精品。王瑛監製的青花人物大盤，今尚存於故宮博物館，為國家瑰寶。

> 王棠，字尚木。沛檀子，雍正二年，捐授工部虞衡司員外郎，後授直隸口北道僉事，歷任八年後與督府有隙，被誣罷官。乾隆元年昭雪以雲南道府用，棠請歸終養。後乾隆東巡，棠迎於濟南，蒙帝慰問將錄用，俄頃感病而卒，年四十四歲。棠英毅勇往，處事果

斷，忠於任事。景陵碑石經年不得，棠獨率石工鑿山得石，才免工部諸官之責。他監督琉璃廠，嘗變賣家產補前官之缺銀，上聞嘉之。引見帝曰：「不自侵欺足矣，代人出金甘之乎？」棠說：「臣父沛檀命臣寧自損，不可以細事瀆天聽也。」上重之，下詔褒獎，謂：「實心任事，內外大小臣工皆如棠，朕復何慮！」可見棠之為人和皇上器重之深了。

相州王氏還有王衍福、王鍾吉、王汝星等人，也為士家。鍾吉曾為湖南學政，清著名書法家何紹基之父何凌漢為其門生，師生親密。鍾吉死，凌漢親帶幼子紹基蒞臨祭奠。並撰祭文由何紹基書寫。祭文尚存在市博物館。另外，何紹基書寫的石碑，文云：「世德毓名流，罕見童年膺勇爵；重闈悲報服，莫將老淚溢琴堂。」今存於市博物館中。

王家巴山支為王氏之最，田產富，官員多。著名人物有：王瑋慶、王恂慶、王琦慶、王錫蒂、王錫棨、王緒祖等人，均為清王朝的重臣，尤其是王瑋慶、王錫棨、王緒祖、王濟民祖孫四代，嗜金石、篆刻、古幣，收藏頗富，精鑒賞。著作頗多，是全國著名的金石學家。他們的金石、古幣、篆刻等文物百餘件現尚存在市博物館中。

王氏後代，官員文士層出不窮。據不完全統計：京官、侍郎、御史、司郎中、員外郎等二十六人；布政使四人，監察御史七人；知府十三人；同州二十三人；縣知事三十一人；教諭訓導十三人；守備三人；翰林等十餘人。

他們的後代參與推翻清王朝建立中華民國的民主革命者和建立社會主義社會的無產階級革命者也為數不少。

如相州的王鳳翥，字景檀，生於 1857 年，卒於 1930 年，享年七十三歲。其雖出身於封建官僚世家，然對清廷政府的腐敗和喪權辱國表示不滿，意圖改進社會，拯救國家。適逢清廷挽救其搖搖欲墜的貴族統治，仿傚日本維新模式，在京設參議員，省設諮議局。鳳翥被選為省諮議局議員，曾擔任過京議院（代理）議長。清廷推行新政，模仿西歐的教育方式：「廢科舉、興學校」，提倡省縣設學堂。議定由王氏祭田捐出土地五百畝（折合市畝一千二百畝），收取地租為建校

基金和常年經費；1906 年秋，學校成立，鳳儔任校長，校監由王家樓子王紀龍（舉人）擔任。學制三年，聘當地名流教授古文，聘外國傳教士教授數、理、化和英語課，學校辦得卓有成績，曾獲清廷學部金質嘉禾獎章。鳳儔是早期同盟會會員，辛亥革命諸城獨立，被推為縣議會議長。1916 年袁世凱稱帝，孫中山發動討袁戰爭，王鳳儔積極參加了討袁的軍事活動，對革命軍進諸城發揮了一定作用。

王紀龍（王樂平之父），王家樓子村人，晚清舉人，終生獻身教育事業。當過塾師，辦過小學，任過相州三級學堂學監；民國後，歷任諸城縣學務委員會主任，縣立中學首任校長等職。由於他的艱苦創業，給桑梓青年提供了深造機會，在諸城享有盛譽。他雖係清代遺老，但思想進步，擁護共和，在北洋軍閥統治時，曾兩次被當地劣紳指控為革命黨而橫遭監禁。1928 年病逝於上海。〔註7〕

這就是王家的家世、祖人先輩，正是他們的遺傳、家風，才有了中國現當代文學史的傑出文學家族與政治家族的出現，王統照即是其中之一。

同為諸城人的清代著名宰相劉墉也是大書法家，他的母親是相州王家的女兒，幼年劉墉常隨母親住姥姥家，對王家感情極深，不僅親筆為王家的家譜作過序，也專為王家題字，這塊匾額被王家後人保存至今。這塊木製匾額長約三尺，寬一尺，褐色。除中間有一道不太深的紋路外，相當完好。匾額上書劉墉為相州王家的題字：「種樹」，落款為「已未臨於丹林詩興之軒石庵」。此外還有三顆劉墉的紅色印章。「十年樹木，百年樹人。」劉墉當年題寫「種樹」二字，寓意著相州王氏家族重視培養後人，王氏家族人才輩出。

（劉墉為王家所題匾額，由以約堂後裔、國家行政學院教授王偉提供）

〔註7〕見《諸城文史資料集粹》，諸城市政協學宣文史委員會編，濰坊市新聞出版局准印證（2001），818～820 頁。

　　相州當年的地域文化狀況，1948 年到臺灣，八十年代又專程返鄉探親的相州王氏族人王金吾先生寫給家鄉親人的《懷念吾鄉——相州》一文中有詳細描述（他與姜貴同時代，也有相同境遇），為尊重這些老人的故鄉情誼，全文引錄（標點也按他原來格式）如下：

一、御葬林：相州鎮南門外，通往諸城縣的大路上，在高直村的北方，有一片林地（墓地）鄉人稱為御葬林，那是相州王氏五世祖允升墓地，六世中恢基祖亦葬在林內，八世中沛懍公係康熙甲子舉人，歷任巡撫，左都御史等職，後御賜「一品全葬」於同一林內，始稱「御葬林」。古代既為御葬必有牌坊，石桌，石人，石馬，石獅子（獸），以及豎有「文官下轎，武官下馬」以示崇敬的石碑。林的規模浩大，方圓有一華里多，林內樹木參天，尤其是有數珠高大的白楊樹成為相州鎮的地標過往行旅，遠遠望去，就知道，已經到了相州。

二、倒座觀音廟：相州鎮大街上，在魁星閣之西有一觀音祠，可能是地形關係，該建築成為全國少有坐南朝北的廟宇，內供奉觀音神像，記得鎮公所曾在辦公，廟門上有一幅對聯，上聯是「問觀音為何倒座」，下聯是「歎眾生不肯回頭」。由此對聯想倒座觀音的含義，但不知出自何人手筆。

三、無主墓冢：大豬市灣北側，趙家崖頭南邊有高大的兩座墓冢，據鄉人傳言，某年墓塌一大洞，見棺木完整，但係站棺（棺木豎立）不知真假，又此兩座墓冢，係何年代？埋葬的又是何人？均無資料可考。

四、王家始祖祠：建祠在東巷子底，坐東面西，祖祠後是始祖墳墓園，樹木扶疏，規模不大，祠堂大門兩幅對聯；

　　（一）「源遠流長分一脈，根深葉茂啟三支」（三世三支始發跡）

　　（二）「孝悌力田孫子地，文章食報祖宗天」（以此惕勵後人）

五、王氏五世祠堂：位於相州糧市之東，座北朝南，因地形門係需拾階而上，內有高大柏樹數株，環境清幽，進門有照壁，上有康熙，手書大型「福」字，甚為壯觀，大廳內高懸，清世宗雍正帝御筆七言橫匾一方；

　　　　「漁翁獨釣曲江灣，春雨秋風總是閒，
　　　　滿眼兒孫常繞膝，賣魚沽酒醉蒼顏。」

大廳門柱有趙執信（字秋谷，山東益都人康熙進士）所撰書楹聯；

上聯；「占盡春秋兩榜，子午卯酉，辰戊丑未，兼之巳歲登科，亥年發甲」；

下聯；「看來袍笏滿床，祖孫父子，兄弟叔姪，更有外甥宅相，女婿門楣」。

此聯道盡當年相州王氏家族興盛的實況。

六、山海關與亭子園；相州鎮山海關名稱之由來係王氏九世模公曾在山海關一帶做官而得名，他曾任直隸順德宣化府，滄州延慶順天北路等知府有年，這些地方都在河北省山海關一帶，故鄉人對他的宅院，都稱之為山海關，後因家道沒落（做官公正清廉）將房產賣與同族三支後裔，留下了花園。因園內有數十株松柏樹參天，環境幽美，還有高大假山涼亭突出，被稱之為「亭子園」，山海關與亭子園之間，有「晴雪堂」一家，即係模公之後裔，亭子園內建有王氏八世祖祠，規模宏大，共兩進並有西廂房，其大門有「箕裘百世，俎豆千秋」對聯，大廳上的楹聯是：

「登堂始見承繼遠，守業方知創業難」用以警惕後人。

七、堂號與石牌坊；相州鎮以王氏家族最多占百分之八十，餘為孫氏，趙氏，邵家，共有堂號二十餘戶，大都是二進三進的大宅院均有大廳後宅及東西廂房成四合院，建築雄偉富麗堂皇，所有都是明清兩代所建築，與今長江以南各旅遊景點，現保存之大宅院相較毫不遜色。相州大街上一華里縱深，由南到北共豎有九座牌坊，人車均從牌坊下往來其建築雕刻工藝精細，不亞於江南各地及兗州之牌樓，可惜所有大宅院牌坊及前述各景點之文物，均夷為平地蕩然無存，今見江南各遊覽地區之文化遺產雖經破壞，現均已修復，供中外人士遊覽觀光，憶我相州之所有古蹟文物不復再現，令人惋惜。（下圖為遺留下的原相州貞節牌坊照片）

相州牌坊老照片

　　這些都可見，相州王氏在清代時已是鎮上的望族，家族堂號林立，最顯赫的有：居易堂（王統熙、崔嵬姐夫、王統照堂哥家）、養德堂（王統照家）、以約堂（王深林、臧克家岳父家）、帶星堂（王翔千、王希堅、王願堅、姜貴、王力岳家）、冉香閣等，歷史上家族中科舉出仕的人很多，鄉人說他們一族「出的知縣、知府數不過來。」王氏各支派在村中修建宅第時，常以在外做官時的地方和官銜為宅第的名稱，如寶應縣（江蘇）、青口司、山海關等，王統照、王翔千都屬「山海關」一支。從前王氏家族在村中立有九座牌坊，六通神道碑，又有從南方帶回來的「陞官樹」，蓋著魁星樓的魁星街，使得這個大鎮富有濃厚的文化底蘊和家族血緣氛圍，豪門巨戶林立。

　　相州鎮隸屬諸城市，而諸城歷史上不僅是兵家必爭之地，也是文人薈萃之所，山不在高，有仙則名，諸城境內的大小山包幾乎都留下歷史名人的足跡與佳作。蘇東坡當年被貶到密州（諸城），是他人生仕途的不幸，卻是詩壇、

諸城的大幸。在任職密州期間，正如他在《超然臺記》中所說，落寞中超然尋樂，不但修築了「超然臺」，寫下散文名篇《超然臺記》，他的足跡幾乎踏遍諸城的山山水水，而諸城的山水也給了他無盡的創作靈感，他的諸多名篇都是在諸城寫成的，如：《水調歌頭‧明月幾時有》（有人曾評說：中秋詞自東坡《水調歌頭》出，餘詞盡廢）、《江城子‧密州出獵》《江城子‧十年生死兩茫茫》，《望江南‧超然臺作》等，在密州期間創作的、至今流傳的作品有 200 多篇，且多是他的精品、代表作，成為他創作生涯的一個空前的高峰。值得一提的是蘇東坡並不是以詩人的身份在自吟自樂，而是對當地百姓而言實權在握的知州大人，這樣的知州統領的詩風文潮，對諸城的文風鼎盛曾產生過多大的影響力實難估量，而諸城本就被稱為「文鄉」，蘇東坡在諸城激發出的非凡才情也正是文人與文鄉相互交流融合的結果。

蘇東坡最知名的《水調歌頭‧明月幾時有》既是在諸城修建的超然臺上所寫，諸城城北常山，蘇東坡的名作《密州出獵》就是在這裡打獵「老夫聊發少年狂」的。

城東南有一盧山，蘇軾在其《超然臺記》中也曾寫道：「……其東則盧山，秦人盧敖之所從遁也。」盧敖，本是秦始皇的博士，因議論秦始皇的暴政，恐獲罪名而逃匿於琅玡故山，並以此引發了 460 餘名儒生被坑殺的事件。（一說盧敖為秦始皇求仙藥而不得，便隱遁盧山）

這些氤氳著濃厚的歷史文化的鄉土親情，無形中也滋養、孕育著成長在這土地上的人們。

正是這深厚的歷史文化積澱，諸城名人輩出並不是現代歷史上才發生的事，而是自古如此，代代相傳，無數的歷史名人從這裡走出：舜帝、公冶長、諸葛亮、《清明上河圖》的作者張擇端，趙明誠夫婦（李清照是諸城媳婦）丁耀亢、大學士竇光鼐，劉墉（劉羅鍋）這些諸城名人後來又多告老還鄉，把京城文化再帶回諸城，使諸城文化形成良好的循環互動，也使偏遠鄉下的諸城始終與北京等文化中心交流互通，接受新事物、新思想較為容易。

諸城曾作為密州的治所（州衙所在地），但與密州並不是一回事，諸城與密州是隸屬關係，而不是沿革關係，諸城是與密州同時存在的兩級建置。諸城建縣之初，叫東武縣，新莽天鳳元年（14）改名為祥善，9 年後又恢復東武縣名，隋開皇十八年（598）改名為諸城縣，1987 年改為諸城市。中間除幾次改名外，從沒有間斷過，迄今已 2079 年。

　　北宋時的密州比今天的諸城要大得多，它還包括安丘、高密、五蓮、膠南一些城鎮和地方。現在的諸城市是縣級市，而當年的密州是地區級即州府。

　　諸城土地肥沃，諸城人智慧勤勞，工商業發達，自古富庶繁華，直到現在都是全國經濟百強縣之一，聚集了許多名流世家、歷史古蹟。

　　臧克家曾回憶自己的家鄉：

> 我的故鄉是山東諸城，屬膠東半島，第一次世界大戰時，青島德國人的大炮，震得我家的窗紙響。這個縣屬古琅琊，秦始皇東巡，曾在這兒刻石記功，這就是有名的琅琊刻石，我的村子—臧家莊，在西南鄉，離城十八里路。〔註8〕

　　諸城文史資料記載，諸城比較著名的五大家族分別是：臧氏—明工部尚書臧惟寧（臧克家家族）；王氏—諸城王氏分布較廣，家族較大，聲名較顯，宗支較多，主要有三；劉氏—清代東直閣大學士劉統勳族（劉羅鍋家族）；李氏—著名的有三大家；丁氏—明監察御史丁惟寧家族，這些大家族都是名人輩出。

　　對諸城的描述，沒有人比蘇東坡的《超然臺記》更知名、也更權威的了（「超然臺」在諸城已得到修復與重建，就在現在的市政府旁邊，現在的市政府也是蘇東坡當年辦公的地方，據說是歷史最悠久的衙門所在地）：

> 凡物皆有可觀，苟有可觀，皆有可樂，非必怪奇瑋麗者也。哺糟啜醨，皆可以醉；果蔬草木，皆可以飽。推此類也，吾安往而不樂夫所為求福而辭禍者，以福可喜而禍可悲也。人之所欲無窮，而物之可以足吾欲者有盡，美惡之辨戰乎中，而去取之擇交乎前。則可樂者常少，而可悲者常多，是謂求禍而辭福。夫求禍而辭福，豈人之情也哉物有以盡之矣。彼遊於物之內，而不遊於物之外：物非有大小，自其內而觀之，未有不高且大者也。彼挾其高大以臨我，則我常眩亂反覆，如隙中之觀鬥，又焉知勝負之所在。是以美惡橫生，而憂樂出焉，可不大哀乎。
>
> 余自錢塘移守膠西，釋舟楫之安，而服車馬之勞；去雕牆之美，而蔽采椽之居；背湖山之觀，而適桑麻之野。始至之日，歲比不登，盜賊滿野，獄訟充斥；而齋廚索然，日食杞菊，人固疑余之不樂也。

〔註8〕《臧克家回憶錄》，中國工人出版社，2004年第一版，2008年4月2版，103頁。

處之期年，而貌加豐，髮之白者，日以反黑。余既樂其風俗之淳，而其吏民，亦安予之拙也。於是治其園圃，潔其庭宇，伐安邱，高密之木，以修補破敗，為苟完之計。而園之北，因城以為臺者舊矣，稍葺而新之。時相與登覽，放意肆志焉。南望馬耳，常山，出沒隱見，若近若遠，庶幾有隱君子乎！而其東則盧山，秦人盧敖之所從遁也。西望穆陵，隱然如城郭，師尚父，齊桓公之遺烈，猶有存者。北俯濰水，慨然太息，思淮陰之功，而弔其不終。臺高而安，深而明，夏涼而冬溫。雨雪之朝，風月之夕，余未嘗不在，客未嘗不從。擷園蔬，取池魚，釀秫酒，瀹脫粟而食之，曰：樂哉遊乎！

方是時，予弟子由適在濟南，聞而賦之，且名其臺曰「超然」，以見余之無所往而不樂者，蓋遊於物之外也。

超然臺歷史照片，如今已按原貌恢復

大詩人的精妙文筆即為諸城地域風貌賦形，更為諸城人的豁達超脫賦神，形神交融中，在文壇上留下古諸城的千古風姿神韻。

著名戲劇家孟超對諸城的戲劇文化傳統有著專門的文章介紹，尤其是對諸城地方戲茂腔《拳拳鄉情談茂腔》，生動回憶了諸城當地濃厚的地域文化氛圍。如果說蘇東坡詩詞是一個外來者與諸城的交融契合，且能碰撞出那麼多

的文壇奇葩，那麼孟超則是寫出了從諸城自己的土地、人心裏自然生發出來的藝術品類與藝術氛圍。戲鄉戲情幾乎是生長在這片土地上的人一種與生俱來的自然成長因素，就像這裡的空氣與山水一樣。難怪從這裡走出來的人骨子裏都是帶著藝術的因子的。諸城普通百姓在生活中也常跟著吟詩打趣，文風興盛。

戎馬箜篌、出生入死的「老虎」將軍，一到臺灣當起空軍總司令，王叔銘就立即戲癮大發，在兵戈鐵馬的空軍營盤中辦起了劇院，這就是典型的諸城人的癖好。他小時候在家鄉讀書時也登臺演出過，扮演勇士樊噲，一些諸城同鄉回憶起來津津樂道，這在諸城文史資料裏有記載。

臺灣國大代表裴鳴宇，早年就曾參加諸城辛亥起義，出生入死，到臺灣之後在澎湖山東流亡學生事件中，一直剛直不阿，據理力爭，為冤死的教師、學生奔走呼籲，為冤案的最後平凡竭盡全力，他的兒子裴源、女兒裴在美日後都成為著名作家，他的兒女中學者、藝術家多人。

現在的臺灣空軍上將夏瀛洲也是出生於諸城，這些年來他在臺灣致力於國家統一，正直敢言，所談「共軍、國軍都是中國的軍隊」、「臺灣支持日本就是與中華民族作對」等都引發兩岸媒體輿論的強烈關注，這些在臺灣的諸城人表現出的為國為民正直敢言的品格也是諸城人的一大特點。

諸城雖小，卻把整個國家抱在懷裏，儘管地處偏狹，諸城人卻多是站在國家、民族的角度思考問題，參與國家大事，典型的家國同構的思維方式。北京、上海等其他地方人的特點，人們常可以有幾句經典話來概括，但小小的諸城，卻難以用幾句話來概括。諸城雖小，思考參與的問題卻大，也因此諸城人的個性差別也大，簡直南轅北撤。一個王家能形成紅、白、中三大文學派別，在海峽兩岸引領風騷幾十年，同時誕生三個黨派的創始人，個性差別之大猶如南北兩極。每個人都能很突兀地獨立於他人，缺乏共同特點，這或許也正是諸城人的特點。這也正體現出諸城文化的包容性與開放性，新文學與舊文學在北京爭得頭破血流，在相州王氏私立小學卻能平和地同時講授，三民主義與共產主義的爭鬥是中國人的世紀主題，但在這所小學，一開始就和平共處，同時在這個小學活動、講授，甚至兩黨的政治人物都在這裡得到鍛鍊成長。「小學」雖小，卻比大學包容性更大。這樣的小學培養出的人才能個性相同才是真正的怪事，正是因為個性不同，諸城人才幾乎全方位地參與了中國現當代的文學與歷史。

　　相州王氏家族作為諸城四大家族之一，且人口最為龐大，迄今是諸城第一大姓，在海峽兩岸的現當代文學領域湧現出了六位著名作家，三個黨派的重要創始人也不是偶然的，而是與他們的家族及諸城相州的地域文化環境一脈相承，息息相通的。

　　相州王氏乃琅琊王氏後裔，據《諸城文史資料集粹》記載，相州王氏是自明代自縣西小店子遷居相州。據記載，小店子王氏遷出三支，一遷相州，一遷營子、一遷新城（今桓臺縣，為清刑部尚書王世禎之族）。相州是一個大鎮，有上千戶人家。王氏在清代時已是鎮上的望族，家族中科舉出仕的人很多，鄉中人說他們一族「出的知縣、知府數不過來。」王氏各支派在村中修建宅第時，常以在外做官時的地方和官銜為宅第的名稱，如寶應縣（江蘇）、青口司、山海關等，王統照屬「山海關」一支。從前王氏家族在村中立有九座牌坊，六通神道碑，又有從南方帶回來「陞官樹」，蓋著魁星樓的魁星街，使得這個大鎮有氣派也有些神秘感。

　　山海關巷子是王家在山海關做過鹽稅官的先輩（姜貴自傳說不記得祖輩在山海關做過什麼官，王統照的兒子王立誠卻十分清楚地知道是收鹽稅的官）回鄉建造的巷子，王統照、王翔千、姜貴（王意堅）、王希堅、王願堅都是這位鹽稅官老爺的後人，都在這條巷子居住。

　　王統照顯然是王家六位作家最早登上文壇，並在文學史上產生了重要影響的人物。他對王家後輩的影響也是巨大的。對臧克家的獎掖與扶持曾是一段文壇佳話，兩人亦保持了深厚的交誼，感情彌篤。

　　王統照之子王立誠在《克家兄與相州王氏家族的密切關係》一文曾介紹王統照與臧克家交往的情況：

　　　　諸城王、臧二大家族是有長遠的通婚歷史的。抗日戰爭以前克家就是相州王氏宗族的乘龍快婿。他的元配夫人王深汀（字慧蘭）就是我的堂姐，家在相州三村，因此克家在九十多歲時還涵囑我務必稱他為克家兄，我內心深處感覺到也有這層涵意，不知是否？

　　　　也許因此之故，克家一直稱先父王統照為「二叔」，大概是隨了王深汀的行輩稱呼。

　　　　……

　　　　克家生前寫文章紀念先父，稱為「亦師亦友」，那是不錯的，因為那時先父並未在青島大學兼課，不算是他的老師。只能算是他走

上文學道路的「引路人」，是忘年之交的「老友」。但是，克家歷來文章中不提也不便於提的，是當年他們之間還有一層家族的「翁婿」關係。

　　抗戰以前，他們夫婦常常來到我家，甚至吃住也在我家，克家和先父談詩論文，八姐就在內室和先母聊天，我也不免在旁聽著。至今我還清楚地記得很清楚的一句話，八姐曾說：「二叔太寵著他了！」我感覺到這一句話也反映出他們在家裏的爭論。

　　但是，這位「二叔」對克家還是「寵對」了。一直到 1933 年，克家的第一本詩集《烙印》出版，聞一多先生資助了大洋 20 元，先父資助了 20 元，王深汀的七兄王笑房資助了 20 元，於是事底於成，克家一舉成名。

　　克家對先父感情極深……〔註9〕

臧克家也留下了不少回憶紀念王統照的文章，是研究王統照的重要文獻：

　　在青島那五年（讀青島大學），除了聞一多先生之外，和我關係親切，鼓勵我寫詩、對我幫助很大的是王統照先生。他是我的前輩，又是同鄉。我第一次見到他是 1924 年在濟南讀書的時候，他在給印度大詩人泰戈爾的演講做翻譯，（這次聽演講姜貴也在場，只是沒記清翻譯者，還以為是徐志摩，而臧克家不單記清了，還留下了深刻印象）正式接觸是在青島。他住在觀海二路四十九號一座小樓上，抬頭就可以望見大海。我和吳伯簫同志經常是他的座上客。王先生為人樸誠，平易，令人即之也溫。他言行謹慎，但詩人氣質濃厚，詩興一來，話如流，色舞眉飛。他學識淵博，愛好美學。曾自費歐遊，歷七八個國家，帶回來許多佳作。他對獎掖後進，不遺餘力，發現一個新作家，以為至樂。他從傅東華手中接過當時影響很大的《文學》月刊，我的許多詩作就發表在上面。在當日文壇上，想「登龍」，須「有術」，像我這樣一個初出茅廬的文藝學徒，想出本書，真是難啊，難於上青天。鯉魚跳龍門，有多少跌死在浪頭上！我忽做遐想，想出本詩集。王先生大加贊助，成人之美。他替我出主意，

〔註 9〕見《臧克家與諸城》，政協諸城市委員會編，王紀亮主編，中國文史出版社，
　　　　2006.8，第 157～159 頁。

編好之後，還資助了二十元，並署名王劍三（他的字是劍三），做了這本書的出版人。這就是我問世的處女作——《烙印》。〔註10〕

他在悼念王統照的文章《劍三今何在？》寫道：

劍三很看重友誼，真誠待人，給我以溫暖，如陳年老酒，越久越覺得醇厚。對我這個後進，鼓勵、扶掖，不遺餘力。我的第一本詩集，他是鑒定者，資助者，又作了它的出版人。沒有劍三就不大可能有這本小書問世，這麼說也不為過。

解放以後，劍三工作繁重，但和我通信極勤，幾乎每週必有，有必厚。大事小節，均形之於字句，字體極小，不論用鋼筆還是毛筆，都寫得公正娟秀，讀了令人心快眼明，可惜這多至百封的信，經過「文化大革命」已蕩然無存了！

（原載 1979 年 6 月《人民文學》第 6 期。編入本書時，作者略有修改。）〔註11〕

海峽對岸姜貴，在自傳中曾提到他年幼時「二叔」王統照對他的關照：

動筆寫的第二部是中篇小說《白棺》，可惜沒有出版；《白棺》由王統照拿去在《青島民報》連載……〔註12〕

王統照先生住西關某街，我只去過一次。那時他還在讀中國大學，小說《一葉》剛出版，但我並沒有讀過《一葉》〔註13〕

歷史風雨激蕩的二十世紀，古老的民族在歷史的轉折時期，國勢衰微、家國動盪，山雨欲來，旋風滿樓，仁人志士們紛紛探求救國救民之路，青年學子更是奮不顧身地投入到了革命洪流當中。「山雨」「旋風」侵澤的土地上，年輕的知識分子「春花」竟放，「雙清」時節現「重陽」，在救國救民的道路上，演義著一曲曲他們自己的「青春之歌」……

山東曾經是中華民族文明的發祥地之一，百家爭鳴、孔孟之道的發生地，

〔註10〕見《臧克家回憶錄》，中國工人出版社，2004 年第 1 版，2008 年 4 月 2 版，101 頁。

〔註11〕見《王統照先生懷思錄》，諸城政協文史資料委員會編，中國文史出版社，1991.6 版，15～26 頁。

〔註12〕見《姜貴中短篇小說集》應鳳凰編附錄二《姜貴的一生》，臺灣九歌出版社有限公司，2003 年版，239 頁。

〔註13〕見《姜貴中短篇小說集》應鳳凰編附錄一《姜貴自傳》，臺灣九歌出版社有限公司，2003 年版，221 頁。

黃河文明、華夏文化曾經以這裡為核心，留下無數在中華文明史上赫赫有名的世家大族。孔家、孟家、王家等。然而，在近代中國，山東卻首當其衝地成為民族災難深重的土地，先後淪為德國與日本的殖民地，抗戰的前沿、國民黨重點進攻的地區、土改中的極左行為等，都給這塊歷史文化積蘊深厚的土地帶來了沉重的災難，也引發了無數山東兒女奮起，為之流血犧牲，其中相州王氏家族子弟衝在了最前面。

相州鎮隸屬諸城，古稱密州，是宋代大詩人蘇東坡寫《密州出獵》《明月幾時有》的地方，對於密州，他曾說「至今東魯遺風在，十萬人家盡讀書」。遠祖東晉琅玡王氏的王氏家族是山東淵源很久的世家大族，歷代以詩書著稱於世。在山東諸城相州鎮居住已久，史稱「老實王家」，一直過著讀書、耕耘的平靜生活。

然而，正是這個家族成員，在中國現代政治、歷史上扮演了重要角色，政治上是一家三黨。王翔千、王盡美是山東共產黨的創立者；王樂平是「五四」割讓青島時山東赴京請願團的總指揮，山東最早的同盟會員之一，山東國民黨的元老與創始人之一，與堂弟王立哉等成為國民黨要員，因當時力主國共合作，1930年被蔣介石派人暗殺；其後曾經追隨他的王深林亦被開除國民黨黨籍並被捕，出獄後長期被國民政府派遣留學德國，後與同仁發起成立農工民主黨。王樂平與王立哉兄弟早年推薦到黃埔軍校的王叔銘則成為臺灣國民黨的空軍總司令。

同時，王家本是書香門第，在文學上也出現了一家三派。從海峽深處浮起了一個影響深遠、卻一直未被整合到一起、隔離於兩岸的王氏家族作家群：五四老作家、文學研究會發起人之一的王統照、紅色作家王希堅、王願堅、王力、詩人臧克家，臺灣作家姜貴（王意堅）等均是這個家族成員，他們血緣關係相近，政治傾向相異，時間、空間跨度較大，有意無意中在文學上呼應唱合，因之相州一度被稱為「作家村」，王統照可被稱之為「村長」。

王氏家族作家們就是在這樣的家族背景上，以自己的家族為原型，創作了一系列在中國現當代文學史，乃至二十世紀世界華語文學史上佔有重要地位的文學作品，其中王統照與姜貴尤以家族敘寫最多，成就也最大。

二、王統照的家族寫作

家族家人始終是王統照創作的重要源泉，不僅在小說中多部是直接用了

家族人物作為原型，如《春華》《山雨》等；詩歌、散文中也有許多直接就是對家人、家鄉、族人的追憶懷念之作，如《弔王心葵先生》《叔言為畫一雙松虎泉圖用詩記之》《遊漢王山懷古》《同翔兄宣侄夜遊名湖》《追念同軒老人》《青島素描》等。

家族書寫成為王統照小說、詩歌、散文等都廣泛涉獵的領域與題材來源。本文以他的家族小說《春華》為切入點，一探他的家族寫作風格。

（一）「為人生」的人性關懷與知性反思

王統照（1897～1957）是五四時期登上文壇的老作家，文學研究會發起人之一，1930 年創作的長篇小說《山雨》在當時的文壇上曾引起巨大反響，當時與茅盾的《子夜》並稱《山雨》《子夜》年，取「山雨欲來風滿樓」之意，以他的故鄉山東諸城相州鎮為背景，揭示了農村的破敗、盜匪四起的混亂景象，普通百姓了無出路的生存現實，預示了革命形勢的必然到來。小說發表後遭到當局的查禁，他本人亦被迫出國考察，是王統照最為知名的長篇小說。

王統照歐遊出國歸來後，應時任校長的王志堅邀請，到相州王氏私立學校演講，懷念舊事，感觸頗深，於是以這些家族子弟為原型，以他們的真人真事為基礎，創作了長篇小說《春華》，小說截取了一個歷史橫斷面，主要圍繞著主人公「堅石」在上世紀二十年代動盪不安的大時代潮流中選擇出家的猶豫彷徨及他人對他出家的反應為線索，展現了他周圍如春華吐蕊、綻放的幾個青年學子在那個時代的追求、彷徨或投身科學救國等不同的人生抉擇，是集中展現青年知識分子在那個時代中的思想、人生狀態的重要作品，可以說塑造了那個時代的知識分子群像。著名學者趙園曾稱之為「現代文學史上唯一的一部完整地反映五四退潮期到大革命前夜青年知識者不同政治動向」的作品。

王統照在《春華》序言中寫到：

> 止就上部說：人物與事實十之六七不是出於杜撰——如果是在我家鄉的人，又與我熟悉，他準會按書上的人物指出某某……

〔註 14〕

《春華》裏面的人物命名則多取「意會」之意，也兼有諧音之謂。頭號

〔註14〕見《王統照全集》第三卷，中國工人出版社，2009 年版，248 頁。

主人公原型王志堅又名王石佛，小說裏稱為「堅石」，王深林被稱為「深木」，王翔千稱為「飛軒」，王樂平則為「圓符」，王象舞稱為「巽甫」，堅定的革命者王盡美則取名為「金剛」，鄧恩銘被命名為「老佟」等。

1924年，印度詩人泰戈爾來華，跟著忙前忙後接待並在濟南親作翻譯的王統照專門給《晨報》寫文章介紹泰戈爾：「泰氏恒著玄色、灰色、畫色之長袍，冠印度紫絳之冠……若中國之老叟。每講至重要處，則兩臂顫動，聲若銀鐘之響於幽谷，若清馨之鳴於古寺……」

而這段話甚至引起了毛澤東的一段誤會，《毛澤東文集》第二卷《在魯迅藝術學院的講話》中，曾指出「徐志摩先生曾說過這樣一句話：『詩要如銀針之響於幽谷』，銀針在幽谷中怎樣響法，我不知道。」後人查證「銀鐘之響於幽谷」並非出自徐志摩，而是王統照。

這些誤會，是調侃詩人浪漫想像的戲言，卻沒有真正去體會、感悟作者的良苦用意，更沒有去重視動盪不安的時代，裏面深藏的一個憂世感懷的知識分子內在的深刻思考所在。

作為一個與政治保持距離的為人生的藝術家，王統照始終與自己家族熱心政治的子弟保持著密切的聯繫。與李大釗一起上絞刑架的國民黨人路友于是王統照的同窗同鄉，王統照早期與他多有書信往來，探討時政問題。王統照與王翔千是同族兄弟，兩人不但早期一起吟詩賦詞，還一直保持著深刻的情意，王翔千去世時，他以重病之軀連做六首悼亡詩。而國民黨那邊的王樂平比他晚一輩，亦交往密切，1928年當王樂平帶著父親的棺材從上海歸鄉，目前仍健在王樂平的二兒子王鈞吾與兒媳臧任勘告訴筆者，其時王樂平因主張國共合作遭到蔣介石追捕，在最危機的時刻，是躲到王統照家裏逃過劫難的。而王深林則是《春華》裏面寫的最動人的「深木」的原型，當時還是天真活潑的孩子，其後，王統照到歐洲考察期間，在德國，就是由當時在德國留學的王深林陪同的，這在他的《歐遊日記》裏可以看到。50年代，在北京、濟南，他們都還常在一起聚會。王家三個黨派的主要成員，王統照都保持著密切的私人關係與深厚的家族情意，但他又始終保持著知識者獨立的身份與冷靜而睿智的審視與思考，在大動盪的年代，從未加入任何黨派，堅守自己獨立的知識分子立場。

這是那個政治洶湧的年代極少見的能保持自己獨立身份的知識分子。體現在《春華》中，他沒有選擇黨派鮮明的人物為主人公，而是選擇了動搖彷

徨的知識者王志堅為頭號主人公。沒有站到任何黨派的立場上為某一黨派說話，而是秉持他知識分子的獨立立場。小說中沒有正面去寫主人公們如何組織探討革命的實際行動描寫，而是反覆、著重去寫他們的心靈歷程，對於堅定的黨派人物，他則更注重寫他們性情中寫他們「冷」與「硬」，對自己的同胞戰友那冷漠與無情的一面，而正是這一面，使他預感到了將來那慘烈的流血的不可避免，在小說的最後，他是借助於懷疑性特強的堅石，借著法國大革命，表達自己對無論以什麼樣的「革命」的名義，所必然導致的流血犧牲、塗炭眾生的擔憂與反思，不惜大段地引注在文章裏，遺憾的是這樣的真知灼見卻被埋在在深深的幽谷，發出最無力，也終被忽略的呻吟：

　　……「顧誰實為之，而使之至於此極與？──誰實為之？」即時，在他突來的想像的腦影中，湧現出一片塗血的原野：殘斷的肢體，頭顱，野狗在沙草的地上瘋狂般的吃著人的血，刺鼻的硝煙，如墜霰的火彈，光了身子逃難的婦孺。金錢，紙幣的堆積，一支支有力的巨手用雪亮的刀鋒割下人民的筋肉，在火爐上烤食。妖媚的女人，獰猛的灰色人。狡猾的假笑，用金字與血液合塗的文告。高個兒綠眼睛的西洋人與短小的鄰人站在高處耍提線的傀儡……轉過了，又一片的淒涼的荒蕪，有血腥氣息的迷霧。不見村落，不見都市的建築，一顆挺立的樹，沒有；一朵嬌美的花，也沒有；甚至聽不到雞啼，連草間的蟲子叫也沒有。一切虛靜，一切死默，全沉落在這一片黑茫茫的氛圍之中！……

　　然而很迅疾地，實現在他的眼睛下的又是一般驚心的比較：

　　「向也，萬人之死莫不有其自作之孽，抑其黨之無道暴虐而誇詐也，則以為可憫！

　　今也，是二百萬人者皆死於無辜；且皆以威力驅凋殘困苦之民以從之，則以為當然而無足念。」

　　原來斯賓塞爾在慨歎英國人對於法國大革命之殺戮便著實惋惜，而對於革命後拿破崙不過為了擴大他一個人的野心，四出征伐，連結多年，白種人死於兵事的有二百萬人，而英人反以拿氏為不世英雄，企慕，敬服。是非顛倒到了這樣怪異的程度，他幾乎對於所謂公道絕望。讀到這個比較，堅石想起作書人的憤慨，將書本放下

了，他緩緩地在狹小的地上來回走著……〔註15〕

正是這樣的「為人生」的人性關懷，對於革命者，那怕是他情意深厚的家人族人，他看到的不是革命激情的高蹈與浪漫，而是對於普通大眾而言的流血犧牲的不可避免，是戰爭的發動者「拿破崙」會被當作英雄來崇拜。歷史的發展不幸被其言中。《春華》發表於 1936 年，就已經十分清楚的看到了未來革命的走向，它無疑是當時極有遠見與深度的長篇小說之一，它對革命者的描寫沒有走當時流行的革命加戀愛的模式，卻是更真實深刻地反映了歷史事實本身，令人匪夷所思的是，《春花》與後面的《雙清》長期以來不受文學界的重視，及至今日，關注或者研究過它們的學者寥寥無幾，能體會他「深意存焉」的良苦用心的則幾乎沒有。智者的聲音被淹沒，不只是智者個人的悲劇，也是整個社會時代的悲劇。

（二）在歷史真實與藝術真實之間

既然《春華》是在歷史真實基礎上的藝術創作，因此，結合人物原型，也就有必要在歷史真實與藝術真實之間做一下比較分析。

山東共產黨之父、創始人之一王翔千是《旋風》的頭號主人公「方祥千」、《春華》裏面的「飛軒」的原型，他是姜貴（王意堅）的伯父。姜貴的生父王鳴柯（行七）、嗣父王鳴韶（行五）與王翔千（行六）是同一個祖父的堂兄弟，按照王家「土、金、水、木、火、土」的排行規則，他們都是「火」字輩，姜貴是王翔千的侄子，王統照也是「火」字輩，與王翔千是同族兄弟，他們都出生、生活在相州，早期就有密切的家族聯繫與交往。小說之外，王翔千 1956年去世時，已病入膏肓的王統照還專門為他做悼亡詩六首：

> 學成恰遇革新初，皮履西裝過市趨，
> 煙斗在懷舌在口，尚餘手筆肆抨籲。
>
> 諷刺能深指蠹奸，愛憎清辨筆先傳，
> 每朝民報爭來讀，韻語白文曲意宣。
>
> 同上黃河看巨橋，同評史蹟作詩謠，
> 丸泥刻杖孳孳意，趣永神凝藝事高。
>
> 中年晦跡似隱淪，灌畦烹鮮趣味真，
> 卻解新思先覺早，卅年前是黨中身。

〔註15〕見《王統照全集》第三卷，中國工人出版社，2009 年版，363 頁。

幾年參議在山城，兒女都從鍛鍊成，

珍珠泉邊淮水上，掀髯一笑話平生。

衰病經春未可醫，良時惜欠到期頤，

一言須記君行傳，定識能先永護持。

（王統照手跡）

這六首悼亡詩對王翔千真實的一生作出追憶與描述。也可見其交往之深，瞭解之詳。王統照第二年，即 1957 年亦離開人世。因此，王翔千不僅與兩位作家關係密切，也是他們都很看重並著力敘寫的人物。

王統照的這六首挽詩是得到了王翔千的子女的認可的，他們認為王統照在詩中對他們的父親王翔千的一生的概括與評價是比較客觀而真實的。王翔千的六個兒女在《回憶我們的父親王翔千》一文中曾寫道：

老一輩人和父親關係密切的有王靜一、王芹生、王樂平等。這年王統照來濟南，曾和父親、靜一及八叔王振千等一起吟詩作賦，編成了一部《九秋吟草》。這部詩稿早已遺失了，但王統照先生在為父親逝世所寫的悼詩中還提到：「同向黃河看巨橋，同評史蹟作詩謠。」就是指的那時的事。

父親那時才三十歲，已經留起了鬍子，並自號「劲聲」，他自己編了一個小冊子，名叫《大鬍子》，他從服飾到言行，都表現出一派革新的風度。王統照先生的挽詩中有一首：「學成恰遇革新初，皮履西裝過是趨，煙斗在懷舌在口，尚餘手筆肆抒籲。」就是他的一幅維妙維肖的畫像。他那時奮起打破一切舊傳統，精力飽滿地活躍在風起雲湧的新文化運動中，成了最引人注目的人物。〔註16〕

王翔千長子、著名作家王希堅（原名王憙堅），對於《春華》曾寫到：

在我上中學的時候，已經能夠閱讀這位未見面的大作家叔叔的一些作品。其中給我印象最深的，是他的《春華》這部小說。因為這部書裏寫的基本是真人實事，所以特別感到親切。書中的主角那個堅石，就是我們同一曾祖父的二哥。我們同族的第四代弟兄共有十五個人，都是堅字輩，就是每個人的名子末尾都有個「堅」字。書中人物用的雖不是原名，但我們一看就知道所寫的是誰。另外像堅鐵、身木、義修等，也都是半真半假的化名……《春華》所描寫的那個年代，正是山東和全國處於革命高潮和大轉折的時代。那時候我們家鄉一大批二十歲左右在濟南求學的青年都隨同王盡美、鄧恩銘和我的父親，捲進了這一急風暴雨的浪潮之中，隨後又不斷分化，像電影《大浪淘沙》中所寫的情景一樣，我那位二哥是王盡美的同班同學，他也是那時勵新學會和馬克思學說研究會中的骨乾和積極分子。但在一次鬧學潮失敗後，他跑到杭州去當了和尚。當了一個時期又回到濟南。有人還記得他當時寫的兩句詩：「出世無因還入世，避秦無計且亡秦。」這以後，國民革命軍興師北伐，他還到部隊裏幹了一陣。隨著大軍北上的半途而廢，他又第二次回到杭州去當了和尚。直到最後，大哥（堅鐵）才去把他領了回來。這個人物有很大的典型性，他的經歷又曲折反覆，所以王統照就地取材，如實描寫，把那一段激動人心的大時代，從一個側面反映出來了。

單就這部作品，我們可以看出王統照先生是一位革命現實主義作家。他堅持為人生而藝術的一貫信念，對他親自經歷和接觸過的

〔註16〕見《諸城文史集粹》，諸城市政協學宣文史委員會編，2001年版，436頁。

這一段時代風雲，作了如實的典型化的解剖敘述……〔註17〕

作為原型的子女與當事人，他們的表述也成為我們理解作品的重要基點。王統照在小說裏沒有把王翔千寫的正面，但並不影響他們有很深的私人情意。王統照與姜貴都是在透過家族管窺社會與歷史，而不是為家族樹碑立傳，是借家族「塊壘」澆灌自己的「文學酒杯」，這也是兩位作家作為作家的難能可貴之處。王統照對王翔千本人的六首悼亡詩成為我們認識文學作品中的「方祥千」與「飛軒」的一個重要參照。王統照在《春華》中只展現了「飛軒」在堅石出走時的一個側面，即他對出家的「堅石」冷、硬的一面，篇幅不多。而《旋風》中「方祥千」則是頭號主角。從這六首詩的對比中可發現，前面三首基本是《旋風》前半部分小說文本的詩意概括，佐證《旋風》的寫實風格，後面三首則反證了《旋風》後半部分的文學虛構。詩歌與小說文本構成鮮明的「詩、文」呼應，不僅見證小說描寫的真實程度，亦互為鏡象地我們理解作者與人物提供多重角度。

不僅如此，王翔千、王盡美等人在濟南創辦馬克思主義學說研究會時，還得到過王統照主編的《曙光》雜誌的支持與資助：

> 五四期間和五四運動之後出版的進步圖書和報刊，一度在山東廣泛流傳。山東旅京學生 1919 年 11 月創辦《曙光》雜誌，最初即把山東作為主要發行對象之一，在濟南、煙臺都設有代派處，並在齊魯通信社較早設立了發行代辦處。在傳播馬克思主義方面，《曙光》雜誌「赤色十分濃厚」，「真可謂面目一新」。有研究者指出，「《曙光》雜誌……對馬克思主義在山東的廣泛傳播起了較重要的作用」。勵新學會召開成立大會時，《曙光》雜誌社委託王晴霓代表該刊以「特邀來賓」身份與會祝賀，並捐資 10 元表示支持。〔註18〕

《曙光》派出的代表王晴霓也是相州王家族人，是王統照的侄子與密友，可見王家的事業許多時候是相通相惜，互相支持與輔助的。

王志堅：《春華》裏面的第一個出場的重要主人公是「堅石」、《旋風》裏「方天芷」的原型，他的父親與姜貴父親是同父兄弟，是姜貴的堂哥，王統

〔註17〕見王希堅《一代宗師‧名垂千古》《諸城文史集粹》，諸城市政協學宣文史委員會編，2001 年版，426 頁。

〔註18〕見李丹瑩、閆化川：《馬克思主義在山東早期傳播研究》，《紅廣角》，2014 年 02 期，第 10 頁。

照的侄子，在兩部小說裏都是重要人物，他的情況王希堅在前面評價王統照《春華》時已經交代清楚。

王志堅在生活中，正如《春華》中所描述的那樣，平時與「二叔」王統照私交最好，極為私密的出家之事，他也獨與王統照說，而王統照也對這個侄子也多有關心照顧，不但在小說裏對他著墨最多，而且在日記裏也多次提到「志堅侄」，並對他回到家後能平靜生活而安慰，特別記到日記裏，而對其他的侄子則甚少提及。其後，在王志堅擔任相州王氏私立小學校長期間，王統照還應他之邀，為學校寫了校歌，去學校演講，捐獻圖書館等，把王志堅拿給他看的小學生搜集的當地民間故事帶到上海，親自作序出版。

值得指出的是，直到現在山東黨史上依然把王志堅的第一次出家誤認為他是去蘇聯參加了共產國際大會，中共諸城市委黨史研究室著，齊魯書社2002年11月出版的《中共諸城黨史人物傳》第一卷24頁（屬最新版本），關於王志堅是這樣寫的：「共產國際於1922年1月在蘇聯莫斯科召開遠東各國共產黨及民族革命團體第一次代表大會，王志堅與王盡美、鄧恩銘、王象午、王復元、王樂平等6人，作為山東的共產黨、國民黨及產業工人的代表，參加中國代表團出席大會。王志堅等在參加會議的同時，還在蘇聯參觀了好多地方，受到深刻的共產主義教育和巨大精神鼓舞。2月會議結束，王志堅回國。」2001年中共黨史出版社出版的《中共山東八十年簡史》12頁，也是如此寫的：「1922年1月，第三國際在莫斯科召開……王樂平、王志堅作為中國代表團成員前往參加會議。」而兩部小說則都寫明他是出家了，尤其是《旋風》連他出家的地址半山寺都是確實的。而現在從前蘇聯返回的代表名單裏也沒有王志堅的名字。因此，這裡，小說比歷史更真實地記錄了歷史。兩次出家的王志堅在《春華》裏面是個秉持獨立思考的懷疑論者：「越是別人堅決主張的事，自己越容易生疑」，而在《旋風》裏面則被描寫成沉醉於做古詩、追女人的偏執狂。真實的王志堅則是在兩度出家後，致力於教育救國，王氏私立小學在他的努力下到達鼎盛時期，他曾說：「在任何時代，教書育人總沒錯吧？」，不幸的是他1947年被殺，1979年被平反，兒子、孫子均成為文盲。

王樂平：字者塾，在《旋風》與《重陽》裏面都作為原型出現過：「羅聘三」與「錢本三」，《春華》裏面則是「圓符」的原型，王樂平在他那一支的兄弟大排行中是行三。（錢本四原型王立哉是他的堂弟，行五，曾是山東國民黨黨部的實際負責人，到臺灣後，長期任考試院考試委員）。可以說，他是早期

王家族人在國、共兩黨裏面最活躍與最有影響力的人物。王樂平亦是相州王家族人，隨著家族的壯大，王家子弟開始到外邊買田置地，逐漸往周圍的村莊擴散。他家從相州搬遷到旁邊的王家樓子村，搬出後還一直與相州保持著密切的聯繫，1906年，相州王氏私立小學成立，他的父親、舉人王紀龍擔任首任校監。王樂平資格雖老，貢獻也大，輩份卻小，是「土」字輩，比王翔千與王統照都晚了一輩，與姜貴是同輩。他是現代歷史上最悲情的政治家之一，他以國民黨員身份為共產黨的創建立下大功，陳獨秀要在山東發展共產黨，首先找的就是他，但他已受孫中山先生委託在山東組建國民黨在先，是他把信轉給王翔千、王盡美（這些現在山東黨史都已明確標明）。他同時培育兩個政黨在山東的誕生與成長。在他忠誠的國民黨那邊，又因主張國共合作，以國民黨左派身份被蔣介石派人暗殺，可謂兩邊不討好，直到現在在國共兩黨的歷史上都未得到應有的重視與關注。姜貴小說裏對他的描寫也是最值得玩味的，也最可看出姜貴的寫作態度。姜貴頂著「反共」作家的大名，在小說裏卻對共產黨這邊的人物多有美化，儘管理想追求虛無，個人品德卻是個個高尚、正直。儘管史實證明，有些原型並不那麼高尚。比如姜貴的同班同學「董銀明」原型鄧恩銘，姜貴在小說中明顯把他美化了。而對國民黨那邊的多有醜化，儘管他們本人很高尚，王樂平就是個典型的例子。王樂平對結髮妻子忼儷情深，在家鄉傳為佳話，他到上海後，即把這原配與孩子、老人都接到上海共同生活（他生平只有這一位妻子）。姜貴《重陽》裏偏偏寫他的鄉下妻子私通，他被逼不得不離婚另娶等鬧劇，更把他的女兒在《旋風》裏妖魔化。王樂平被槍殺後，他妻子被刺激的神經失常，三個幼小的兒子即由長女王平（原名王貞民）照顧長大，而《旋風》裏面「羅如珠」為父報仇變成了蕩婦。王樂平是國民黨改組派的實權人物，被殺震驚全國，其時，他的兒子們尚小，年僅22歲的王平挺身而出為父親料理喪事、發表聲明等。王平當時已經與丈夫王哲在戀愛，夫妻相伴到老，恩愛一生。王哲是1925年留蘇的學生，與蔣經國是同學，五十年代擔任過山東省副省長，八十年代任省政協副主席，兩人有一女兒名海燕。王樂平的老朋友、詩人柳亞子曾寫詩讚美他們的美好婚姻：「合壁連珠喜兩王，嬌雛海燕已高翔，千刀應正元兇罪，萬死難償我友亡。倘見表彰新誥令，難忘神采舊飛揚。懸首太白應非遠，一矢期君返錦囊。」為王樂平復仇處決叛徒的是當時的上海暗殺之王王亞樵。倒是《重陽》中的「錢守玉」與她本人比較一致，總之，小說裏不給這對潔身自好的父女來點色情

是不罷休。也可看出，即便同一人物原型，姜貴在不同的小說裏也大不一樣，這只能理解為作者是服從藝術表達的需要。而《春華》裏面，「圓符」出現的場景也不多，主要圍繞他動員巽甫一起去蘇聯的事情，卻把他作為政治人物那種處世的老練與沉穩生動地刻畫出來：「圓符快近四十歲了，短髮，黃瘦的面孔，眼眶很深，從近視鏡中透出那兩份有力的眼光，照在人身上，——經他一看，簡直可以把人的魂靈也看透一般的銳利……」不但這段史實是真實的，我們看王樂平本人的照片，他正有一雙目光如此犀利、能洞察一切的眼睛……

《旋風》裏出場不多的「方八姑」的哥哥「方慧農」原型王深林，在《春華》裏面則是描寫的最生動的「身木」原型。是農工民主黨的重要發起人、主要領導。《春華》裏面對他著墨頗多，寫他最有人情味，「堅石」出走，最著急四處尋找的就是他，其後，他埋頭苦讀，一直在探索科學救國的道路，這是符合實際情況的，與其他專業從事政治的人不同，王深林始終沒有放棄知識的追求，政治之外，他一直還堅持學習，即便被國民黨派遣到德國考察鐵路，他也堅持在柏林大學學習。而《旋風》裏面對他沒有詳寫，他甚至沒有正面出場，只是模糊地說他是個很有能量的人，釋放「張嘉」即是通過他。

《旋風》裏面品行高尚、鞠躬盡瘁的「尹盡美」原型既是中共一大代表王盡美，是《旋風》中寫的最為完美高尚的人，他 1925 年死於肺病不假，但不是小說裏的死在相州，而是病逝於青島醫院，他死後，孩子由王翔千照顧也不假，但他死時王翔千並不在他身旁。除此之外，《旋風》裏面對他的描寫最為客觀真實。《春華》中則是「金剛」的原型，其時正作為一個最堅定的革命者在為革命奔走，他對「堅石」的出走連說「時代的沒落」，表現冷漠。

詩人臧克家的前妻王慧蘭，又名王深汀，字者香，《春華》裏面只作為給哥哥「身木」寫信的背景人物「身木」小妹，還是個孩子，到了《旋風》則是主要人物「方八姑」的原型了，她在王深林的十一兄妹大排行中行八，是唯一的女孩，大家根據輩份喊她「八姐」或「八姑」，是《旋風》裏面唯一的正面人物，堅持抗戰的硬骨頭。她 1928 年與臧克家結婚，生下兩個兒子，1938 年離婚，姜貴還是兩個簽字的見證人之一。她後來再嫁李遇安，50 年代隨夫任駐德外交官。她本人風度翩翩，擅飲酒，個性比之小說，更為潑辣強悍。她從未被日本人逮捕過，是她的七哥王笑房因重慶的胞兄王深林寫來的密信被日本人截獲而被捕過，受盡酷刑，時任市立青島一中（原膠澳中學）校長。

結合人物原型，我們也可以看到，《春華》自始至終都是以真人真事為依據的紀實文學，是在紀實基礎上的知識者的反思與批判，這與王統照為人謹慎、篤厚誠樸的性格不無關係，王統照是有著極強的家族責任的人，作為家裏唯一的男丁，他長期擔負著整個家庭的重任。姜貴17歲就反抗包辦婚姻離家出走，逃避了原配，也就逃避了他的家庭責任，他對家族的反叛情緒也隔著海峽痛快淋漓地渲瀉到他的小說裏。《旋風》前半部分儘管多屬家族紀實，但也有著他個人的移花接木、刪減、倒置與誇張等在裏面，後半部分更是已相去甚遠，基本是作為政治預言的文學虛構。比如，王翔千早期組建共產黨是事實，但後來基本退出，主要是支持兒女參加。王培蘭殺生二、生三為父報仇是事實，但他不是共產黨員，儘管是本家，也與王翔千來往不多，更無組建旋風縱隊的壯舉。上海代表吳慧銘「史慎之」拿著傳單去敲詐銀行是事實，但只被判了一年，不是死刑。「巴成德」原型田裕暘在婆親路上被捕是事實，但不是當即槍斃，而是被關押了段時間後被槍斃。「方八姑」原型王慧蘭抗戰時期不在家鄉相州，而是在重慶，還有過宴會上「搧陳誠弟弟耳光」的壯舉（請參見本人其他論文），「方天芷」的原型王志堅，《旋風》裏把他作為一個偏執狂型的人物來寫，而真實的王志堅作為王盡美的同班同學，早期參加共產黨，後來又兩度出家都不假，但他回到家鄉後，並非如《旋風》所寫，只沉湎於舊詩與追女人，而是擔任相州王氏私立小學校長後，全力投身教育，這所小學就是在他的努力下得到全面振興與發展的，這些都有史料為證，因此，《春華》對他的描寫是更為客觀與公正的，王統照在《春華》中對他的評價：「看他從一個筋斗中翻過來，似乎在沉靜的表現上更增加了他在內的熱情。能熬苦，能上絕路，可也能從絕路上另找站腳地，在顯明的矛盾的界限外，他有他的混然內力讀佛經時可以看一切皆空，脫下裂裟便又腳踏實地。」也是符合實情的，而姜貴的就真實性而言則失之偏頗，他關於抗戰的描寫更是完全不合事實，因此，就真實性來講，《春華》的生活真實性明顯高於《旋風》。總之，王統照追求的生活真實與藝術真實的統一，以現實的深刻性見長；而《旋風》的藝術真實明顯是超越了實際的時空，姜貴追求的是藝術真實對生活真實的超越，以遠見與預言見長。

（三）內地傳統的海峽承續

目前為國家行政學院教授的王偉記得，（王偉的父親王笑房是「八姑」的七哥，姜貴小學同班同學，姜貴自傳中提到王翔千排演新戲，讓他扮演學生他

不肯，就是這位王笑房上去演的，曾任北師大數學系教授、青島膠澳中學（現青島一中）校長，文革期間被迫害致死）50 年代初，王統照到他家做客時曾說起：「巴金寫了一個《家》，而我要寫一個『族』」，他環繞一眼在座的家人，說，「你們都會在裏面！」當時還是個孩子的王偉馬上問了一句：「那我呢？」王統照笑笑說：「你也會在裏面！」只可惜，王統照其後身體狀況每況愈下，不久就離開了人世，對於家族的敘寫，只留下反映時代橫斷面的《春華》，他更龐大的家族創作計劃還沒來得及展開，可謂「壯志未酬身先死」，成年後的王偉對族叔王願堅談起王統照未竟的夙願，王願堅當時曾說：「那我們來寫！」

　　遺憾的是，王願堅在文革時期受盡磨難，亦在創作的盛年離開人世，王家兩代人未完成的夙願，卻沒想到，在海峽的那一邊，他們家族的「逆子」王意堅（姜貴）在那裡洋洋灑灑，把王家的家人家事敘寫成長篇巨製，並引起了巨大的反響，儘管不無誇張、諷刺與扭曲的成分。

　　王統照比姜貴大 11 歲，輩份上，王統照是「火」字輩，王意堅是「土」字輩，按王家金、水、木、火、土的排輩規則，王意堅小一輩，兩人是叔侄，都出生於、生活在諸城相州王家的同一家族。姜貴個人生活與王統照也多有交往，這些從姜貴的自傳性文字裏也能略知一二。

　　1914 年，17 歲的王統照回鄉擔任了相州王氏私立小學校長，姜貴在該校讀書則是在（1914～1918 年），也就是說，姜貴上小學的時候，正好是王統照擔任校長。姜貴剛開始涉足文壇，曾得到王統照的賞識與幫助，姜貴自己也是有記載的：

　　　　他動筆寫的第二部是中篇小說《白棺》，可惜沒有出版；《白棺》
　　由王統照拿去在《青島民報》連載……〔註19〕

　　　　王統照先生住西關某街，我只去過一次。那時他還在讀中國大
　　學，小說《一葉》剛出版，但我並沒有讀過《一葉》」〔註20〕

　　王統照的中篇小說《苦同學共產記》於 1919 年曾在《中國大學學報》第一、二期上連刊，已經用詼諧的筆調調侃幾個同學實行共產的鬧劇。《春花》完成於 1936 年，即在當時著名的《文學》雜誌發表，而另一部未完成的長篇

〔註19〕見《姜貴中短篇小說集》應鳳凰編附錄二《姜貴的一生》，臺灣九歌出版社有限公司，2003 年版，239 頁。
〔註20〕見《姜貴中短篇小說集》應鳳凰編附錄一《姜貴自傳》，臺灣九歌出版社有限公司，2003 年版，221 頁。

《雙清》寫於抗戰時期的上海，曾連載於上海的《萬象》雜誌。《文學》與《萬象》當時都是很知名的文學刊物。其時姜貴也在上海，他從來就愛好並致力於文學，儘管早年離家，但就《旋風》來看，他對家族的大小瑣碎皆了若指掌，有些比根據眾多當事人回憶整理出來的史料還要真實。並且王統照也作為他的小說人物原型出現，對他曾經翻譯出錯、娶的妻子家世這些生活的細枝末節都是完全真實的。因此，說姜貴對家族中當時最知名的作家王統照的在著名雜誌上發表過的作品缺乏關注如何令人可信？王統照《春華》裏面大段引用法國大革命來預言，臺灣學者童淑蔭等也都曾指出過姜貴的「法國革命式寫作」：「重於語言運動與鮮血橫流的直接聯繫用誇張的戲劇效果呈現革命所需要付出的代價」。無論是《旋風》還是《重陽》，那一部不是大量描述了無辜者的犧牲與流血，那一部少了《春華》預言的具體體現？他們的「巧合」是家族偶然？還是文學相繼的必然？

當姜貴的《旋風》如洪鐘大呂在對岸鳴響的時候，誰能說，他沒有受到王統照的《春花》《雙清》的影響，裏面沒有那響於幽谷的銀鐘的合音呢？

前面已提及《旋風》後半部分「旋風」縱隊屬虛構，王統照的《雙清》中確有一段關於「旋風」縱隊的描寫，是主人公笑倩在逃難路上的遇到的，姜貴是否從中得到了靈感與啟發則不敢妄斷：

> 突然，像是捲起一陣旋風，怎麼？大約在十幾裏外的河道北面，滾滾風沙顯然包著一線極長的馬陣，彷彿比賽，爭著飛跑。時而有幾聲尖而低壓的槍聲，聽不清晰。——從遠處的高峰上突然看見，是展開一方騎士上陣時畫面，是演出一串墨西哥山間爭礦的馬隊電影？先是，從秫秫稞裏閃過，重行轉出，如一條巨蛇，在草堆上一股勁的向前鑽竄；及至到了全是平地不種秫穀的大河堤岸，沒有遮蔽，更看得出人馬爭弛得的景象；那些雪亮的槍上刺刀，簡直是銀鱗在急流中起伏閃耀。

> 笑倩雖然驚呆了，卻沒忘記自己的身影，偏過一邊，借石塊掩蓋全身，從石縫後一直看見那群大約上千的生物躍馬過河，向大道上撲去。從不是一色的衣服上，她老遠便認定他們準是竄過來的「流寇」。〔註21〕

〔註21〕見《王統照全集》第三卷，中國工人出版社，2009 年 4 月版，489 頁。

　　當然，作為各自的獨創作品，他們之間的差異也是顯而易見的。《春華》與《旋風》儘管人物原型基本一致，但無論寫作風格還是寫作思路，都表現出明顯的差異，展現出各自不同的風貌。

　　《春華》裏面的主人公是「堅石」、「深木」，基本是作者的侄子輩年輕人，在《旋風》裏成了次要人物。而《春華》裏面的次要人物「飛軒」王翔千《旋風》裏則是頭號人物「方祥千」，則是作者的長輩……

　　總之，王統照是寫出了時代的「新」，他們即是時代新人，也是文學新人，方法上也是推陳出新，而18年後的姜貴則是寫出了「舊」，不但格式上沿用舊的古典敘事，而且著重表現的也是他們身上的傳統「舊」東西。當然，作為長輩的王統照對家族人物有著一種長輩看晚輩的長者感，也是試圖從他們身上向前看，試圖看出遙遠的將來，而晚輩的姜貴則是「向後看」，對於家族已發生的事情的回眸與反思，試圖探討的是事情發生的原因與由來，追蹤的是事情的來龍去脈。因此，不同的角度，共同的家族人物也使他們的敘事呈現出迥然有異的風格。

　　王統照創作《春華》的時候，正是他剛從歐洲遊學一年歸來，他大學讀的又是英美文學專業，本人又是「文學研究會」的發起人之一，受西方思想、藝術影響較深。小說裏面有直接對斯賓塞的引文等，可以看出，他是有著西方獨立思考的知識分子的使命感，對歷史，有著一種基於平民意識上的人性關懷，注重人物的個性描寫，及這個性與時代的互為影響的關係。明顯受到五四新思潮的影響。《春華》採取了截取生活橫斷面的新穎手法，追求「奇峰橫出，飛瀑斷落的興味」。他小說里人物是清一色的一群青年知識分子，是從知識分子的立場出發，從知識分子與時代的互動關係的角度探討時代問題，時間跨度也很小，是歷史的一個橫斷面，是對歷史的一個切片研究，用他序言裏的話說是一個「時代的側影」。當時創作的1935年，社會局勢儘管不是很明朗，但確是各黨派、各勢力錯綜交織、都蓄勢待發的時候。

　　而姜貴小說則是一個時代的「全貌」，有著縱橫交織的廣袤的時間與空間觀念，空間上，「方鎮」「T城」交叉敘述，從城市到農村無所不包，時間上從上世紀二十年代一直寫到五十年代，前後跨度三十多年，人物更是三教九流各色人等，更有其時的名流、政客、軍閥粉墨登場，從上流到底層各種社會面向與人物盡在其中，有一種大一統的整體的歷史觀念與人物面向，是一個大雜燴的鄉俗世界。年輕的姜貴在敘事方式上比較「保守」，因從小受古典舊

小說影響頗深，他創作的《旋風》亦採取了古典的敘事方式。姜貴從未出過國，從小也是讀中國古典小說較多，因此，無論小說形式還是內容及其觀念都受到中國古典傳統文學影響較深。《旋風》不但採取了章回體的古典敘事方式，也明顯看到《水滸傳》與《三國演義》等歷史小說的影響，也難怪蔣夢麟先生直接稱其為一部「新水滸傳」。他 1952 年在臺灣創作的時候，兩岸對峙的局面已經形成，所有的爭鬥與較量都暫時告一段落，是一個歷史大轉折時期。姜貴有著一種建立於中國知識分子傳統觀念上的大一統的歷史觀念，是天下大勢，分久必合，合久必分的循環往復的一種歷史觀，是在對歷史的循環往復的堅信中，回望歷史，預言未來。

在行文布局上，兩人更是迥然有異。王統照在《春華》序言中曾說「因為我想把這幾個主角使之平均發展，力矯偏重一二個人的習慣寫法，怕易於失敗。分開看似可各成一段故事，但組織起來，要在不同的生活途徑上顯示出有大同處的那個時代的社會動態，縱然對於動態的原因，結果不能十分刻露出來，可是我想借這幾個人物多少提示一點。」小說裏幾個人物都是平行發展的，人物故事即各自獨立，又合而為一，敘事注重個體，是對歷史如探照燈的光束一樣的橫向的切片研究。

王統照是讀大學、辦刊物、做教授、寫作等，自始至終是地道職業的知識分子，因此，小說裏也體現出濃厚的知識分子氣息，文筆雅致、清氣，不但所寫人物均是青年知識分子，作者自始至終的思考也都是從知識分子角度出發的人性關懷與知性思考。

王統照自己在《春華》序言中說：

借了他們的行程，與奮鬥，掙扎，沉溺，更可顯露出這個時代中社會變動的由來

是──

社會生活決定了人生，但從小處講也是──

個人的性格造成了他與社會生活的悲劇與喜劇

可見，王統照自始至終是一個的知識分子角度的「社會問題觀察者」。

而姜貴，正如王德威教授所言是一個「社會病理觀察者。」王德威教授在《歷史與怪獸》中認為：「在歷史的演化中，姜貴隨時作為一個『社會病理觀察者』，看出人性的卑劣，革命的理想與實踐南轅北轍也從政治、權力、道德、欲望糾纏中，產生不可思議的畸形怪物」。姜貴本人則是在社會上參軍、

經商、歷經軍閥混戰等多種行業都做過之後，再來做文，有一種廣博、深沉的社會歷練在裏面，內容上也是從民情風俗到地理域貌、人情百態博雜並陳，敘事注重整體性，筆法誇張、老辣、恣肆……夏志清《論姜貴的旋風》中曾說：「《旋風》實在是中國諷刺小說傳統——從古典小說到近代作家如老舍、張天翼和錢鍾書——中最近一次的開花結果……因為他的《旋風》是揉合著中國傳統小說和西方『浪人小說』技巧的產品。」

總之，如果說《春華》是展現了一群青年學子的「刹那花開」的歷史片段，《旋風》則是展現了「花開花落」的全過程及其深厚的土壤與複雜的生活、社會背景，是一幅更為廣袤的社會歷史、政治畫卷；如果說王統照是從「鮮花」看到了「血花」；姜貴的《旋風》則是一個傳統倫理被徹底轟毀、摧垮了的世界，一切傳統的秩序與規則都被顛覆、重構了……

就語言上來說，王統照曾自謂「《山雨》取材自我的故鄉——山東諸城，文中還曾大量地採用家鄉的方言俚語」《春華》中寫的諸城子弟也是採用家鄉的方言俚語，而姜貴的小說，儘管多以家族人物、掌故與民俗風情入文，語言也基本以諸城當地的方言與俚語入文，但因姜貴後來長期生活在上海，裏面卻是夾雜了不少的上海的吳方言，姜貴自己曾說，上海是他的第二故鄉，行文表述受其影響也在所難免。但到底是以故鄉為背景來寫的，王統照的語言更為本土地道些。

叔侄同族，文學同源，花開兩岸，依然是同根同種，王統照與姜貴的家族敘事互為補充，各展風采，為後世留下了一個時代的剪影與歷史的回眸與展望。長長的海峽如一道長長的傷痕，不僅烙印在王氏家族身上，也烙印在整個中華民族的肌體上，警戒後世，啟迪來者。

相州王家是典型的家國同構的家族，「家國同構」這一中國社會的基本機構方式是中國文化精神的基本支撐點之一，「家」就是縮小了的「國」，「國」就是擴大了的「家」，他們合二為一才是理解中國家庭與社會的基本出發點。

幾千年的中國社會結構，國家結構與家族結構牢不可破地融為一體，並且始終與家族血緣宗親關係糾結在一起，這極大地影響了中國人的文化形態。

與現代中國的文學與歷史密切相聯。也正是從自己的家、家族出發，王統照把自己的個人追求與國家、民族的命運密切結合到一起，「家」與「家族」因而成為他國家敘事的重要立足點，在這樣的層面上，把「家」「族」「國」自然而然地融為一體。成為他文學事業的出發點與源泉、基石。在這樣的意義

上，王統照的家國憂患意識是繼承了深厚的中國傳統的，可以說，具有世界意識的王統照，仍然是中國文人傳統的繼承者與弘揚者。

第四章　但開風氣不為師：多方面的成就與貢獻

　　王統照以文學創作知名，他的政治關懷與家國意識也始終建立在知識分子的本位立場上，但就是立足在知識分子立場上，他的努力依然是多層面的，廣泛涉及到文學創作、文學理論、文學編輯、文學翻譯、戲劇、教育等多領域，並在許多領域取得了非凡的成就，比如編輯、教育等，本章就把以前研究者對他有所忽略的領域做一下分析梳理，探討一下他迎著「五四」曙光，以新世紀開拓者的身份參與拓荒的文學諸領域。

第一節　詩與散文：民國知識分子的心靈史

　　長期以來，學術界對王統照的小說研究與著述頗多，而對他的詩歌與散文關注研究甚少，甚至忽視。著名作家阿英：《王統照的小品文》（代序）中曾說：

　　　　他的小品文不但有這樣的「熱情」，這樣的「力」，且是一種「詩」的；無論在哪一篇裏，都反映了作為詩人的王統照的精神，飛躍著，馳騁著，那非常豐富縝密的想像。當他寫作的時候，在他的面前，我想定然有一個幻美的世界，這世界是從苦難中產生出來，而他的一切想像也就在這幻美的世界裏胚胎。他的小品文，由於這樣的原因，遂必然地成為冥想之作；王統照作為小品文作家而存在的，也就是建築在他的「冥想的小品文」上。這一類的小品文，除魯迅的

《野草》而外，我想是沒有誰可以和王統照比擬的；徐志摩雖也寫
作冥想的小品文，然而他的冥想是偏於歡快。此外，需要說明的，
就是他有一種駕馭文字的力，他能以驅使許多加強文字的力，表白
他內心的所要發洩出來的情感的詞彙，使它們自然地、嚴密地、緊
湊地集合起來。這也是很多小品文作家所辦不到的。〔註1〕

這裡，阿英居然把王統照的小品文提到與魯迅先生的《野草》比肩的程
度「除魯迅的《野草》而外，我想是沒有誰可以和王統照比擬的」，評價不可
謂不高。

那為什麼在後來的學術評價中，他是如此受冷落呢？下面就對王統照的
詩與散文做一下詳細分析。

王統照的詩歌創作幾乎貫穿了他一生，創作量龐大，近六百首，是他抒
發性情的重要載體。先後出版的主要詩集有：

《童心》：1919 年至 1924 年創作的詩歌九十首，1925 年 2 月作為文學研
究會叢書之一，由商務印書館出版。

《這時代》：1924 年至 1933 年創作的詩歌三十五首，1934 年自費出版。

《夜行集》：1933 年至 1936 年創作的詩歌二十六首，1936 年 11 月由上
海生活書店出版。

《橫吹集》：1937 年創作的詩歌十二首，署名王健先。1938 年 5 月由烽
火社出版，文化生活出版社總經售，作為烽火小叢書第三種。

《江南曲》：1937 年至 1938 年詩歌十二首及 1936 年長詩二首共十四首，
1940 年 4 月由文化生活出版社出版，作為文學叢刊第六集之一。

《鵲華小集》：1949 年至 1957 年創作的舊體詩一○二首，1957 年 10 月，
王統照病中選錄成集，自費出版。

《劍嘯廬詩草》《劍嘯廬詩存》是王統照早年的兩部舊體詩手稿，多數未
曾發表，其子王立誠做了兩詩手稿合一的選編注釋和標點。及集外舊體詩《補
編》等。

王統照的詩歌從青春少年的夢幻迷思、愛與美的追求與失意憂傷、戰爭
離亂，親朋贈答、到老年衰病，生活意趣都在其中，包羅萬象。

相較於詩歌、小說在二十代創作的勃發之勢，王統照散文創作稍晚些，

〔註 1〕王立誠、王含英編：《王統照散文選》，山東教育出版社，2005 年 6 月版，第
2～3 頁。

但卻是後來居上，不但創作量龐大，成就上也不比小說、詩歌差，而是獨樹一幟，成就非凡，後期漸漸以此為創作重心，散文創作也幾乎貫穿了他的一生。

散文先後結集出版的有：

《北國之春》：1931 年旅行東北所寫的二十篇散文，1933 年 3 月由上海神州國光社初版。

《歐遊散記》：1934 年歐洲旅歐考察的散文八篇，1939 年 5 月開明書店初版。

《片雲集》：1923 年及其後的 18 篇 1934 年 10 月生活書店初版。

《青紗帳》：1933 年及其後的散文和寓言共十五篇。1936 年 10 月生活書店初版。

《繁辭集》：抗日戰爭初期在上海所作小品雜感五十四篇，1939 年 7 月上海書局出版，署名容廬，作為鄭振鐸、王任叔等主編的大時代文藝叢書之一。

《去來今》：三十年代散文十八篇及《靈臺微語》十四則，前有集古詩句小序。1940 年 1 月文化生活出版社初版，作為文季叢書之九。

《聽潮夢語》：是作者生前編好未出版的集子，後集中收錄在《王統照全集》裏面。

王統照藝術上特別追求「真」字，不但小說多是紀實書寫，詩與散文就更是如此：

> 寫詩是用言語表達真感，而如何表達，如何從一個心到一個心
> 得到無間隔的和鳴，這都是詩的原質與寫詩的藝術問題。
>
> 一個人永遠是散文型的，不會帶一分一點的詩氣，也許有？不
> 過他已失掉，或將要失掉人生的珍寶！〔註2〕

結合他真實的人生歷程來看，也確實如此，王統照的詩與散文都是他真性情、真思想、真生活的「真」感受與「真」體驗，儘管他的小說也多是真實生活的紀實敘寫，但畢竟是虛構的藝術，而他追求的「真」的一面，集中地體現在他的詩與散文之中，而且，多數時候，他的散文與詩作合在一起，亦詩亦文，有的散文也屬散文詩、哲理詩，因此把兩者並在一起論述。

〔註2〕見《王統照全集》第 5 卷，中國工人出版社，2009 年 4 月版，518 頁。

王統照的詩與散文創作是都和著時代的脈動與個人的生活、感受與社會凝結在一起的。

王統照是新文學的倡導者，也是付諸於實踐的最早期新詩作者之一。第一本詩集《童心》就收錄了他 1919 年至 1924 年創作的詩歌九十首，1925 年 2 月作為文學研究會叢書之以出版。

他認為詩是「時代的明鏡」，早期追求的「愛」與「美」的理想在他的詩中得到最典型的體現。王統照曾在他詩集的《序》寫道：

> 我相信詩的真實創作更是一個明鏡，能夠照清自己的外形與內心。只要作者不是存心開玩笑，騙世人，誰能夠逃避開這不容情的現實，老是仰頭去看空中的樓閣？
>
> ……我自信經過了不少現實的苦難，才寫成這幾首力量薄弱的詩。〔註3〕

在詩集《江南曲》的序言中，他又寫道：

> 生活於這樣苦難的時代，也就是使每個人受到嚴重實驗的時代裏，無論在什麼地方，所見、聞、思、感的是何等對象，誰能默然無動於衷？……
>
> 「你的雙手曾給這時代──這存亡關頭的民族有過什麼貢獻？有些什麼成績？」
>
> 用《江南曲》這箇舊名，別無深意，只證明這集中的分行文字都是滯留在江南這片土地上時所寫出的記憶力與興感。〔註4〕

他甚至自責詩面對現實的無力：

> 詩，即使是如何生動，有力的激發，也不過是筆尖上的空花，口頭上的痛快，……〔註5〕

可見他的詩作為一個「時代的明鏡」是和時代、社會密切結合在一起的。是時代浪潮在他心靈上發酵出的精神火花。

王統照從事散文創作的初衷，可以從他自己所寫的《純散文》中得到清楚的表達：

〔註3〕見《王統照全集》第 5 卷，中國工人出版社，2009 年 4 月版，135 頁。
〔註4〕見《王統照全集》第 5 卷，中國工人出版社，2009 年 4 月版，262 頁。
〔註5〕見《王統照全集》第 5 卷，中國工人出版社，2009 年 4 月版，262 頁。

　　中國幾年來提倡文學，在若干人的努力中間，小說、詩，就比較上說都有一點成就，雖然不能說是很完善，而一看到我們文壇上的收穫，不能不以此二首為最多量了。獨有純散文（Pure Prose）的佳者，都不多見──直接可以說少有。如章行嚴所說，他在英國聽一大學教授說，近年全英國能作好散文的，共不過四人（章近在中大演講時所說）。這句話我想未免言過其實，但也可見能作純散文的人，確乎是不輕見。因為純散文沒有詩歌那樣的神趣，沒有短篇小說那樣的風格與事實，又缺少戲劇的結構，所以作純散文好的極少。

　　中國的白話小說、詩，因為有他們特別的領域，還有些作品可以看的，而用白話作純散文的，不要說怎樣地好，就是修辭上風格上講究一點，使人看了易於感動而不倦的，在今日的作者中，你們可以找出幾個來？

　　因為這種散文所以難做的緣故，我想：（1）思想沒有確切的根據；（2）辭技及各種語勢不得有靈活的用法；（3）太偏重理智的知識，沒有文學上的趣味；（4）以新文學的趨勢，沒有對純散文加以提倡。我們常讀西洋文學家之不以小說詩歌等名家的，然其作的文章，除開理論不計，其寫景與事實，以及語句的構造、布局的清顯，使人閱之自生美感。其他如威廉詹姆司（William James），如斯賓塞耳（Herbert Spenser），如柏格森（Bergson），如麥考萊（Macaulay）等人，或為歷史家，或為哲學家，而他們的文章時最有名且使人愛讀的，其實他們的著作卻都是純散文的。我相信將來的文章，無論其為何種，總不可不帶有點文學的成分在內，這不但使人易於閱讀，而且還可增加其說理寫事的能力。所以，我們對於純散文的研究，及改進的方法，希望有人出面提倡！

　　　　　　（原刊於 1923 年 6 月 21 日《晨報》附刊《文學旬刊》第三號）

〔註 6〕

　　正是面對散文創作相對不景氣的狀況，王統照「知難而上」。他先放眼整個文壇現狀，分析散文創作面臨的系列問題，再借鑒西方散文名家的經驗，

〔註 6〕見王立誠、王含英編：《王統照散文選》，山東教育出版社，2005 年 6 月版，第 242～243 頁。

繼之倡導新的理念。而他正是帶著這樣的理念不僅撰文提倡，且親自投身散文創作，執著於開創性的白話散文創作，不但一開時代風氣，而且頗有收穫。也可以說，從一開始，王統照的散文創作的目的、風格與追求就是相當明確的，並付諸於日後的散文創作實踐中。通覽他日後大量的散文創作，這些都是被明顯地體現於他的散文當中的。

也因此，作為開風氣之作，相對於傳統古典散文，王統照的白話散文極具創造性。

阿英：《王統照的小品文》（代序）中曾說：

> 瞿世英序《春雨之夜》引用王統照自己的話，來說明王統照的創作哲學：「文藝是重創造不重因襲，重發揮個性，不重裝點派架，藝術家千萬不可伏在藝術底下作模仿規撫的奴隸。」，在《最近的中國小說》（星海）一文裏，王統照也寫過「在叢棘中，我們要創造我們自己的生命！我們為創造而生成喲！生命的鼓勵，戰與愛的鬥爭，在這一息未停的宇宙中，可以引起我們力的伸張，歌的永趣，悲哀的充量，歡喜的大聲喧呼。我們是為創造而生存啊，此外並無一物！」的歌詩。這些都足以說明作者是怎樣的一個富於創造性的、代表著怎樣思想的作家。〔註7〕

「但開風氣不為師」正是典型的「五四」精神的展現。也可見，王統照的創作從一開始就帶著這種強烈的使命感，為新時代開拓、貢獻新文體，開一代新文風……王統照的散文創作，從此一發而不可收，不僅數量可觀，而且成就亦可觀。

聞一多先生當年就慧眼獨具，發掘過王統照散文的獨特意味價值，這點，王統照在散文《遙憶老舍與聞一多》也曾述及：

> 我由此一點明白他（聞一多）的性格：太慎，太珍重，太看得嚴肅些，對作品如此——是他把文字的藝術價值看得很高，不輕易許可，更不輕易動筆。
>
> 那幾年他在山大教散文，選取題材不限一格，新舊兼收示學生為範。是時以新詩人初露頭角於申，新詩界中的某君，恰是隨他上散文班的學生之一。某日到我處閒談，卻說：「這幾天正讀你的近

〔註7〕王立誠、王含英編：《王統照散文選》，山東教育出版社，2005年6月版，第1頁。

作。」我問他是哪篇，他才說出所以：

「聞先生的教書認真，選材之嚴，同學素知。尤其是對新文學作品，選授較少。前幾天忽然手持你的《號聲》今秋印本，與學生大談你的文章作風。他說，現在正是什麼新型文學、什麼意識正確等等的時世，像這樣清遠意味，富於藝術，而又是深入人生的短篇，怕不易惹起時髦讀者的熱好。可是文章有文章的本質，並非據幾個名詞便可抹煞一切。我挑出這本子裏的一篇給你們細看，作者認真寫其懷感，寫其由懇摯回念中濾出的人生真感。是《讀〈易〉》這篇，粗心的浮氣的讀者不大肯讀下去，無怪難引人注意。……」

「第二次上班將油印原文發下，自然，我早已讀過了。他的確特別讚美你這一篇。講解時，對於情感的分析、背景插說的藝術無不說到……」

並無宗派標榜，社團異同的複雜因素，亦非阿其所好。當那時新興文學風靡海上，種種刊物上無不高標理論，衡量作品。我那篇懷舊憶母的短篇，借在清寂海濱重溫《易經》敘起，故家衰門的情況，深摯溫和的母愛，冬宵夜讀的夢幻光景，若即若離的笑謔幽趣，與十數年後已經三十歲飽經世變的自己對證起來，「白雲無依，蒼波幻淚！」以前種種宛如隔世，曲折寫來得失自知，自然，這裡沒有多少批判社會、推動前進的力量，說來自感慚愧！不意一多君卻獨重此篇，至少我認為非細心閱讀，肯說真話，何能有上面的評論。不是因為那篇文字我才提起這事，即非我所作，我也一樣這麼說。真能鑒賞方有真實評論，絕非只是追隨風氣，人云亦云。但，不是冷靜，不是默契，不是撇開虛誇的浮感與流行的看法，又豈易有此認識。

可是，話說回來，那個短篇除聞君外，也實在少有人注意。我未聽見他人閱後觸感。難道真夠上曲高和寡？還是不能諧俗同好？〔註8〕

然而儘管有聞一多、阿英等名家如此的肯定與欣賞，在那個風雲劇變、

〔註8〕王立誠、王含英編：《王統照散文選》，山東教育出版社，2005年6月版，第161～163頁。

動盪激烈的年代，王統照的散文與詩並未引起激烈的時代共鳴，反而被時代的激流衝撞到邊緣。

魯迅先生在《小品文的危機》裏強調，在戰鬥的時代裏，人們需要的不是「小擺設」，而是「掙扎和戰鬥」的小品文。中國現代散文的主流，基本上就是朝著這個方向發展的，魯迅曾認為「五四」時期「散文小品的成功，幾乎在小說戲曲和詩歌之上。」在五四那樣遭遇時代劇烈碰撞與思辨的時代，小品文，如匕首，如投槍的功能被強調，也被發揮的淋漓盡致……這些也被文學史鄭重記載並強化了。另一層面，青春浪漫的愛情詩與散文，如徐志摩等人的，也被後人當作愛情傳說去追懷了，然而，鬥爭與青春激情之外，抒寫知識分子真性情、真性靈的詩與散文卻被漠視了，比如王統照的詩與散文。

在二十世紀的文學史上，也始終堅持著意識形態上的戰鬥姿態的評判標準，王統照這與政治保持距離的「純散文」藝術也始終被淡化、弱化。

臧克家為王統照在文學史上的不受重視而憤憤不平過，曾對研究者說過：「王統照先生是我最最尊敬的前輩和朋友，你研究他的著作，我很高興！『文學史』上把王先生壓得太低了，不公允。『子夜』與『山雨』雙峰並峙。王先生的詩，堪稱第一流，評價太低了。這與人事關係，行幫之風，大有關係……」參見《吉林師範大學學報》（人文社科版）1980 年 4 期。

「文學史」把王統照壓的過低，只看重他現實主義小說《山雨》，而忽略他在詩歌、散文方面的成就。這自然與過於功利化的文學史觀大有關係，二十世紀以來，文學被功利化的同時，文學史觀也被功利化，與社會現實關係過於密切的作家作品被重視，而與社會現實關係不太密切的則被邊緣化。因此，不肯加入任何黨派，只堅守文學本身，堅守知識分子本位的王統照被忽略，被漠視也屬正常，而這也正是他的獨特之處：他是超越於時代的，無法被一個時代框住的，在這樣功利化的文學史觀的關照下，他現實主義的《山雨》被重視，但也是被遮蔽，把他散文、編刊、教育、翻譯等多方面的藝術才華漠視，被邊緣了。現今，跳出時代的侷限，回到文學的本真，更可看出王統照多方面的成就與重要文學藝術價值，尤其體現在他的散文與詩上。也正如聞一多先生當年指出的：

> 現在正是什麼新型文學、什麼意識正確等等的時世，像這樣清遠意味，富於藝術，而又是深入人生的短篇，怕不易惹起時髦讀者的熱好。可是文章有文章的本質，並非據幾個名詞便可抹煞一切。

我挑出這本子裏的一篇給你們細看，作者認真寫其懷感，寫其由懇
摯回念中濾出的人生真感。是《讀〈易〉》這篇，粗心的浮氣的讀者
不大肯讀下去，無怪難引人注意。

在「新型文學・意識正確」的詩世，被「粗心浮氣」的讀者所忽略的王統
照的散文，卻如霧霾之後的清風，如一扇開啟民國時代真性情的紙窗，讓人
們一窺那個時代的一些沉潛的真性情、真性靈的心靈世界，並隨著時間的推
移，讀者慢慢除去時代的「粗心浮氣」，抱著一顆沉靜下來的心，細細品讀人
生真性情，社會真況味的心境，沉潛下去，獲得時代、人生的真知真味……

也因此，王統照開始慢慢獲得一些相對客觀的評價：

香港評論家司馬長風在其所著的《中國現代文學史》第二十一章(152頁)：
《散文的泥淖與花朵》曾這樣評價王統照：

在早期「文學研究會」的幾個作家中，王統照的文才實優於茅
盾、葉聖陶、鄭振鐸諸人，但是文名則不及他們。

他寫的詩和散文都清麗不俗，又有北方人獨具的亢爽；小說則
較差。

現在重新梳理回顧王統照的散文與詩的創作，大致說來，內容上，他個
人生活層面的情感、人生經歷幾乎盡在其中，至死都在創作中，也因此，他
的童年生活、家世背景、愛情陶醉與憂傷、家庭生活、老弱病中……一生的
喜怒哀樂，幾乎都在其中。他的家鄉、家族人物的呼應唱答與懷念也盡在其
中，如《同翔兄宣侄夜遊明湖》，就是他與族兄王翔千（山東共產黨創始人之
一王盡美、鄧恩銘的老師）、族侄王在宣（曾任相州王氏私立小學校長）一起
在濟南大明湖泛舟時所寫。

境靜無人語，孤舟獨泛行。

藕花浥夜露，菰蒲戰秋聲。

百感紛遙集，疏星猶燦明。

中宵誰起舞，奮筑動危城。〔註9〕

而王統照散文與詩的很大部分創作是與家人、族人的呼應唱和之作。如
《弔王心葵先生》，《覽潘君穎舒所作〈王心葵先生傳〉賦此》王心葵是著名
的音樂家，曾被蔡元培聘請到北大教音樂，與王統照是本家，交誼頗深。《叔

〔註9〕見《王統照全集》第4卷，中國工人出版社，2009年4月版，457頁。

言為畫一雙松虎泉圖用詩記之》叔言是他的姐夫丁叔言，號稱濰坊「丁半城」的富豪。《題王獻唐先生畫紅梅扇面》題榮寶齋木刻《農品圖》贈王獻堂先生《書王獻唐先生之宋拓禊帖後》王獻唐是著名學者，《同翔兄宣佺夜遊明湖》《翔千兄逝世詩以紀感》，王翔千是他的族兄，山東馬克思學會的創始人之一，《追念同軒老人》，王同軒是他的家鄉族人，老畫師，家鄉被日寇侵佔後，自殺明志。《與予遂重晤海濱，念往撫今，感不能已！以舊體詩二首書贈》，范予遂也是諸城人，早期日本留學生，後與王樂平等是山東早期國民黨的重要成員，與王家是親戚，《悼趙明宇君》中的趙明宇，這些人都與王統照或本家，或親友，有相當密切的交往與關係。

例如：

> 覽潘君穎舒所作《王心葵先生傳》賦此
> 海水天風久絕音，卅年舊夢感飛沉，
> 朱顏妙語三生願，老屋青燈一曲深。
> 蘊能塵勞融物我，聲追雅正失人琴，
> 只今重讀逸賢傳，寂寞雲天萬古心。
> 一九四五年寫於青島〔註10〕

這首詩就是紀念、回顧王心葵先生的一生而寫的，

> 題王獻唐先生畫紅梅扇面
> 鐵骨冰胎古豔姿，
> 冷欺霜雪破胭脂。
> 莫言枯乾閟生意，
> 老樹著花無醜枝。〔註11〕

這首詩是對著名學者王獻唐先生、也是本家王獻堂先生題寫的，他們在濟南期間多有交往。如果沒有這些背景知識的瞭解，對這些詩作的理解就會有隔膜，有難度。

王統照族侄，臺灣作家姜貴曾饒有風趣地提到的他的圖畫老師，愛畫妖精打架圖的三叔祖父，是王同軒先生，王統照與他有深厚的情誼，這位有民族氣節的知識分子在日軍佔領相州後自殺，值得指出的是諸城淪陷後，有不少這樣的鄉間知識分子自殺明志。也有如趙明宇這樣的外地知識分子回家鄉

〔註10〕見《王統照全集》第4卷，中國工人出版社，2009年4月版，567頁。
〔註11〕見《王統照全集》第4卷，中國工人出版社，2009年4月版，588頁。

組織抗日武裝。還有前面提過與王統照一起辦《曙光》雜誌的王晴霓（王靜一），曾任《濟南日報》主筆，後到青島創辦青島商校，1938 年諸城淪陷，他毅然返回家鄉，和本村的王和軒組建了諸城縣抗日二大隊，王和軒任大隊長，他任大隊部秘書長。二大隊曾發展到兩千餘人，後同八大隊合併，時稱抗日救國「二八大隊」，成為諸城縣內外抗日先鋒，轉戰膠東半島，遠近聞名。這些都可看出王家族人面對民族危亡的堅強不屈，勇於擔當，這些人都與王統照關係密切，是抗日疆場的民族脊樑。王統照專門寫有散文名篇《追念同軒老人》，甚至想為他寫傳：

> 他那份決定的志向真是養之有素了。他雖是老人，然而從清末時起，也看過不少的時代書，在那時是思想上的維新人物。平時對於氣節最看得重，所以在孤城中便以自殺了其殘年；……我對這位老人，尊敬他比痛念他的心更為真切。論責任，論家庭生活，一切他都無死法，但他究竟在那樣地方找到精神上的解脫，對得起自心，對得起他的性格，與平生正義感的素養。他寂寞地生活著，灑脫地也是寂寂地死去。這種沉默中的堅實、偉大，正是一個有歷史有文化的社會的要素。

> 所謂「行己有恥」，所謂「所愛有甚於生者」，這位老畫家真能從容履行這兩句古訓的精義。

> 幸而他最後寄我的詩函未曾遺失。也許自有「緣」在？（這不是迷信語。）前因積存友人的舊函頗多，丟掉了些，但這封遺書卻還夾在一本舊籍裏，所以現在我還可抄出來紀念他。當時，怎能還想到這是他與我的絕筆！

> 他日有暇，或知他死事更詳細時，我應該給他寫一篇傳，告訴出這位清白老人的平生。

> （《去來今》）〔註12〕

　　王統照對這些具有民族氣節的知識分子的懷思與追念，既是對他們民族氣節的欽佩與敬意，也顯示出他與他們深厚的情誼，這些家人、族人、親戚是他敘寫的重要對象，也是對他創作與生活有重要影響的人，因此要深入理

〔註12〕王立誠、王含英編：《王統照散文選》，山東教育出版社，2005 年 6 月版，第126～129 頁。

解他的散文，對這些情況就要有所瞭解。否則就難以深入理解、把握他的作品與思想。

同時，王統照散文與詩的一個重要內容是伴隨著他作為一名作家的人生感悟、情感遭遇、社會思考等等，都在其中，作者都通過他的筆觸傾訴於文章中，即見證社會的滄桑歷程，也見證人生的變遷感悟，凝結著文人的真性情與真思想，展現時代與個人的脈動。

王統照散文創作另一部分內容是與敘述作者與同時代著名作家朋友們的交往的。也是一面現代文壇的「明鏡」。作為從五四就登上文壇的老作家，加上他內圓外方的包容性性格，他與眾多作家成為知音故交，寫下諸多文章。王統照散文很大一部分是懷念友人，其中多是當時文壇上的活躍人物，自古以來文人相輕，在思想、鬥爭激烈的現代文學界，大家熟悉也是當時著名作家魯迅等的一場場罵戰與爭論，而王統照卻能獨立於各種爭論之外，並與不同派別的文壇同仁結下了深厚的友誼，並保持終生，正是鄭振鐸所謂的「內圓外方」的品格，只他寫過散文或者詩歌記述過的同仁交誼就有：魯迅《悼魯迅先生以詩紀感》朱自清《悼朱佩弦先生》徐志摩《悼志摩》、老舍、聞一多《遙憶老舍與聞一多》《七月十五日追念一多》、夏丏尊《丏尊先生故後追憶》耿濟之《追懷濟之》臧克家《致克家》瞿秋白《恰恰是三十個年頭了》、與鄭振鐸和詩《生命之火燃了─在〈學燈〉見振鐸兄此詩，也用同題作此一首》《報載老舍兄劇作〈龍鬚溝〉在首都上演盛況喜賦二首》，許多是散文與詩合在一起的。

而在他過世後，寫下懷念悼念文字的作家之多，恐怕也是無人出其左右：葉聖陶在《悼劍三》葉聖陶還特別賦詩《悼王劍三（統照）先生二十四韻》，鄭振鐸先生長文《悼王統照先生》，老舍先生《祭王統照先生》，柯靈先生的詩作《懷劍三先生》，唐弢《劍三先生》，著名作家端木蕻良在《統照先生和我》，臧克家在悼念王統照的文章《劍三今何在》，吳伯蕭《劍三，永遠活著》，劉白羽《巍巍江上一峰青──紀念王統照先生》，李健吾在《懷王統照》，王西彥在《回憶統照先生》，復旦大學許傑教授《懷念我心中的王統照先生》，陳毅《劍三今何在？》於黑丁《深切懷念王統照師》……

這些與同仁朋友的懷舊憶往之作是他散文與詩的創作的很重要的部分，這些除卻了煙火氣、抒寫真性情的文字，不僅僅是一些文人的私交私情，可以看出那時代文壇、文人生活的另一層面。正是這種超越於文壇爭鬥的溫情，

構成潛隱在時代激流底下文壇的河床，讓多姿多彩的現代文學以多種浪花奔騰，卻能匯聚一起形成時代潮流……

例如：

　　悼佩弦

親友多零落，舊齒日凋喪。

市朝互遷易，城闕或丘荒。

墳壟日月多，松柏鬱茫茫。

天道信崇替，人生安得長，

慷慨惟平生，俯仰獨悲傷！〔註13〕

這首詩是悼念朱自清先生的，對這位文壇故交好友的懷念與悲傷盡在其中。也可見那個年代，文人們真性情的一面。

王統照的散文與詩的藝術特徵，恰如聞一多先生所概括的：「清遠意味，富於藝術，而又是深入人生」。具體講來：清遠意味；在王統照的散文中，難以讀到那個時代特有的「戰鬥的，如匕首，如投槍」的文字，而是在看似散散淡淡的敘寫中，在富有韻味的文字裏，抒寫清新淡遠的人生性情，生活百態，對家人、對朋友、對族人、兄弟中，莫不如是。富於藝術；散文的文學趣味是王統照一開始就矢志追求的，因此，他的散文與詩就富於藝術趣味，從未流於說教與口號的文字。深入人生；王統照散文與詩是深入人生的，而這人生儘管不是作為戰士戰鬥的人生，卻是深入社會上普通百姓、芸芸眾生的日常生活裏的人生，他們的日常喜樂，他們的坎坷波折，他們的生死掙扎，都透露出那個時代的人生百態與社會生態。

王統照的散文，最鮮明體現是他深切的家國情懷，對國家時局深切的憂慮與擔心，字字句句都能感到他強烈的家國意識，但在國家、個人內憂外患，時運艱難的時代，他不悲觀，而是積極參與，以自己的才華、學識為國家分憂解難，具有深刻的洞見，儘管當時並未被多數人意識到，時間的流逝與時勢的變化反而不停證明他的見解的精準。

穿越歷史的雲煙，王統照的思想與見解沒有被歷史消解，反而越發閃出光彩了，他的思想的歷史穿透力令人讚歎。

這首先建立他以淵博的學識對世界各國經驗學識都借鑒來的前提，

《名與實》（一）

〔註13〕見《王統照全集》第4卷，中國工人出版社，2009年4月版，572～573頁。

自從歐洲有「自由主義」的勃興，最重要的民約思想盛行後，對於貴族專制，暴君惡行的反抗，遂生出被壓迫群的要求「人權」與「自由」的熱望，於是有法蘭西的大革命，有意大利建國的復興，有美國的獨立戰。〔註14〕

第二是對社會現實深入的瞭解與洞察。

這對於出名門世家的王統照來說十分難得。儘管他小時候像賈寶玉一樣生活在溫柔鄉的大觀園裏，但他沒像賈寶玉那樣侷限於大觀園，而是去面對、關懷更廣闊的社會人生，在深入社會各階層的過程中，培養了自己敏銳的社會洞察力。

王統照是極有道德追求的人，在局勢混亂的戰爭年代，他呼喚道德的重建，重視強調科學與理性，反對戰爭對百姓的生靈塗炭，可以說「反戰」意識貫穿始終。駁斥侵略者、假英雄、及「說謊的詩人」發動的美化戰爭行徑。王統照散文最傑出的成就是他的世界關懷與對世界各國戰爭期間各民族、各階層文化心理的精確到位的細緻分析與剖析。至今讀來，令人震撼。

《心口切不相應》中批評某些知識分子的言行不一：

言行相符看似容易，卻是有知識者一件頗能做到的事。……知識分子之所以有這等現象，正是「非才之罪」，只是把不住「吾行吾素」的一種極平凡的態度。有的則原非立其誠，修其辭，到某一時期，某一種機緣，便連「心口切不相應」，何況其他。……

想起顏氏這幾句話，每每顧影悚然，──那些字眼像挾著風霜的清威向世間冷看。〔註15〕

《誠之不可掩》中：

文藝作品如果作者不居心作偽，那麼，他的表現，除文字之外便是他自己的風格。更進一步說，也是他自己的人格。

中國的古語：「修辭立其誠」；唯誠方「美」，不止在辭，尤其是反映著思想。

正因為特別重視這個「誠」字，王統照為自己的兩個兒子都取名為「誠」，大兒子「濟誠」，小兒子「立誠」。

在被戰亂、局勢爭鬥中被衝的七零八落的舊道德、新規範中，王統照卻

〔註14〕見《王統照全集》第5卷，中國工人出版社，2009年4月版，331頁。
〔註15〕見《王統照全集》第5卷，中國工人出版社，2009年4月版，336～337頁。

在其中急於重建道德傳統，顯示出他知識分子的強烈社會責任感，寫下系列文章如《道德的觀念》等，執著追求道德至上：

> 在水深火熱的時代中書此四字，驟讀之自己覺得啞然；再一想便覺得憤然，更從遠處、深處為人類想，不禁擲筆長歎，從心中覺得赧然了……
>
> 為在經濟衝突，政治混亂，教育的紛歧中謀大家未來的公平幸福，則此迂闊四字，還是重建全民文化的礎石。
>
> 「道德即知識」，是千古不磨的定理……但望有心人不要忘記在未來時這塊重建文化的礎石！〔註16〕

也可見，王統照的關注點，既是當下的，更是未來的，也因此，他的觀點見解具有前瞻性，並將最終獲得未來的認可與接受！

作為一個知識分子，作家，文壇始終是他堅守的陣地，也是他參與社會的出發點與思考社會問題的基石。前面提到，王統照出生於政治漩渦的家族，與山東共產黨創始人王翔千、王盡美與國民黨創始人王樂平等都有很深的交往與情誼，但他卻始終不肯加入任何黨派，不是他對黨派缺乏瞭解，也不是他故意迴避政治，而是他在深入瞭解與思考的基礎上堅定而獨立地選擇了自己的立腳點：以知識分子的角度與身份參與政治，他與政治的鏈接是獨立知識分子身份的參與與鏈接，始終保持自己獨立的身份與獨立的思考。不僅如此，王統照以他高度清醒的智慧也戳破同時代人的一些幼稚幻想：

> 「多少年來帝國主義的壓迫，與連年的內戰，捐稅重重，官吏、地主的剝削，現在的農村已經成了一個待爆發的空殼。許多人想著回到純潔的鄉村，以及想盡方法要改造鄉村，不能不說他們的「用心良苦」，然而事實告訴我們，這樣枝枝節節，一手一足的辦法，何時才有成效！」〔註17〕

那時期，正如王統照所言，正在「用心良苦」地「想著回到純潔的鄉村」「改造鄉村」的大有人在呢，而出身富貴家庭的王統照能對現實有如此清醒的認識，實在是難能可貴！

他對理性、理智的弘揚與堅守在那個衝動與感性如決堤似地不可控的年代尤顯可貴，在多篇文章中反覆強調、呼喚，在《意志的哲學》中如此說：

〔註16〕見《王統照全集》第5卷，中國工人出版社，2009年4月版，306～307頁。
〔註17〕見《王統照全集》第5卷，中國工人出版社，2009年4月版，223頁。

　　理智是銳利的解剖刀，撥削愚昧，彎割拘執，也是能起化合作用的原質。在某一時間，某個空間，藉其力量與公正的分析可將許多不同質的東西化而為一：熔成一片明鏡，一塊試金石。所以講哲理根本上離不開「理智」。……

　　不錯，人類的行為與精神活動的範疇中「情感」、「理智」是一鳥二翼，缺其一奮飛不了。……

　　因此，我讚美「意志的哲學」，尤其是生當苦難時代的我們。〔註18〕

　　王統照這種戳破時人幻象，高度清醒的現實洞察力，及在此基礎上對各種社會現象的分析與思考，幾乎貫穿於他整個的散文創作中。

　　《說謊的詩人》《惡意的快樂》等，更是直接批判某些詩人對毀滅生命的戰爭、殺人卻用「美麗」「正義」等字眼為其美化、張目。反對戰爭對生命的殘害始終是王統照堅守的信念與極力倡導的。

　　王統照生活的世界格局的戰亂與英雄泛濫的年代，各路英雄正被無數民眾追捧，而他則在借鑒古今中外歷史的基礎上，堅決反對這樣的英雄崇拜，比如《假英雄主義與牛角尖》一文，在那個狂熱崇拜英雄的年代，他卻看到其背後隱藏的悲劇：

　　專擅、空想、誇大、浮躁，千古一例，專事崇拜英雄的民族心理很容易走上這樣崎嶇的小徑，因此造成多少紛爭、仇怨，以及留與人民不可避免悲劇。……

　　瘋狂的「假英雄」主義，非踏著白骨，浴著血流，走入牛角尖中去不止，禍福所關，多少生命全栓在幾個人的腳鏈上作骷髏的跳舞，所為何來？

　　這不是歷來的，尤其是現代的人類悲哀嗎？

　　群力的制裁，群力的覺醒，難道以文化自詡的人群，就永無聲響地隨著這「假英雄」主義的符咒，向牛角尖中自掘墳墓？

　　究竟什麼是人類最高貴最不朽的東西？在「假英雄」主義者腳下流轉的民眾總有一日會在心靈與行動裏找得到。〔註19〕

〔註18〕見《王統照全集》第5卷，中國工人出版社，2009年4月版，296頁。
〔註19〕見《王統照全集》第5卷，中國工人出版社，2009年4月版，303頁。

《被裝金的偶像》一文中，對盲目崇拜偶像的心理作出揭示：

「所以偶像的造成權永遠是握在施主們的手中，不過是施主，他總願給自己裝金的偶像以最大的敬禮。」〔註20〕

《人情不甚相遠》一文中：

「英雄」者流強迫威逼要把他們的生命與可寶貴的下代青年送到另國土中去，化為碧血，摔成肉壤，大言愛護祖國，預支戰勝實鈔，縱使青年人未有經驗，偶受蒙朧，而多數者的他們呢？勇氣如何提得起？義憤如何激得動？當前的生活毀壞，未來的苦難倍加。〔註21〕

王統照的思考是世界性的，而非侷限於某國某族，在《名與實》（二）中：

一般「英雄」們明明是對他民族他國家幹著強掠豪奪的勾當，卻偏要顧到好名詞，藉以騙其民眾。居然也說什麼民族的生存，生命線的維護等話。……〔註22〕

在《把他們的風帽推開》一文中，更是對科學與文明熱切呼喚，把「假英雄」稱為瘋狂者，對為其作倀的學者、文人直接批判為小丑，對被蒙蔽的青年人醒悟的期盼：

這裡借用托爾斯泰的句子，將人稱與數目換過。……

不能因有利於屠人的機械武器便咒恨科學；不能因為幾個瘋狂者的行為，便說世界的青年都已飲了狂藥。是的，真的科學，真的藝術在血戰中仍然是發榮滋長，仍然是黑暗中增加其尋求光明的力量。……

他們——瘋狂者，憑其權威，使多少明明是康健正直的青年人入其圈套，一概狂摹瘋狂的行動，而在枷鎖中搖身的所謂學者，文人，忘了自己的身份，也不願學問藝術的真使命，反替他們敷衍暴行，鼓吹休明。即拋開全人類的問題不講，為什麼督促煽動自己的人民向火炕裏跳入？如不能審時度勢——並此不知，則學者文人不過是舞臺上的小丑；雖知而故作不解，將迷雲蒙蔽事實，是借學問藝術徒做利己的幌子，空言愛國（誰侵略他們的國家來？）自覺

〔註20〕見《王統照全集》第5卷，中國工人出版社，2009年4月版，223頁。
〔註21〕見《王統照全集》第5卷，中國工人出版社，2009年4月版，330頁。
〔註22〕見《王統照全集》第5卷，中國工人出版社，2009年4月版，332頁。

神聖,（果有神聖當受譴罰？）便會泯滅了在平旦時他們的良心苦
痛？

　　不僅在散文與詩歌中是如此,在小說《春花》裏,也借著法國拿破崙崇
拜造成的血流成河而質疑、批判這種英雄主義的崇拜。王統照是堅決反對
這種以塗炭百姓生命為代價的「英雄」的,在小說、散文、詩歌中多有批判
與揭露,並認為他們都是「梅特涅式的摹本」,「為了所幹的謀殺事她抖顫
著」！他對青年教育尤其關心,多次反覆表達痛心於青年人被「假英雄」所
蒙蔽的現象。在《三角的距離》中,彷徨在人生旅途的少女,在先後接觸認
識了社會的富裕階層與貧困階層後去作出自己理性的選擇,作品沒有顯示
少女最後的選擇,富裕與貧困階層的人也都沒有臉譜化,富裕的人也非常
良善熱情,沒用任何空洞的主義與道德說教去指導青年,而是讓青年在深
入瞭解社會各階層的基礎上做出自己的選擇。這或許是更適合青年自己的
人生之路。

　　今天回頭來看,歷史在血雨腥風沖刷過後,或許,正如他本人所預言的,
「假英雄」主義者腳下流轉的民眾總有一日清醒過來之後會認識到王統照的
思想價值:原來民國時代還有如此洞明的智者！

　　王統照散文中這些世事洞明與社會分析之所以如此鞭闢入裏、精到深
刻,穿越歷史雲煙,超出時代侷限,具有了前瞻性與歷史穿透性的價值,首
先是建立在作者貫通中外、古今的淵博學識上,從他的行文就可看出,西方
的哲學家從古代的柏拉圖、現代的尼采等人,文豪從托爾斯泰、莎士比亞、
葉芝、泰戈爾、雪萊、拜倫等都有透徹的研讀,甚至一些較生僻的西方諺
語、掌故、傳說也都融匯自如地凝結在文章寫作中（如借用希臘神話的《唐
達拉司的故事》）等,都能信手拈來,遊刃有餘,卻又不掉書袋。而中國古
典的文化功底更是深厚,從孔孟、諸子百家、唐宋作家思想等思想意識也是
相當愜熟,正是在中外、古今思想學識融匯貫通的基礎上,他的思想才是深
刻的,他的見解才是精確的,他的思考才是超越性、前瞻性的。《繁辭集》
可以說相對集中展現他的思想與見解的大作,其他散文也從專業的基礎上
豐富、補充他的系列見解。也正因為如此,王統照是一個難得的具有「世界
意識」「世界關懷」的作家,他關注、思考的是全世界相通相似的一些問題
與文化心理,而非僅僅侷限於某一國某一族。如在《遇熱中的語聲》中,他
寫到:

如果將群體的力量拘集附於尊重正義的旗幟下，即一時被幾個甚至是幾十個幾百個的國際射手用強力迫住的人民，準會「反戈相向」，首先要解放的開他們自己的繩索，分享人類真正和平的幸福。……

這不是善良的勇敢的全人類的呼聲嗎？〔註23〕

正可看出他的國際性的、全人類的人性關懷與問題思考。

可以說反對戰爭、倡導人性、倡導理性，重視教育，呼喚社會道德重建、關注新文學的健康發展、提倡作家說真話，關注真實的社會人生、重視文藝的獨立性與文藝性是王統照一直念茲在茲、深入思考分析並體現在散文創作中的重要議題。

王統照的散文，比之魯迅先生的匕首、投槍，顯得溫柔敦厚了些，但也正是這鋒旺有所收斂，思想有所沉澱，使他更具有了超越時代、國族的通用價值。正如阿英先生的評價，比之魯迅先生的《野草》也毫不遜色。今天讀來依然令人震耳發聵，驚歎不已。

一個智者對時代與社會的思考也幾乎流貫於他的散文中，不時有先知先覺的智慧閃現，在當時幾乎無法得到世人理解，而近百年過後，卻越來越顯示出他超人的智慧與遠見。也可見王統照是超越於他的時代的。

王統照作為一個作家，他最關注與探討的還是文藝本身，那個政治鬥爭複雜，一些藝術淪為政治口號，或為政治服務而忽略藝術性的時候，王統照卻一再強調、論述藝術性的重要性，在融合古今中外藝術經驗的基礎上，對新文學提出許多許多重要見解，如《清要》一文中，就從柳宗元的觀點談起作文的該有旨趣：「刪汰繁雜，力求「清要」，更能時時有新的發現，——無論在立意、布局與描寫的方法上，……也是新文學前途的一條通道？」又在《新詩瑣語》《談詩小記》等一系列的文章中，對新文學即充滿樂觀，又借鑒中外名家的經驗反覆強調新文學的藝術性問題，對新文學的發展提出許多真知灼見。

王統照的學識與才華，不僅體現在他學貫中西的時勢洞明與清醒，還在於他前瞻性的智慧與眼光。他在 1936 年結集出版的散文集《青紗帳》，是在此之前創作的一組散文。「青紗帳」也就是高粱長成的時節，其中也有

〔註23〕見《王統照全集》第 5 卷，中國工人出版社，2009 年 4 月版，339 頁。

兩篇專門寫當地極富特色的農作物紅高粱的《青紗帳》與《蜀黍》。作者對「紅高粱」的歷史淵源作出了詳細的考證，又對它的秉性與特徵作出了讚美，引用了他族侄的詩「高粱高似竹，遍野參差綠。粒粒珊瑚珠，節節琅玕玉」，然而局勢的動盪，卻使美如青紗，如珠似玉的紅高粱變成「恐怖」所在了：

> 但這若干年來，高粱地是特別的為人所憎惡畏懼！常常可以聽見說：「青紗帳起來，如何，如何……」「今年的青紗帳季怎麼過法？」因為每年的這個時季，鄉村中到處遍布著恐怖、隱藏著殺機，通常在黃河以北的土匪頭目，叫做「杆子頭」，望文思義，便可知道與青紗帳是有關係的，高粱秸子在熱天中遍地皆是，容易藏身，比起「占山為王」還要便利。

> 青紗帳現在不復是詩人，色情狂者所想像的清幽與挑撥肉感的所在，而變成鄉村間所恐怖的「魔帳」了！

> ……

> 「青紗帳」這三個字徒然留下了極淡漠的，如煙如霧的一個表象在人人的心中，而內裏面卻藏有炸藥的引子！

> 一九三三年七月四日〔註24〕

誰能想到，王統照這裡預言的青紗帳裏的「炸藥引子」，50年後，在他的隔壁鄰縣同鄉莫言的小說《紅高粱》裏真地爆炸了呢？

王統照的這篇散文寫於1933年，莫言在1986年發表了著名的《紅高粱》，後又被拍成電影、電視劇，其中的土匪橫行、槍炮聲，不正是王統照50多年前預言的呢？兩人素不相識，也沒有任何交集，卻隔著50多年的時空在高粱地裏相通相惜，不能不令人歎為觀止！直接傳承王統照創作思想的還有臺灣的著名作家姜貴，可以說王統照的先期文學思想為莫言、姜貴等作家的創作預設伏筆。

王統照《獻辭》裏面曾清楚表達自己的詩作追求：

> 詩國裏一樣有著最複雜的人生，也具備人生的種種情感與思想。

> 詩，並不是超出人生的藝術品，她反而是最精誠，最懇摯，最

〔註24〕見《王統照全集》第5卷，中國工人出版社，2009年4月版，223頁。

微妙地把人生考察過，透視過，提煉過，用有節奏韻律的文字或言語復述出來，挑撥人的尋思，激動人的感觸，提高人的理想，陶冶人的性行。總之，她不是提供裝飾，圖弄玄虛，徒然做人間無聊的點綴品。

美，不錯；善，也不錯，但頂要緊的還有「真」。……「真」與「美」結合起來便自會把「善」的領域佔領。

我們希望未來的詩之國裏有：

真實的情緒，

勇健的精神，

恢闊的態度，

精巧的手法。

藉此給我們這樣艱苦的人生增加尋思，激動，提高與陶冶的詩之力。

「凡現時屬人生的東西遲早總要成為詩歌的，而且每種優美與勇武的性格必將都增富歌曲的調子。」〔註25〕

王統照從童年家庭生活《童心》、到青春愛情《春雨之夜》《霜痕》、與朋友的交往、與族人的親情，從家鄉相州到濟南《鵲華小集》，在北京《去來今》，到東北《北國之春》、到歐洲《歐遊散記》《歐遊日記》、在青島《聽潮夢語》，從五四「曙光」到世界關注的《繁辭集》，人到那裡，思考與寫作就到裏，筆隨腳動，他一生的足跡與感受，他一生所到之處耳濡目染的一切都成為他寫作的重要題材，同時伴隨著對社會各階層現象與文化心理的關注與分析，幾乎都凝結在他的創作中。

王統照的詩與散文，是和著時代的脈搏跳動、沉吟與思索的結晶，是個人與時代、與社會、與同仁情與思、探與求等交流碰撞的真實寫照，是一個知識分子與時代共鳴唱和、同呼吸、共患難的心路歷程，作者用真性情的文字，坦露自己的性情、思考與智慧，可以說，王統照詩與散文展現的正是他作為一個民國知識分子的心靈史，一部民國年代獨有的知識分子精神私史。

〔註25〕見《王統照全集》第5卷，中國工人出版社，2009年4月版，518～520頁。

第二節　作為編輯：對文學陣地一生的耕耘與堅守

在王統照先生為文學的一生中，與之相輔相成的是，同時作為文學編輯的一生，也作為他文學追求的重要一翼，遺憾的是對他這方面的關注與研究不足，筆者根據劉增人教授等整理的相關資料作一下梳理與分析。

王統照幾乎從他登上文壇開始，不僅啟程了他的文學生涯，也同時啟程了他的編輯生涯。可以說文學創作與文學編輯猶如兩翼齊飛，使王統照的文學人生呈現多彩風景。

1918 年，王統照考入中國大學。當年冬天，中國大學首次籌辦學報。因王統照已經發表過不少文藝作品，當時，就以大一新生的身份，被推舉為編輯股編輯。1919 年 4 月 13 日，《中國大學學報》創刊號出版，就發表王統照的作品十幾篇。內容門類涉獵廣泛，既有探討西方美學和社會問題的論文，也有文言文寫作的小說與舊體詩詞。其中尤其值得關注的是 1918 年冬天寫下的小說《苦同學共產記》，從創刊號起就開始在上面連載，不僅才情初露，也顯示出他小小年紀穿越時代黨派的思想鋒芒，今天回頭去看，依然是那個時代非常值得關注的作品，且出自一個少年之手。關於這段，他在 1937 年 6 月，在《王統照短篇小說集》曾特別回憶：「從童年起有耆閱小說的習慣，與因模仿而得到偶然的發表機會，以後恰當五四運動的開始，我於是遂被朋友強派為寫小說者，這僥倖的嘗試植下了後來的根基，幸與不幸，正自難言。當民國七年的冬天，學校裏辦了一種學報，我也是編輯之一，他們逼我寫文藝欄中的小說，在北平，風雪交重的寒夜中，我寫過一個文言的長篇，題名是《苦同學共產記》，印出兩期，學報停了，經過幾個年頭，印文，原稿皆找不到。自然，那所謂小說中的思想是如何的薄弱，人物是如何的單純，不值提起，可是我有我的理想，雖然寫不周全，總算第一次我在文藝創作中滲入了思想的養料」。這篇小說顯然是王統照過於自謙了，可在那個共產主義正在升起的年代，以後更是迅猛不可阻擋，他在那樣小小的年紀卻提出了質疑，現在經過漫長的歷史發展沉澱，可以發現他思想的幼芽時期就顯出超群與智慧，這篇小說因此具有的歷史價值也該被重估。

也可以說，王統照從一開始就是一個有思想的人，他的辦刊，與他的文學一樣，是實踐、承載他的思想與理想見解的，有著積極的社會參與意識，而非只是純粹文學活動。《中國大學學報》只辦了兩期就停刊。其後，1919 年 1 月 1 日，他與同仁辦起了《曙光》雜誌，並提出了明確的辦刊主張：

因為我們辦這《曙光》的宗旨，自然沒有什麼不對；不過，第一，我們人數最為簡單，第二，此少數人中幾乎全在求學時代；有這兩端，所以《曙光》裏的言論，我們雖是十分檢定，只是有些放心不下。實在我們對於學問研究還差得多，故對於思想的發表、社會的批評，必定有些弱點暴露出來，不免是「貽笑大方」，然而這也是沒法的事，我還記得某雜誌（這雜誌也是學生辦的）的記者曾說：「本來我們是應當竭力從事學業，不可為別的事來分了我們的光陰，但在這萬方無教的時候，我們卻不得不出來大吹特吹起來。」——這話是我記得大意是這樣，原文不能一些沒有差異。這句話便也是我們辦這《曙光》的原動力。至於將來這一線生機能以永存於光明世界，不但看我們的力量如何；然而我們卻有一分盡一分罷了。〔註26〕

《曙光》到 1921 年夏終刊，歷時一年半，刊物為 16 開本每期 60 頁左右，從第 2 卷第 1 號起，頁數增加一倍，《曙光》的成員有 14 人：丁鎮華、王晴霓、王統照、宋介、祁大鵬、李樹竣、段瀾、范予遂、徐彥之、耿濟之、劉靜君、李魯航、鄭振鐸、瞿世英。其中宋介是中國大學的學生，曾與王統照一起辦《中國大學學報》，後來又一起參與文學研究會。

《曙光》儘管只出版了兩卷九期，王統照也在這兩份刊物上發表了《美學淺說》《美之解剖》《美育的目的》《美性的表現》《美與兩性》等論文多篇。當時風起雲湧的文化運動，大家把文學過於實用化、工具化，蔡元培先生當時曾疾呼「文化運動不要忘了美育」，而王統照就是積極的響應者，時年他才24 歲，卻已顯示出相當的理性思辨能力，也可以說，他早期創作中追求的「愛與美」主題，是與他的美學理論並行的一種理性自覺的追求，對那個政治運動盛行導致的文學功利化傾向是一種自覺的糾偏與堅守，這一切都在他的文學創作與理論中得到充分展現。

1922 年 5 月 30 日，由中國大學師生組成的「晨光雜誌社」所編的十六開本《晨光》雜誌創刊，王統照是該社編輯部副主任（後改稱為編輯幹事）；1924 年 1 月 30 日，一卷五號出版，王統照寫了《晨光社的經過及將來的希望》，此後未見續出。

〔註26〕見王立誠、王含英編：《王統照散文選》，山東教育出版社，2005 年 6 月版，第 4 頁。

《晨光》與《曙光》的內容大致相似：有創作，有翻譯，兼包並容，既重視文藝問題的討論，也顧及社會問題的分析。在《晨光》中，王統照刊有創作、翻譯、內容很廣泛，他對都德、巴贊、夏芝等人的作品介紹，在中國文壇上都是較早的。也可見，王統照自小接受良好的傳統國學教育，大學裏讀的是外文系，對外國文學也有廣泛的涉獵與深入的學習，所以，從登上文壇開始，王統照就是學貫中西、融合古典與現代、理論與實踐並行的，這對他以後的文學之路奠定了即紮實又豐厚的根基。

無論是文學生涯，還是編輯生涯，參與文學研究會都是王統照的一個重要人生節點，如果說此前都屬成長準備階段，那麼，到了文學研究會則是進入了成熟期，成為他的文學「成人禮」，也使他成為當時卓有名氣的作家。

文學研究會是於 1921 年 1 月 4 日在北京中山公園來今雨軒成立，由周作人、鄭振鐸、沈雁冰、郭紹虞、朱希祖、瞿世瑛、蔣百里、孫伏園、耿濟之、王統照、葉紹鈞、許地山等十二人發起，會員先後有 170 多人。文學研究會的成立對中國現代文學史上是有著重大貢獻與重要意義的，對王統照個人也同樣意義重大。

1923 年 5 月，文學研究會在北京的會員召開會議，王統照當選為本期書記幹事，負責北京分會的會務工作。他後來回憶說：「那時，文學研究會北京分會每月總開一次常會，至少總有十多個會友聚談，其實並無多少會務，只是藉此『以文會友』而已。有兩年我曾被舉負分會書記之責，每次開會由我召集，每次自己準去」（參見《悼佩弦先生》），他正是在這時與朱自清結為密友，並且對他的沉穩平和的個性有了更深一步的瞭解。這年 6 月 1 日，由文學研究會北京會員創辦的機關刊物《文學旬刊》問世，王統照擔任主編。也是在這一年，王統照介紹在中法大學讀書的陳毅，加入了文學研究會。

劉增人在《王統照傳》93 頁指出：「自從鄭振鐸離京赴滬後，文學研究會在北京的大旗，便交給了王統照。1923 年更是關鍵的一年，無論從組織形式還是創作實績，他都成為文學研究會在北京的實際負責人，成為文學研究會在北方的一面旗幟。」

文學研究會在北京的主要陣地，便是北京《晨報》副刊之一的《文學旬刊》，該刊創刊於 1923 年 6 月 1 日，停刊於 1925 年 9 月 25 日，共出 82 期，歷時兩年零三月，是王統照主編的第一個純文學期刊，支撐著文學研究會的

半壁江山。該刊名義上由王統照與孫伏園合作，實質上由王統照一人主持。該刊被認為是體現王統照編輯方針與文學觀念的最充分最完整的期刊。

王統照在《文學旬刊》創刊號上發表《本刊的緣起及主張》，明確闡明辦刊宗旨：目前中國的文藝，「已經由荒蕪的時代而進入收穫的時代」。「我們相信文學為人類情感之流底不可阻遏的表現，而為人類潛在的欲望的要求。無論世界上那個民族，有其綿遠歷史的，即有其與歷史附麗而來的文學。由文學的趨勢與表現中，可以看明這個民族思想的交點。……於是好的文學作品，便如燃氣的火焰，由一個人的心靈中，傳達到無數量的心靈中。……年來新文學的萌發勃起，也正是為了這個時代所切實要求的。」而且，他還著重強調了批評的作用：「在中國新文學這樣柔弱的時代，無聊的通俗文學，尚在社會潛傳其毒菌，對於文學視等遊戲的觀念，尚沒有除盡，想努力於文學的人，不應只在閱讀，只在創作，更須壁壘森嚴，想去鋤刈莠草。因為這些傳統，因襲遊戲以文學為金錢化的觀念不去，真的文學的根，總不能向人之心內苗生，……對於反文學的作品，盲目的復古派與無聊的有毒害社會的劣等通俗文學，我們卻不能寬容。本來這些非文學的東西可以不值得去攻打。但非進即退，而且任其殖生繁育，使社會日受其惡果，我們不能不去刈除損路的荊棘，好預備同大家向雲霞爛爛的長途中並翼遊翔。」把這宣言同沈雁冰、鄭振鐸為《小說月報》（上海）《文學旬刊》所寫的改革宣言合併一起來讀，就更能顯示文學研究會同仁的文學主張了。

與這個主張相應的是，《文學旬刊》在發表文章時，即重創作，又重批評。其早期倡導的美文主張也在這裡得到體現。王統照不但擇優發表優美的散文稿件，同時也親自進行創作實踐，他的兩組散文《片雲》《古寺後的夢談》，最初就是發表在這上面的。《文學旬刊》注意推薦新作，介紹新的文學團體，文學刊物。魯迅的《吶喊》《中國小說史略》，文學研究會的《文學週報》（原名《文學旬刊》，《時事新報》副刊之一），創造社的《創造日》，周作人的日本文學翻譯，以及綠波社的活動，泰戈爾的訪華等文壇重要事項、重要作家、作品、重要社團活動等，均有介紹和評論。還特設《雜談》一欄，多為編者自撰，或談文藝觀點，或論文壇現狀，常有獨到見解，是窺視王統照文藝思想的一個重要窗口。

王統照於 1925 年 5 月 17 日第七十期中作了答覆，此後很少見到他的作品發表。多數人認為王統照的譯詩受到胡適等人諷刺挖苦的緣故。這段文壇

公案至今疑問很多。1925 年 9 月 25 日，《文學旬刊》第八十二期，此後未再出。

　　1925 年 8 月 1 日王統照與老友宋介、伍劍禪等合作創辦的《自由週刊》問世，刊物為 16 開本，封面畫一線條簡單高舉火炬的自由女神胸像作為標誌，但僅出十二期，1925 年 10 月停刊。創刊之前，先於 1925 年 7 月 17 日《晨報副刊》1227 號發表了《自由週刊緣起》宣言：「為了言論界的陰霾陳結，為了中國人之思想缺乏與混亂，為了我們要申述，要貢獻我們對於政治經濟的意見，及各種學術的介紹與批評，所以在這樣風雨震盪中，集合了我們的幾個朋友來發起此《自由週刊》。……我們彳亍在這條狹隘而幽暗的途中，為時不少了！

　　雖是有時看見黎明的灰色微光在晃蕩著，但即時便又為陰霾掩卻。皎明的星光，震驚的風雷，我們需要你們久了！夥伴們！我們且攜手覓去！勿猶疑！勿恐怖！勿要在中途上徘徊，我們都要燃起『自由』的火炬，那可愛的明輝的『光』，在向我們微笑了！」下署「李宋武、周明、汪清倫、王統照」等 23 人的名字。後來這份《緣起》在《自由週刊》創刊號改稱為《宣言》，略去 23 個人名），較熟悉王統照筆風的人則不難看出是由誰執筆的。該刊編輯部設在北京西城，二龍坑口袋胡同十六號宋介寓所；發行部則在北京前門內中國大學出版部。當時，王統照家住二龍坑，任中國大學出版部主任。

　　《自由週刊》同仁主要寫的是針砭時弊的評論文章，「五卅」慘案後，王統照曾連續發表了《「血梯」》《烈風雷雨》等態度言辭犀利的文章，激烈批判的同時呼籲熱烈的戰鬥精神，對自由光明有著強烈的嚮往。《自由週刊》發表了不少這方面的文章，如《滬案竟如此沈寂！？》，宋介《國家自由與國家主義》一文中驚呼「五千年祖宗艱難締造之錦繡國家，轉眼就走上埃及、印度、越南、高麗之舊路」……此時爆發「女師大事件」，《自由週刊》迅速發表了系列批評文章，宋介的《弔章士釗並討反對派》，汪清倫《女師大事件之超然的解剖》，都是長篇論文，重在分析論證，後來態度更加激烈，情緒宣洩氣息更濃，如汪清倫《楊蔭榆太不要臉面》，認為楊是「不學無術，小心眼兒，村俗，未聞君子之大道，不登大雅之堂」之徒。趙逸庵則稱章士釗的《甲寅》為「老虎報」，主張由《自由週刊》「出而發起一大規模的『伏虎運動』。」與此同時，《自由週刊》也重視文學創作，每期都設有文藝專欄，這一欄目幾乎是王統

照以一己之力包辦的，他的小說《知心處》，散文《……在囚籠中的苦悶》《海濱小品》，雜文《微言》，詩歌《烈士墓邊》都是在這上面陸續刊出的。

1926 年，王統照離開北京，回山東諸城為母親奔喪。他的母親長期是他家庭的支柱，母親去逝，王統照需要更多地承擔起家庭家族重任。於是，經過慎重考慮，王統照決定到青島工作、生活。1927 年 4 月，他把未成年的妹妹接到一起，全家在青島購房安家。他本人先後執教於鐵路中學、市立中學等，前後在青島生活了近 30 年，創作出長篇小說《山雨》、詩集《這時代》以及大量中短篇小說和散文。正是這個時期，王統照創辦了《青潮月刊》，這是王統照離開北京到青島後創辦的文藝月刊。這也是青島歷史上第一個文學期刊，儘管出版兩期即告停刊，但它的開拓意義和歷史價值是不可小覷的。山東大學《威海》的周怡教授在其「王統照與《青潮月刊》」（見《新文學史料》2012 年 4 期 181～191 頁）中，作出了詳細的考證與核查工作。據周怡教授的考證：「《青潮月刊》原始期刊共兩期，現保存於山東省圖書館。根據調查和文字記載，這兩冊期刊是王統照在建國初期任山東省文化局局長兼省文聯主席的時候，送給圖書館作為資料保存的。」

《青潮月刊》辦刊主旨與傾向十分明顯：首先注重翻譯作品，兩期刊物共發表文學作品 18 篇（組），譯作為 9 篇（組），其中《詩選》一組，譯作占 4/7，總體上看，《青潮月刊》翻譯作品的篇目和文字總量均為最高。第二，傾向平民文學，反映下層的農民和小知識分子的現實生活與精神狀態，王統照的小說側重山東鄉土生活和激烈社會動盪中人的命運，其他作品以城市知識分子的灰色生活為主題。第三，注重兒童文學，當時的中國文壇兒童文學尚不興旺，編者有意識地譯介丹麥與日本的兒童文學作品，成為《青潮》的一個顯著特點。這種辦刊主旨與編輯選題恰是繼承了「五四」新文化運動的人文主義傾向，即周作人所倡導的「人的文學」、「平民的文學」、「兒童的文學」。

周怡教授認為：《青潮》的翻譯作品是刊物最顯著的特徵，很顯然，辦刊人的目的在於介紹國外的新文學，以此啟發相對閉塞與沉悶的文壇，包括文學內容和文學形式。譯作中最優秀的作品當屬兒童文學，體現了王統照的編輯導向。也可見王統照一直重視外國文學作品的引進推介工作，為中國文壇、為青島引來新鮮的文學氣息。

周怡教授還發現，臺灣作家姜貴（本名王意堅），是王統照的侄子，也是

王統照發掘到文壇上的，也可以說，姜貴初登文壇，是受到王統照的鼓勵與栽培的。

姜貴自己也是有記載的：

> 動筆寫的第二部是中篇小說《白棺》，可惜沒有出版；《白棺》由王統照拿去在《青島民報》連載……〔註27〕

> 王統照先生住西關某街，我只去過一次。那時他還在讀中國大學，小說《一葉》剛出版，但我並沒有讀過《一葉》」〔註28〕

姜貴在臺灣自認為被遺失的《白棺》沒有登在《青島民報》上，卻是登在王統照編輯的《青潮》期刊上，署名「王匠伯」，應該指的就是這部作品，姜貴後來在臺灣，仍以《白棺》為篇名，又創作一部小說，內容上有相通相似之處，「王匠伯」該是姜貴（王意堅）早期的一個筆名。現在這部小說重現，應該是海峽兩岸文學的一個重要發現。

《青潮》的發刊詞《我們的意思》雖未署名，但能明確看出是王統照的手筆：

> 文藝光彩絢爛的微光正射在我們的遠處，時代思想更從無形中在後面向我們追逐著。於此中我們自不容其遲疑，回顧，我們想借文藝的力量來表現我們的思，想，感，與希望；但這並非是以文藝作品作何等宣揚，與思，與感，與希望，在任何偉大與超越的文藝中能脫卻、避免時代意識的明指或暗示呢？

> 文藝自不能以地域為限，但在這風景壯美及近代的新都市的各種刺激與現實的青島，我們平常想望著有這種刊物，這不是為「河山生色，鄉土增光」，或是迎合社會需要之陳舊的與投時的貨品的觀念，但在天風海水的浩蕩中迸躍出這無力的一線青潮也或是頗有興致的事吧！

> 我們的意思只是這樣的簡單與籠統吧，我們只希望藉此小刊物同大家來以時代意識認明什麼是文藝品，以及此文藝品來點清我們的人生。至於再進一步何為文藝品，何為時代意識，則自有他們的

〔註27〕見《姜貴中短篇小說集》應鳳凰編附錄二《姜貴的一生》，臺灣九歌出版社有限公司，2003 年版，239 頁。

〔註28〕見《姜貴中短篇小說集》應鳳凰編附錄一《姜貴自傳》，臺灣九歌出版社有限公司，2003 年版，221 頁。

本質在，這絕不能以何種定例、原則，可以歸納，可以範疇，可以不許它跑到圈子外邊去的。

至於共同來辦這個刊物的只不過三四人，作始也雖不必不簡，但我們以誠實的希翼盼望好文藝的朋友們的助力！

也正如某雜誌一樣，這刊物內最古的與最新的一例容納，只以作品的價值為準，這也是須附告的一句。

就這一點——如大海中微波一點，我們借她飛流著贈給大家。

《青潮》創刊號

一九二九年九月十日

（《微音集》）〔註29〕

從這篇發刊詞中，我們可以清楚地看到，王統照在辦刊中始終堅持的文藝「為人生」的根本宗旨，以文藝的形式參與社會，參與時代，「以文藝作品來點清我們的人生」，「表現我們的思，想，感，與希望」，但也反對把文藝品當作宣揚、宣傳的工具。同時堅守知識分子的本位，反對給文藝設定條條框框的定例或原則，而堅守文藝的本質，更反對越出「圈子」「可以不許它跑到圈子外邊去的」。這些都可以清楚地看到王統照的文學理念與辦刊理念，尤其是他兼容並包的辦刊方針：「這刊物內最古的與最新的一例容納，只以作品的價值為準」，一九二九年時，新文學與舊文學還處在糾葛交戰中，王統照自為新文學陣營的人，卻不排斥舊文學，對「最古的」與「最新的」一視同仁，只以「作品價值」為評判標準，這在當時是很了不起的包容胸懷，顯示出超越於時代的前瞻性眼光。

「青潮」即可理解為「青春的潮汐」，也可理解為「青島的潮汐」，王統照與幾位文藝青年為青島這座美麗的海濱城市，留下文壇上的一個閃光的印記。也為中國新文學作出了重要貢獻。也為王統照的文學生涯注入新鮮的血液與開端。

〔註29〕見王立誠、王含英編：《王統照散文選》，山東教育出版社，2005年6月版，第104～105頁。

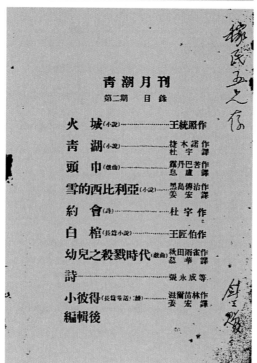

《青潮月刊》第二期目錄，右側留有王統照（劍三）手跡
（圖片由山大（威海）周怡教授提供）

　　在王統照參與編輯的報刊中，《避暑錄話》意義重大。1935 年 7 月，王統照從歐洲遊學歸來後，居住在青島觀海二路 49 號，往來他家中的是老舍、杜宇、吳伯蕭、洪深、臧克家等國立青島大學的教授和來青島避暑的文化名人，他們以文會友，談心論文，依託《民報》但獨立編排、裝訂、發售的文藝副刊《避暑錄話》便應運而生了。其中有老舍、吳伯蕭的散文，孟超、王亞平的詩歌，洪深的戲劇等，副刊雖小，陣容強大。該刊一經刊出便供不應求，先由青島的荒島書店經銷，後經上海生活書店等十幾家書店代售，迅速行銷各地，而且單期刊出後，還有合訂本問世，成就了一段期刊史上的佳話。王統照在該刊上發表了《你的黑手》等詩文 7 篇，並擔任了一期的編輯、參與了兩期的編務工作。

　　從 1935 年 7 月 14 日創刊號面世到 9 月 15 日終刊，歷時兩月，每週一期，零售大洋 3 分，共出了 10 期。《避暑錄話》的名字洪深在發刊辭中解釋為「避暑」，但臧克家透露了背後的玄機：「洪深先生對避暑風趣地加以解釋：避暑者，避國民黨達官老爺們之炎威也」。老舍對刊名解釋則是：「宋朝，有個劉夢得，博古通今，論著很多，這個《避暑錄話》，也是他的著述，凡二卷，記了一些有考證價值的事。我們取這個刊名，要利用暑假，寫些短小的詩文。」

　　他們都對人說避暑，洪深《發刊辭》中說：「在避暑勝地的青島，我們必須避暑！避暑！避暑！否則他們有沸騰著的血，焦煎著的心，說出的『話』，必然太熱，將要使得別人和自己，都感到不快，而不可以不『錄』了！」

　　作為一份較為獨立的副刊，《避暑錄話》甚至沒有編輯部，12 位撰稿人有時輪流坐莊請客，在厚德福等飯店裏吃飯商議，「有時聚集海濱，有時在王統照舊居，有時到吳伯蕭的『山屋』，有時去臧克家的『無窗室』」，只為談文論詩，相互切磋。他們紀律嚴明，絕不拖稿，即使離開青島，也在他鄉「不惜在溽暑中執筆」。像趙少侯在創刊後不久就因公去了北京，仍然按照約定郵寄稿件。

　　他們堅持到 9 月 15 日，最終因「炎暑已過」，失去避暑之意而停刊。老舍說，他們是「為寫避暑之話而流汗的」。出到第十期，撰稿人有的回臨清，有的去濟南，為生活的鞭子所驅策，各自離開這避暑勝地，況且出完這一期已是中秋時分，老舍說「有中秋節在這兒攔著，即使有力繼續也怪不好意思。廣東月餅和青島避暑似乎打不到一氣」，——老舍在最後一期停刊的《完了》中，停了這份副刊。

　　《避暑錄話》的出版，老舍和王統照功不可沒。「12 個人年齡不同，專業有異，關係也並非都是等距離的。這裡面他倆是最主要的人物」，青島大學原中文系主任、教授劉增人說，「老舍和王統照關係非常好，老舍經常到王家吃飯，而臧克家、吳伯簫這些青年也經常去。吳伯簫來青島以後，也跟王統照學習請教。詩人王亞平 1932 年到青島教書時認識了王統照，也把他作為自己的新詩領路人」。在青島市檔案館編研處處長孫保鋒的眼中，王統照是青島文學教父，不但「捧紅」了臧克家，還幫助吳伯簫出版了《羽書》，「吳伯簫說，去王宅就是砥礪學問，每次回來都要給自己上上弦，熬一陣，非寫出像樣的文字才對得起這趟拜訪」。《民報》的總編輯杜宇同樣得到了王統照提攜。杜宇是一個複雜的人物，當年，他敲開觀海二路 49 號門後，一下子「給暗夜潛行的青島文學開了光」。執教於山大中文系的老舍在文壇的地位更是毋庸置疑，他大力支持《避暑錄話》，在金口二路（今金口三路 2 號乙）的櫻海雅舍中先後創作了 9 篇文章，幾乎每期都有力作。

　　在青島市圖書館的特藏室，至今保留著一本珍貴的《避暑錄話》的合訂本。這個出版於 80 年前的合訂本為 16 開大小，封面已經發黃，上面寫有「禮賢中學圖書館」、「此書不予複印」等字樣。

　　這份副刊直接地參與了社會生活，也因此秉承了王統照一貫的「為人生」文學理念：以文學參與社會，但又不越位，不越出文學的圈子。

　　因著這份副刊，因著作家們經常在王統照家中聚會商討，他在青島的家：觀海二路 49 號，成為青島的一個文學中心，此後，聞一多、沈從文到青島大學任教，熱情好客的王統照也經常邀約他們到家中做客敘談，更有熱情的文學青年願意跟隨他學習寫作，因此，他的家長期成為青島文學的一個中心。這份副刊也因此名揚海內外，成為當時國內最知名的副刊。

　　王統照編輯生涯中最輝煌的一頁，是作為當時權威的大型文學期刊《文學》的主編。

　　《文學》月刊是《小說月報》停刊以後文學研究會作家群的最重要的陣地。是在 30 年代初期，《小說月報》停刊，「左聯」機關刊物屢遭查禁的情況下創辦的，1933 年 7 月 1 日在上海創刊，由文學社創辦，鄒韜奮創辦的上海生活書店出版。編委會成員名單共有 10 人，即魯迅（不公開出面）、葉聖陶、郁達夫、陳望道、胡愈之、洪深、傅東華、徐調孚、鄭振鐸、沈雁冰。1937 年 8 月 1 日 9 卷 2 號出版後，抗日戰爭全面爆發，《文學》減縮篇幅，於同年 11

月 10 日出至 9 卷 4 號停刊。《文學》每 6 號合為 1 卷，共出 9 卷 52 號，是 30 年代出版時間最長、影響最大的文學期刊。

1933 年 5 月 6 日上海《生活》週刊曾登出《〈文學〉出版預告》宣布此刊宗旨：「編印這月刊的目的，在於集中全國作家的力量，期以內容充實而代表最新傾向的讀物供給一般文學讀者……內容除刊登名家創作，發表文學理論，批評新舊書報，譯載現代名著外，並有對於一般文化現狀的批判；同時極力介紹新近作家的處女作，期使本刊逐漸變成未來時代的新園地；又與各國進步的文學刊物常通消息，期能源源供給世界文壇的情報。」這充分闡明了它的辦刊宗旨。

7 月 1 日，《文學》月刊在上海問世。創刊號氣勢不凡，幾天便售出萬冊，應讀者要求又多次添印。該刊初為 16 開本，後改 32 開本，每月 1 日出版，社址設於上海拉都路（今襄陽南路）敦和裏 11 號。它的主要欄目有社談、論文、小說、詩、散文隨筆、雜記雜文、書報述評、文學畫報、翻譯、世界文壇展望等。創刊號上由傅東華執筆的第一篇文章《一張菜單》，實際就是發刊詞，其中宣告：「有一個共同的憧憬——到光明之路。凡是足以障礙到這光明之路的一切，無論是個人，是集團，是制度，是主義，我們都要認作我們的仇敵。」到後期，王統照主持筆政時，更是一針見血地表明：「在這『多難』的國家中，希望借文藝的力量來作解放民族運動的利器，作追隨時代潮流的風帆，作暗夜中尋求光明的火炬。」

《文學》對中國現代文學史和作家作品的研究比較重視，在現代文藝報刊中，它是發表作家專論最多的刊物。先後刊載過茅盾的《冰心論》《廬隱論》《落花生論》，胡風的《林語堂論》，穆木天的《徐志摩論》《郭沫若的詩歌》，許傑的《周作人論》，蘇雪林的《沈從文論》等較為重要的論文，在作家研究方面具有開創作用。對丁玲的《母親》、王統照的《山雨》、艾蕪的《南國之夜》、吳組緗的《西柳集》、夏徵農的《禾場上》、彭家煌的《喜訊》、周文的《雪地》、萬迪鶴的《達生篇》、蔡希陶的《蒲公英》、曹禺的《日出》、臧克家的《烙印》、艾青的《大堰河》等都作了比較中肯、及時的評介。《文學》對新文學運動和創作實踐方面的問題，發表過魯迅的《又論「第三種人」》《論諷刺》《「文人相輕」》（一至七論全文）、《「題未定」草》（一至三），周揚的《現實主義試論》《典型與個性》，胡風的《現實主義底一「修正」》等文，著重從作家對現實的態度、創作與現實的關係上作了理論剖析。郁達夫、金兆梓、

適夷、胡秋原、杜衡、沈起予等筆談《五四文學運動之歷史的意義》，阿英的《中國新文學的起來和它的時代背景》，茅盾的《新文學前途有危機麼？》《論初期白話詩》《敘事詩的前途》，朱自清的《新詩雜話》《新詩歌旬刊》，屈軼的《新詩的蹤跡與其出路》，陳雨門的《中國新詩的前途》，張庚的《中國舞臺劇的現階段》，洪深的《一九三三年的中國電影》等文，就中國新文學發展中的一些問題進行了探討。這些文章對研究中國現代文學的歷史發展具有重要的史料價值。

《文學》也注意到對中國古典文學的研究，刊載過郭沫若的《屈原時代》，鄭振鐸的《談金瓶梅詞話》《〈西遊記〉的演化》，顧頡剛的《明俗曲琵琶詞》，陳子展的《兩宋詞人與詩人與道學家》等，1934 年 6 月還出了一期「中國文學研究專號」，收有郭紹虞的《中國詩歌中之雙聲疊韻》，朱自清的《論「逼真」與「如畫」》，吳晗的《歷史中的小說》等論著。

《文學》對外國文學作品和文學理論的翻譯介紹也較重視，譯載過普希金、果戈理，屠格涅夫、高爾基、安徒生、海涅、席勒、濟慈、雨果、羅曼・羅蘭、惠特曼、馬克・吐溫等著名作家的代表作品、理論著作以及評介他們的文章，還出過「翻譯專號」，「弱小民族文學專號」、「一九三五年世界文人生卒紀念特輯」、「屠格涅夫逝世五十週年紀念特輯」、「高爾基紀念特輯」等。這些譯著和資料記載了中國現代文學同外國文學的密切關係。

1936 年 7 月以前，王統照本就是研究會重要發起人，因此也一直是《文學》的主要撰稿人之一。從一至六卷，他在《文學》上發表小說、散文、詩歌二十篇左右，其中有《山雨》的選刊，《她的生命》，以及後來收入《青紗帳》的若干篇什。

王統照儘管與《文學》淵源很深，但並未參與一些爭論糾葛，比如抗戰時期兩個口號的論爭等。

其後，在《文學》遭遇困境之時，卻是王統照出來力挽狂瀾的。無論各種派別的作家，他都能傾心交往，友誼彌深。這也正是鄭振鐸先生所說的「內方外圓」的稟性，在思想活躍的年代，他不但能團結各路作家，也能於危難中力挽狂瀾。王統照即是當初茅盾主編的《小說月報》與文學研究會相結合的聯結人，也是在傅東華主編的《文學》遭遇危機時解救人。因原主編傅東華先生嘲諷魯迅先生、與作者發生衝突等一系列事件，導致《文學》聲譽一落千丈……在這種情況下，茅盾、鄭振鐸都認為王統照是解決危機、接受並

承擔主編重任的最合適人選。王統照果然不負眾望，他從青島奔赴上海，再次承擔起文研會的重任。在主編《文學》期間，團結了大批作家。他以一貫地兼容並包的寬厚心態與善良稟性吸引聚集各路作家，他對魯迅先生非常尊敬，與風流浪漫的徐志摩交情頗深，與激進的聞一多相處融洽，與海外歸來的老舍情投意合……使《文學》的撰稿隊伍空前壯大，發表一系列重要作家作品。

1936 年 7 月，王統照接手《文學》月刊後，在 7 卷 1 號上專門推出了「兒童文學特輯」，開篇即是他特約茅盾、老舍、葉聖陶名家寫的《大鼻子的故事》《新愛彌爾》和《一個練習生》。他自己也創作了以上海小童工為題材的兒童文學作品《小紅燈籠的夢》。在「創作」欄目中，共有沙汀《苦難》、艾蕪《小犯人》等作品 8 篇，「詩」欄目則包括臧克家的《跳龍門》《依舊是春天》，葛葆楨的《荒村浮動線》等 7 首兒歌。另外，該特輯還對剛剛起步的中國兒童文學進行了理論探討，發表了高爾基著、沈起予譯的《兒童文學的「主題」論》、鄭振鐸的《中國兒童文學讀物的分析》、茅盾的《兒童文學在蘇聯》等論文。在中國新詩誕生 20 週年之際，王統照主編的《文學》月刊在 1937 年 1 月 1 日出版的第 8 卷第 1 號「新詩專號」中，對新詩的創作和理論進行了「盤點」，他親自操刀寫了《獻辭》，朱自清發表了著名的《新詩雜話》，茅盾也寫了《論初期的白話詩》對這一特殊的時刻進行紀念。在「詩選」欄目中，共發表新詩作品 37 首，在「自由論壇」中發表探討新詩理論的文章 17 篇。「新詩專號」既是對新詩實績的一次檢閱，也蘊含著王統照對新詩進一步發展的思考，應引起人們的重視。另外，1936 年 9 月出版的《文學》7 卷 3 號，王統照還編輯了「短篇小說」專號，對現代短篇小說的創作進行了觀照。正是在王統照及同仁的努力下，現代文學史上的不少著名作品都通過該刊率先與讀者見面，如葉聖陶的《多收了三五斗》、朱自清的《背影》、巴金的《化雪的日子》、許地山的《春桃》、郁達夫的《出奔》、老舍的《我這一輩子》、張天翼的《包氏父子》、臧克家的《罪惡的黑手》，以及魯迅的諸多雜文和茅盾的作家論等。

特約撰稿員有魯迅、巴金、老舍、丁玲、冰心、朱自清、許地山、王魯彥、郭紹虞、耿濟之、田漢、鄭伯奇、戴望舒、張天翼、黎烈文等 48 人，還有許多著名作家如郭沫若、阿英、周揚、胡風、蹇先艾、林語堂、沈從文、沙汀、艾蕪、蕭軍、蕭紅、臧克家、吳組緗等也經常為之寫稿，撰稿作家上百人。

在主編《文學》期間，他不但恪盡職守，凝聚團結各路作家，發掘發表優秀作家作品，辦好刊物，更是以獨具的慧眼，識別人才，發現人才，可以說，王統照的辦刊生涯中，不遺餘力地發掘「培養新人」是他一以貫之的作風與使命。在主編《文學》期間，以坦蕩的胸懷扶持、培養關懷多位初登文壇的年輕人：臧克家、劉白羽、端木蕻良、唐弢、吳伯簫、李健吾、王西彥、於黑丁等，他們也都曾撰文回憶他們初登文壇從王統照那裡得到的關心與支持，日後，他們都成為文壇上崛起的新人，成為新文學的持續發展的重要力量，也可見王統照的識人與育人，利用《文學》雜誌不遺餘力地挖掘培養新人，也是王統照對新文學的重要貢獻。

鄭振鐸先生在《悼王統照先生》一文中的回憶那段歲月王統照的生活狀態：

> 在上海編輯《文學》的時候，好像是他一生裏最為怫鬱的時代，他要應付一切瑣碎的編輯事務，還要準備著敵人們的不意的襲擊。編輯部有個鐵門，那門是常常拉上，而且加了鎖的。他的生活也很困苦，收入炎炎，常和我們一同吃著烘山芋當一頓午飯。就在這樣困難的時刻，他對他所負責的編輯工作是堅持到底的，是一絲不苟地擔任起全部責任。……

> 他是認真的。凡是從事於任何一件工作，他都是認真負責到底的。就是在他很憂鬱時候，他也從來不放棄他自己的任務。只要他答應你做那一件事，他就會用全副精神全副力量來辦好它的。像上面所講的在上海編輯《文學》的事就是如此。〔註30〕

> （1957 年 12 月 15 日寫，刊登於《人民文學》1958 年 1 月號）

可以說，克勤克儉，任勞任怨，是王統照一貫的工作態度，也是他關鍵時刻能承擔重任的緣由所在。

《大英夜報》副刊《七月》，1938 年，上海儘管已淪為「孤島」，英美等國尚未對日宣戰，所以他們可以自由辦報。上海新聞界一些人士便設法同英美僑民合作，創辦了《譯報》等以外商名義出面宣傳抗日救亡的報紙，影響很大。國民黨也辦了幾家洋商報，其中之一是美商《大英夜報》。

《大英夜報》於 1938 年 7 月 4 日（星期一）創刊，發行人是英僑孫特

〔註30〕見《王統照先生懷思錄》，山東省政協文史資料委員會、諸城市政協文史資料委員會合編，中國文史出版社，1991 年 6 月版，11～12 頁。

司・裴士和拿門・鮑納，總主筆孫特司・裴士，實際負責人是暨南大學教授翁率平和邵洵美等人。當時王統照也在暨大任教，時稱「暨大四教授」之一，與翁同事。翁再三邀請王統照參加編務，推辭不過，答應編文藝副刊，並約法三章：1. 不接受任何名義；2. 不到報社辦公；3. 副刊完全獨立，不受總編輯約束。翁只得同意，並邀請秦瘦鷗幫助處理編輯事務。

王統照在其主編的《大英夜報》副刊《七月》創刊號的代發刊詞《開篇》中說：「短兵夜行，精悍迅疾，即不能作大規模的陣地戰，而傳一點急信；點一把亮火，來一陣掠攻，在『戰略』上也自有它的用處。以此作比，長篇大論，精深博奧，是學者思想家的事業，卻往往與多數讀者不生關係。如能利用方便的形式，活動的風格，上天下地敘事，傳感，正如清晨一頓早點，午後一次茶食，積少成多，取精用宏，其於生理上的滋補也有不少的利益。我們正想利用副刊的地位仿『戰略』上的短兵夜行，送讀者一點精要的食糧，傳達一陣時代的風信。能夠切實、簡要做到這一步，使熱心的讀者感不到胃中的空虛，這就是我們的微願。」他主政期間的《七月》基本上貫徹了他的這一編輯理念，期刊多以短小精悍的反映時事的雜文見長，王統照自己更是化名摩盧、恂、鄭言，創作「短平快」的時評雜文，受到廣大讀者的關注和好評。

《潮音》，抗戰勝利後，王統照從上海返回青島。《潮音》是《民言報》的副刊之一。《民言報》是當時青島國民政府的官方報紙，聽說王統照回到青島，主編立即上門邀請王統照主編文藝副刊，王統照固辭不獲，只好接任。

《潮音》1945 年 12 月 19 日創刊，每週三版，逢星期三、五、日在第四版刊出，約占半版左右。從 1946 年 2 月 23 日起，改為每週兩版，逢星期五、日刊出，共出二十九期，1946 年 2 月 24 日終結。

《潮音》在《創刊號》上的《前奏》，《潮音》發表有中華全國文藝界抗敵協會《為慶祝勝利告國人電》《慰問上海文藝界書》，以及鄭振鐸、郭紹虞、豐子愷、徐永玉等作家的作品。王統照在創刊號上發表了《前奏》《憶老舍》等作品。

這是王統照唯一一次在官方辦的報紙上主編副刊。可他無論在什麼雜誌上辦副刊，都秉持了他的文學理念與對文學的堅守，同時不越出知識分子本位的社會參與。

民國時代，文學刊物與文學報紙（文藝副刊）作為文學傳播的媒介，不僅為中國近現代文學提供了穩固的陣地，發表了大量的文學作品，還扶植和

培養了眾多文學新人，同時還直接間接地引導、支配、規範、制約著文學發展的方向，推動和加速了文學思潮、風格、流派、文體的演變和成熟，為作家與作家、作家與讀者架起了溝通的橋樑，使他們始終保持著近距離的互動關係。這些文學刊物基本都秉承了「名家辦刊」與「文學搖籃」這兩大傳統。所謂名家辦刊，既是由著名作家主持編輯文學刊物或專欄，當時一些刊物與報紙專欄都由著名作家主持，如孫伏園、徐志摩主編《晨報副刊》，孫伏園與《京報副刊》，周瘦鵑、黎烈文與《申報》副刊，沈從文、蕭乾主編《大公報》副刊，戴望舒主編《星島日報》副刊等。「文學搖籃」既是培養文學新人，要求主持辦刊的作家們面向全社會不遺餘力地培養文壇新人，著名作家沈從文就是《晨報副刊》主編徐志摩挖掘培養出來的。正是在這樣的氛圍之下，王統照也同樣堅持並弘揚了這個傳統，從大學時代小有名氣就參與編輯文學刊物，以後參加文學研討會主要工作之一也是主編會刊，後來更是擔綱當時影響最大的《文學》刊物的主編，並不遺餘力的挖掘陪養新人，一大批文學青年如李健吾、端木蕻良、劉白羽、王西彥等，因他的發掘與鼓勵走上文壇，日後成為重要作家。

　　王統照作為文學編輯的一生，以兼容並包的胸懷介紹發掘發表古、今、中、外的優秀作家作品，倡導五四新文學理念，同時不排斥古典傳統的優秀作品，像辛勤的園丁耕耘守護文學陣地，堅定不移、竭盡全力培養文壇新人，對中國新文學的發展貢獻與影響都是巨大的，他的編輯理念與辦刊宗旨以超越於時代的前瞻性眼光，不僅為後人留下寶貴的文學遺產與經驗，而且值得傳承後世，繼續弘揚與發展。

第三節　作為教育家：世界視野的教育理念

　　王統照的教育生涯與他的文學、編輯生涯相交織，儘管時斷時續，但也幾乎貫穿了他的一生。就他直接到學校的教育工作崗位從事具體教學工作的經歷，從小學、中學到大學都有過，具體說來：

　　1914 年春天，還在讀中學的 17 歲的王統照因回鄉養病，曾回他的故鄉相州本家族辦王氏私立學校擔任校長半年，使這所小學面貌為之一新，此後，他數次回去講學，幫助小學生出書，撰寫校歌，這所小學幾乎是他一生的牽掛。

　　1922 年 7 月王統照畢業於中國大學，獲得留校任教資格，開始了他大學的教育生涯。

　　1927 年，回到青島，先後到青島鐵路中學、市立中學等校任教，一直到 1931 年。

　　1931 年初春，應友人宋介邀請到東北旅行，曾在四平街東北第一交通中學代課。初夏，返回青島。

　　1937 年 8 月，應聘為暨南大學文學院教授，教授中國文學，為著名的「暨南四教授」之一。

　　1941 年 12 月 8 日，太平洋戰爭暴發，日寇進佔租界，上海完全淪陷，上午在暨南大學上完「最後一課」，即杜門輟筆。

　　1946 年 1 月，濟南臨時大學補習班青島分班定期開課，受聘為教授，1947 年 6 月，因支持山東大學學生反飢餓運動被教育當局解聘。

　　1949 年 7 月，就任山東大學教授兼中文系主任，山東大學校務委員會委員。

　　從 17 歲擔任王氏私立小學校長開始，也開啟了王統照一生中至為重要的教育生涯。從小學、中學、到大學，王統照都曾擔任過教職，教育事業也伴隨了他的一生，他始終關心教育，熱心教育，並全心全力教人育人。既使不在教育崗位上，在從事文學活動，主編文學刊物時，也把教育培養文學新人、教育年輕作者看做重中之重。

　　王統照 1918 年考入北京中國大學，1922 年 7 月，畢業留學任教，1924 年就任中國大學教授兼出版部主任，時年 27 歲。當時胡適先生出任北京大學教授時也是這個年紀，可謂時代英才。

　　1926 年，因母親病重，王統照辭去中國大學的教授職務，專門回家照顧母親，1927 年，母親過世後，他為母親按故鄉禮俗舉辦了隆重葬禮後，舉家遷往青島，他也到中學從事教學工作。先後到青島鐵路中學、市立中學等校任教，一直到 1931 年。

　　王統照到青島鐵路中學任教，立即激發起了學生的文學熱情，據《青島一中校友回憶錄‧續編》中校友回憶：學生們紛紛發起成立各種文學社團，當時的二年級學生郝愛儉發起成立了「綠萍社」，三年級學生臧宣達（筆名迪文）、譚祖彝（筆名春岩）、江志馨（筆名寧生）成立了「濤社」等文化社團。使青島的文化氛圍一下子活躍了起來。

　　尤其是王統照 1930 年春至 1931 年初任職青島市立中學期間,「青島的文學中心應是在市立中學。」(《青島一中校友回憶錄・續編》)建國後歷任湖南省、河南省文聯主席的於黑丁,就是這個時期來到青島市立中學,在王統照的指導下走上文學創作之路的。於黑丁出身農村,因率先剪掉辮子而失學。在膠東中學差一年畢業,他原打算去東北尋找闖關東的父親,路經青島時因得知王統照在青島市立中學任教,慕名前來成為王統照門下的學生。於黑丁在回憶王統照的教學時說:「王統照師教課很受歡迎。一到他上課時,課堂內外,大家都圍著他,有的想請他解答什麼問題,有的想瞻仰瞻仰這位作家的風采。有時,別的班上沒有要緊的課,幾個愛好文學的青年就偷偷溜到課堂後認真旁聽。由於他言談樸實,誠懇待人,同學們沒有不喜歡他的。」(《青島一中校友回憶錄・續編》)授課期間王統照不忘從事新文學的啟蒙工作,他為人生的文學主張深深感染了於黑丁等文學青年,他所居住的觀海二路 49 號成為當地文學青年的聖地,同時也是青島現代文學的發祥地。1929 年 9 月 1 日,青島第一個文學期刊《青潮》在王統照任教的青島市立中學問世。儘管《青潮》只出了兩期,而且間隔時間足足半年有餘,但《青潮》的創刊畢竟為青島文學界提供了表達「掙扎呻吟未來命運」的小天地。後來,王統照雖然離開了青島市立中學,但他一直關注該校的文學活動。青島市立中學於 1946 年 12 月 3 日創刊的《藝文》週刊,就是得到了王統照等在青作家、教授的支持,王統照不僅題寫了刊頭,還以本名和 7 個化名在《藝文》週刊上發表了 32 篇作品。

　　所以有學者認為,在國立青島大學引來老舍、聞一多、梁實秋、沈從文等之前,王統照獨領青島新文學之風騷。他也被尊稱為「青島的文學教父」。

　　在當時的青島,最早推廣新文學運動的就是當時一中老師和學生,這裡比山東大學更早地成為青島的新文學基地。著有《20 世紀 30 年代青島教育界作家群研究》的翟廣順介紹,當時的青島一中彙集了顧隨、王統照、陳翔鶴、汪靜之、吳伯蕭等人,成為新文學運動青島地區的發祥地。

　　「學而優則仕」是中國封建傳統教育思想觀念,從孔子的「勞心者治人,勞力者治於人」,到魏晉的九品中正制,從隋唐的科舉制到明清的八股取仕,一直將教育觀念引向偏面:重知識輕能力,重理論輕實踐,重腦力輕體力。在此觀念的引導下,世人的擇業觀念存在嚴重的偏差。與人們的日常生活休戚相關的職業,往往為世人所不恥。這成為我國教育思想中至今難以根除的

弊端。王統照在《廚工的學校》等文章中，客觀地評述了在此方面我們落後於西方的教育及擇業觀念。西方早在本世紀初就已經把職業教育作為學校教育的一項重要內容，「其目的原為使各個學生俱受過某種專科的教育，出外容易謀生」。這種平民化教育觀念正是我國教育史上所缺乏的，應該說這是非常實際的教育觀念。「西洋對於這類職業（如廚工、理髮師、裁縫等——引者注）並不認為都是賤役」。「他們認為出勞力與手藝謀生，是憑自己的天賦力量與技能找職業，並非是專門給闊人們尋開心，當奴隸」，更非「小人者役於人」的解釋。

王統照不但身體力行，親自從事過教育工作，更重要的是他心繫教育，對教育問題的思考與重視顯示了他作為知識分子社會憂患意識的重要部分。也是他對國家發展、民族未來的重視與關注的重要體現。所以，在歐洲考察期間，他還專門去考察歐洲的教育。王統照的歐洲之旅，對教育的念茲在茲，使他把太多的時間與關注點都放在了教育問題上。他於 1934 年 3 月至 1935年，從青島出發，經香港、新加坡、印度，穿過蘇伊士運河，到達歐洲。他對各地的教育給予詳細考察，並留下許多教育方面的文章，一路考察，一路也結合中國教育狀況進行思考。新加坡經濟發達，教育也發達，給王統照觸動較大的是當地華僑對國語教育的重視。

《華僑教育之一斑》一文，他專門去詳細考察了新加坡的養正學校，並與校長見面交談，在文中全面介紹了學校的教學與設備情況後，很是感慨地說道：

> 因為這些學校的努力，現在居然有些華僑子弟能說國語，這實在是大可欣慰的事。廣東、福建兩省言語的特殊，與內地人談話格格不通，故華僑即能說英語，馬來語，除卻在華僑居地無何大用，故在南洋一帶國語的普及，實在比任何事為重要。〔註31〕

王統照對英國教育的尤其重視，考察也更為仔細。連續寫了兩篇散文《廚工的學校》《工人與建築師》兩篇，記述他對英國學校的教育考察。他捨棄了到大學查閱資料的寶貴時間，專門抽取時間去考察英國人的教育。他發現英國不僅向世界推出了劍橋、牛津、倫敦等世界一流的著名大學，對基礎教育也相當重視，王統照還專門去探究了威司敏司得廚工學校的課程，寫下了《廚工的學校》一文。在中國烹飪這種實用性技法是從來未被納入教育課程，並

〔註31〕見《王統照全集》第 5 卷，中國工人出版社，2009 年 4 月版，89 頁。

且被所謂的文化人所不屑，而在英國的學校，卻設置專門的課程學習：

> 為的易於謀到職業，又為使烹飪科學化，他們創辦了這個學校。自然在這裡沒有什麼人生觀，什麼主義，理想，什麼爭鬥的理論。這所學院，其目的原為使各個學生俱受過某種專科的教育，出外容易謀生。學烹飪的技術也是解決生計。……

> 他們認為出勞力與手藝謀生，是憑自己的天賦力量與技能找職業，並非是專門給闊人們尋開心，當奴隸。「作工」，這個意義恰等於國內時髦名詞叫做「工作」，絕不是「小人者役於人」的解釋。

> ……這是如何不同的觀念！如在國內怕不是如此吧？又類如理髮匠，中國向來是認為不是高等的職業，然而在英倫──不止此處──卻認為是比較好的職業。

> 我們天天吵著要平等，要自由，這模糊難於解答的名詞使人人憧憬，想往，而現社會的情況卻一天天與之相反，就階級觀念一端而言，我敢說中國社會比英國社會還重些。

> 看過這個學院的一部分之後，使我想到英國人處處科學化的精神。

> ……中國人長於空想，短於實驗，是的，我也是這樣的人群中的一個。但無論如何，將來的中國變到哪一步，這等人材的需要卻是事實……所以科學化，科學的精神與科學的設備，在學校中，尤為重要。

> 做一種小點心要從材料上做化學的實驗，用瓦斯爐須研究物理的功能，從小事做起，從細處用思，不怕麻煩，不以為不足道，正與中國人好大喜功，清談闊步的態度相反。〔註32〕

不僅如此，王統照還專門到倫敦政府創辦了三十年的建築學校考察，在《工人與建築師》裏面也詳加介紹。

> 這所倫敦市立的建築學校不必論其設備與課程之完善，即就工作與知識打成一片這一點上看，已可使人讚美。

> 教師也是滿手泥污，與學生共同工作……學生不是用手工作，

〔註32〕見《王統照全集》第 5 卷，中國工人出版社，2009 年 4 月版，118～122 頁。

便是用腦思索，沒有時間白消費。

　　沒有過二十歲的青年……能熟練地轉運各種機器，他們能分析
建築上的各種材料的性質，他們有適用的數理的練習，與理化的實
驗，——他們能瞭解物質與人生的重要關係，他們的腦與手能為人
類造出安適的居室，而合乎科學的精神與衛生的方法。……

　　我們的青年讀死書，記些歷史上的陳舊事，以及什麼什麼的人
生，主義，腦子中裝滿了名詞，卻少有人作科學上的實地工作……
〔註33〕

　　這些都使王統照思考中國教育存在的問題與弊端：「中國人長於空想，短
於實驗」，中國的青年「讀死書，記些歷史上的陳舊事，以及什麼什麼人生，
主義，腦子中裝滿了名詞，卻少有人作科學上的實地工作。」這些可以說正
切中中國教育的要害問題，這些直到現在都仍是困擾中國教育的重要問題。
中國留學生到國外去被認為動手能力差，「高分低能」等現象，不能不說都源
於此。中國教育自古脫離社會實踐，「談笑有鴻儒，往來無白丁」被千古傳唱，
知識分子以不與老百姓接觸為榮，不肯參與社會實踐，這也可以說是導致中
國科學技術落後的一個重要因素，直到現在大學學科設置與社會實踐相脫離
仍然是困擾教育的一個重要問題，王統照在當時就敏感地注意到了這些問題，
也可見王統照是立足國內，面向國外，以世界性的眼光觀察與思考問題，他
對科學與科學精神的重視與強調尤其值得關注，這在當時是極為超前的，也
是相當精確到位的，直到現在都有重要的啟發與借鑑價值。

　　在抗戰中，一向性情溫和的王統照表現出了最為堅強的勇氣與民族氣節。
他不僅在「孤島」上堅守文藝陣地，並堅決拒絕日本人的威脅利誘。他家在
青島的老保姆到上海，帶來了青島的家已被日軍家屬霸佔的消息。日本一長
官叫她帶來口信：「叫你的主人回來，和我們合作，這房子可以還給他！」王
統照當時氣得跺腳，大病一場，但還是堅決拒絕了日本人的要求。1945年抗
戰臨近結束時，王統照返回青島，故居家產已被搶掠一空。

　　同時，他還在大學課堂上，上了悲壯的「最後一課」。時任暨南大學文學
院院長的鄭振鐸先生親自提筆，寫下了著名的《最後一課》，而與他同時在暨
南大學文學院上這最後一課的王統照先生則是由他的學生把這「最後一課」

〔註33〕見《王統照全集》第5卷，中國工人出版社，2009年4月版，123～127頁。

寫下來，徐開壘《我的「最後一課」老師──懷念王統照》。

多年以後，徐開壘先生讀到十九世紀法國著名作家都德的小說《最後一課》時，還會流下眼淚，因為他本人當時正是暨大的學生，親身經歷了上海淪陷後，他在暨南大學，上了王統照先生的「最後一課。」一直銘刻在心，記憶猶新，這也是應該銘刻在中國教育史上的悲壯一幕：

> 不幸的是我正為有了這樣一個老師而感到興奮的時候，太平洋戰爭暴發，租界的「偏安」局面也保不住了。12月8日凌晨，日本軍隊向太平洋上的珍珠港偷襲，當天上午，日本軍隊就衝進上海租界。上午九時，我們正在二樓上大學一年級的國文課。教師就是王統照先生。當時的氣氛異常緊張，統照先生的表情也十分嚴肅，課堂上一片靜寂，而我們從陽臺望下去康腦脫卻是一片亂哄哄，但見日本憲兵隊卡車在馬路上橫衝直撞，卡車的喇叭聲像鬼哭狼嚎。王統照老師像都德小說《最後一課》裏的韓麥爾先生那樣認真地堅持著講課，然後剩下一刻鐘時間，他破例地在課堂上向我們講課程以外的話了。我從來沒有看到過他這樣嚴峻，又帶著這樣沉痛的口氣對我們說：「同學們，剛才教務處通知：學校今天停辦了！我們學校不能繼續上課，更不能讓敵人來接收，今天這一節是最後一課，我們現在要解散了！」

> 同學們面面相覷，都默不作聲，但在臉上似乎都打起一個問號：「以後怎麼辦呢？」

> 統照先生看了大家一眼，然後又極其嚴肅地說：「同學們，你們都很年輕，都二十歲不到吧？我們的日子正長，青年人要有志氣，要有衝破黑暗的精神。學校可能內遷，你們跟不跟學校到內地去，這要看每個人的家庭環境來決定，學校不勉強。因為留不留在淪陷的上海，這不是決定性的問題。問題在於我們走什麼道路，在精神上和行動上，是堅持抗戰，還是向敵人投降，這要有個準備。……同學們，你們說是嗎？」

> 我忽然想起他的詩句：

> 「不要讓黑暗阻礙了你，

> 有多少燭光在天半輝耀；

> 不要驚惶群狼狗的嗥叫，

在你頂上，有你的靈魂鳥！」

這樣，我們「最後一課」就到此結束了。學校就此停辦，王統照先生不久離開上海，回到山東他的老家去了。〔註34〕

平時身體看似羸弱的王統照先生，以他的錚錚硬骨與民族氣節，為中國文人留下永垂青史的一筆，留下中國文化的悲壯篇章。

無論是抗戰還是戰亂動盪的年代，王統照始終堅守教育崗位，把他的才學與氣節都傳染、傳授給學生。王統照先生教育生涯的最後一站是山東大學，他不但為戰亂中的山大教育做出了重要貢獻，也以極大的勇氣支持學生運動，為學生們樹立一個現實的榜樣。

抗戰結束後，山東大學在青島復校，王統照在山東大學中文系任教。經歷戰亂中遷徙、合併，山東大學圖書館藏書盡失。時任山大圖書館主任的孫昌熙《回憶王統照先生在山東大學》一文中曾回憶，王統照為山大提供了一個可貴的信息：在青島的一個葉姓朋友收藏了 300 多種以山東省為主兼及其他各省的地方志線裝本書籍。他建議校圖書館購入這批圖書。後來山大圖書館全部買下，整整拉了一汽車。這一批大宗圖書珍藏在山大圖書館特藏部，一些書成了孤本、善本，是無價之寶。這是山大復校後購置的一批大宗圖書，至今這批書還珍藏在山大圖書館特藏部。為重建復校的山大圖書館奠定了一個好基礎，使山大圖書館成了全國有名的以收藏古代志書為特色的圖書館。

王統照對山大的貢獻不僅是資料、才學上的，更重要的是他的精神與勇氣：

1947 年 5 月底，山大爆發「反內戰、反迫害、反飢餓」的學生運動。在校方舉行的一次以勸說為目的的辯論會上，王統照離開坐席，大步走上講臺。他身穿長袍，神態昂揚地講起話來。他先談了當前形勢和對學生運動的看法，然後振臂高呼：「國無寧日，何談學習！」「我支持同學們的愛國行動！」學生對此報以熱烈掌聲。

辯論會次日，青島反動當局鎮壓了參加遊行的學生。不久，王統照也被解聘。〔註35〕

〔註34〕見《王統照先生懷思錄》，山東省政協文史資料委員會、諸城市政協文史資料委員會合編，中國文史出版社，1991 年 6 月版，152～153 頁。

〔註35〕見《王統照先生懷思錄》，山東省政協文史資料委員會、諸城市政協文史資料委員會合編，中國文史出版社，1991 年 6 月版，138～142 頁。

　　1949 年，新中國成立後，他重返山大，擔任山東大學教授兼中文系主任，山東大學校務委員會委員。直到 1950 年 3 月，到濟南就任山東省人民政府委員、山東省文教廳副廳長。

　　正如王統照一生的知音好友鄭振鐸先生所說的：

　　　　他在山東大學教書的時候，他的這種認真負責的態度和精神，得到了學生們的愛戴。他對學生們是那樣的喜愛，又是那樣地引導著，恨不得把全身的本領，或他知道的一切，全都教給他們。當然最重要的還在於：教導他們如何明辨是非，分清敵我，走上革命的道路……

　　　　他在山東大學做教授的時候，乃是一盞明燈，照耀著學生們向光明大道走去……

　　　　　　（1957 年 12 月 15 日寫，刊登於《人民文學》1958 年 1 月號
〔註36〕

　　教育是作為文學家的王統照一生關注與重視的重要領域，也是他思考社會、關注國家未來發展的重要層面。是他作為傳統文人家國憂患意識的重要體現，因此王統照先生逝世後，對王統照先生的評價「不但對人民文學事業的發展有很大貢獻，對教育培養青年一代亦有很大功勳」是不為過的。

　　可以說，作為教育家，與他的文學家生涯、辦刊生涯相交織，為中國文化發展作出了卓越的貢獻。

　　有學者曾因王統照涉獵領域過多，而沒有集中精力專攻一科取得的成就大來評價他，這其實是既沒有深刻領悟「五四」精神，也沒有真正讀懂王統照新文學追求。對於「五四」一代學人而言，迎著新世紀「曙光」，「開一代新風」，「建設新文學」，「為人生」「挽救國家民族命運」才是他執著探索的真正目的，而非個人的建功立業與文學精品追求，因此，「但開風氣不為師」才是他真正的努力目的，在這樣的意義上，更可見證王統照等的改寫歷史篇章的「五四」文學家們的無私奉獻與犧牲，尤其是在民族危亡的時代，他多方面的探索與耕耘更是值得後人肯定與景仰的，他是新文學的真正開創者與奠基人。

〔註36〕見《王統照先生懷思錄》，山東省政協文史資料委員會、諸城市政協文史資料委員會合編，中國文史出版社，1991 年 6 月版，10～14 頁。

主要參考文獻

1. 王統照：《王統照全集》（七卷本），中國工人出版社，2009 年 4 月版。
2. 劉增人：《王統照傳》，東方出版社，2010 年版。
3. 馮光廉、劉增人編：《王統照研究資料》，知識產權出版社，2010 年 1 月版。
4. 王立誠、王含英編：《王統照散文選》，山東教育出版社，2005 年 6 月版。
5. 王立誠：《瓣香心語：王統照紀傳》，山西人民出版社，1999 年 10 月版。
6. 諸城市政協學宣文史委員會編：《諸城文史集粹》，2001 年版。
7. 山東省政協文史資料委員會、諸城市政協文史資料委員會合編：《王統照先生懷思錄》，中國文史出版社，1991 年 6 月版。
8. 楊洪承：《王統照評傳》，花山文藝出版社，1989 年 12 月版。

附錄 1：王統照年表

一八九七年，一歲（虛歲，下同）

二月九日（農曆正月初八日），生於山東省諸城市相州鎮一個地主家庭裏。字劍三，曾化名王恂如，筆名有韋佩、劍先、劍、鑒先、健先、容廬、盧生、恂子、鴻蒙、息夢、提西、靄騫，T.C 等。

父，王秉慈，字季航，能詩會文。

母，李清，諸城城里人，通文墨，幼時曾隨父親卜居京華，嫁前又曾隨父親輾轉廣東、雲南、貴州等地，幫助料理文書，多識山川民俗。喜歡詩、畫、小說及民間故事。

有姐妹三人，姐慧宜，妹卓宜、佩宜。

一九〇二年，六歲

入家塾讀書。啟蒙先生王香楠，晚清秀才，既通古代典籍，又懂數學、地理，對幼年王統照影響較大。

一九〇四年，八歲

冬，父親逝世。在母親、塾師嚴格教導下，此後幾年間，習讀經、史及諸子，背誦古文、詩詞。

幼年即喜作楷書，習歐陽詢體，每日數頁，多年不輟。書法遒勁凝練，除屢應好友囑書外，時有題詞手跡見於報刊。亦喜作大草。

一九〇七年，十一歲

讀《綱鑒》《易經》等，始作五言詩。後逐漸接觸《新體地理》《歷史教科書》《筆算數學》等新學。課餘對《封神演義》《西遊記》《聊齋誌異》《石頭記》《水滸傳》等小說產生濃厚興趣。

一九一三年，十七歲

年初，考入濟南山左學堂（翌年改名為山東省立第一中學）讀書。課餘嗜讀林紓等譯的外國小說。暑假中試寫二十四回的舊體長篇小說《劍花痕》，未發表。並手抄李義山的全詩集和溫飛卿的詩選。

一九一四年，十八歲

春，因病回家休養，曾代理相州王氏私立小學校長，親率教職員工與學生，興建校舍，整葺園圃，使學校面目一新。

一九一六年，二十歲

秋，在濟南出席「諸城旅濟學生會」成立大會，並在該會所辦《諸城旅濟學生會季刊》發表詩、賦、小說。

冬，寄信《新青年》，稱：「貴志出版以來，宏詣精論，夙所欽佩。反我青年，宜人手一編，以為讀書之一助，而稍求其所謂世界之新學問，新知識者，且可得籍知先知先覺之責任與萬一也。」《新青年》於二卷四號「通信」欄內發表該信，並加編者按語稱：「來書疾時憤俗，熱忱可感。中學校有如此青年頗足動人中國未必淪亡之感。」

本年，與山東章邱縣舊軍鎮孟昭蘭（字自芳）結婚

一九一七年，二十一歲

十月十九日，首次用白話文寫作短篇小說《紀念》，次年八月發表於《婦女雜誌》四卷八號。

約此時，寫文言短篇小說《車中人語》《濱海荒村之夜》《過後》《除夜》等。現僅存部分手稿。

冬，在校參與學生罷課運動，並起草「宣言」，被校方列入開除名單，因此，中學未畢業即離校。

本年，夫人孟自芳由諸城遷居濟南，長子濟誠生於濟南。

一九一八年，二十二歲

年初赴北京，考入中國大學英國文學系。

冬，中國大學籌辦學報，被推為編輯之一。

冬，作文言長篇小說《苦同學共產記》，次年連載於《中國大學學報》第一、二期，未完稿，自稱是「第一次在文藝創作中滲入了思想的養料」。

一九一九年，二十三歲

三月，加入「中國大學學報社」，任編輯股編輯。

四月十三日，《中國大學學報》創刊號出版，刊出所作小說《戰之罪》《苦同學共產記》，論文《美學淺說》及舊體詩詞多首。

五月四日，北京爆發學生反帝愛國運動，參加天安門的盛大集會和「火燒趙家樓」的示威活動。

十一月一日，與宋介等友人創辦的綜合性期刊《曙光》出版，為主要撰稿人。創刊號刊出所作論文《女子解放問題之根本》《美之解剖》，詩《秋夜對月》，譯詩《山居》《蔭》，小說《真愛》等。

十二月，為響應蔡元培「文化運動不要忘了美育」的號召，又發表所作論文《美育的目的》，希望「藉此將可憐污濁的中國社會完全改造方好」，此後發表美學論文多篇。

一九二〇年，二十四歲

三月一日，所作小說《賣餅人》在《新社會》第十三號刊出。

四月，為《美術》雜誌著文介紹德國著名哲學家叔本華和哈爾特曼的美學觀。

春，去八道灣造訪魯迅。

十月，小說《湖中的夜月》在《小說月報》第十一卷第十號發表，茅盾稱讚其為風格清新之小說。

十一月，同鄭振鐸、耿濟之等醞釀成立新文學組織，得到在上海的沈雁冰等的支持。

十二月，討論並通過文學研究會會章程，被列入十二位發起人之一。

冬，與郭紹虞、許地山等在耿濟之寓所為即赴蘇俄採訪的瞿秋白送行。

一九二一年，二十五歲

一月四日，文學研究會在北京中央公園來今雨軒成立，王統照為發起人之一，列名在「會員錄」中第八號，編入該會讀書會的「小說組」與「詩歌組」。

一月十日，改革後的《小說月報》第十二卷第一號出版，所作小說《沉思》在「創作」欄內發表。

三月二十六日，作短篇《春雨之夜》，在《小說月報》第十二卷第六號刊出。

十二月二十五日，參加中國大學師生組織的「晨光雜誌社」成立會，當選為該社編輯部副主任，後改稱編輯幹事。

一九二二年，二十六歲

三月二十五日，所作小說《警鐘守》在《東方雜誌》十九卷六號發表。

三月五日至三月十八日，在《晨報副鐫》「詩」欄內連續發表無題小詩七六首，分為十二組，後皆收入詩集《童心》。

五月三十日，中國大學「晨光雜誌社」所編《晨光》創刊。該刊為王統照與友人伍劍禪等創辦。所作短篇小說《醉後》、劇本《死後之勝利》在創刊號發表。

六月二十一日，在《時事新報・文學旬刊》著文論述宋代「田野化底詩人」范成大的創作特色。

夏，赴周作人寓訪俄國盲詩人愛羅先訶。

七月二十四日，作《論冰心的〈超人〉與〈瘋人筆記〉》，在《小說月報》第十三卷第九號發表。

七月，畢業於中國大學，留校任教。

八月，作短篇小說《湖畔兒語》，在《東方雜誌》第十九卷第十八號刊出。

十月，長篇小說（一葉）由商務印書館出版，為文學研究會叢書。書前有《詩序》一篇，五月十日作於北京。這是王所作第一部白話長篇小說，也是中國新文學史上最早出版的白話長篇小說之一。

十一月三十日，在《晨光》一卷三號「書報評論」欄內撰文評論瞿秋白的報告文學集《新俄國遊記》。

十二月二十八日，作《泰戈爾的人格觀》，發表於次年《民鐸》第四卷第三、四期。

一九二三年，二十七歲

一月起，第二部長篇小說《黃昏》在《小說月報》第十四卷第一至六號連載。

五月四日，往訪魯迅，後有書信交往。

五月，文學研究會召開常委會議，被選為本期書記幹事。

六月一日，所編北京《晨報・文學旬刊》問世，為文學研究會的重要陣地之一。創刊號載有所作《本刊的緣起和主張》。

六月末，與瞿菊農、徐志摩陪同杜里舒博士夫婦，由濟南往遊泰山，寫成《泰山下賓館中之一夜》《日觀峰上的夕照》等詩。

七月，校閱伍非百著述的《墨辯解故》，由北京中國大學晨光出版社出版，

為晨光社叢書第一種。

九月三日，在母校濟南山東省立第一中學講演，題為「文學觀念的進化及文學創作的要點」。

九月十日，在《小說月報》第十四卷第九號「泰戈爾及其著作」專欄內著文論述泰戈爾的思想及其在詩歌中的表現。

一九二四年，二十八歲

一月五日、二十五曰，先後在《文學旬刊》和《東方雜誌》著文介紹。

一九二四年，二十八歲

一月五日、二十五日，先後在《文學旬刊》和《東方雜誌》著文介紹夏芝的生平思想和作品。

一月十日，反映北京貧困市民生活和友愛精神的短篇《生與死的一行列》在《小說月報》第十五卷第一號發表。

一月，第一部短篇小說集《春雨之夜》由商務印書館初版，為文學研究會叢書。收小說二十篇，書前有瞿世英《序》及《自序》（一九二三年七月十八曰作）。

四月，為《文學旬刊》編「拜倫紀念號」；在《小說月報》第十五卷第四號發表《拜倫的思想及其詩歌的評論》。

四月，印度詩人泰戈爾來華訪問，王與徐志摩陪同到濟南講演，擔任翻譯，並先後撰文介紹泰戈爾的生平、思想與創作。

八月，任中國大學出版部主任。

十月十一日，法國小說家法郎士逝世。所編《文學旬刊》五十一號編為法郎士紀念號（同月二十五日出版），並撰文悼念。

本年，初識陳毅（時為中法大學學生），談詩論文甚洽，遂介紹陳加入文學研究會。

本年，次子金城生。

一九二五年，二十九歲

一月，第一部詩集《童心》由商務印書館初版。為文學研究會叢書，收入一九一九年至一九二四年作的小詩一百五十四首，前附《弁言》一首。

四月三日，作《道旁的默感——中山先生移柩日所想》，在《文學旬刊》第六十六號刊出。

四月十五日，與熊佛西通信討論中華戲劇改進社成立的意義和劇壇改良

的諸問題，載於四月二十一日《晨報副刊》。

「五卅」慘案發生，深為震驚。六月五日夜，作散文《「血梯」》。六月十日夜，又作著名的散文詩《烈風雷雨》，大聲疾呼「這疾風暴雨的日子，正是狂歌起舞的時間！為要求明如日星的生活，為要求燦如朝花的將來，我們便情願狂醉；情願在水火中相搏戰，情願將此混沌的世界來重行踏反，重行熔化，重行陶鑄。」

八月一日，與友人宋介等創辦《自由週刊》，其中「文藝欄」幾乎全部為王所作。該刊在北京「女師大事件」中站在進步學生一邊，與《語絲》等刊物相呼應。

一九二六年，三十歲

五月七日，作小說《車中》，載《小說月報》十七卷十一號。同月作《兩個頭顱的搖動》，載《小說月報》第十七卷第十二號，後編入《號聲》時改題為《鬼影》。

六月，作短篇《司令》，刊載於次年《小說月報》第十八卷第二號。

七月，辭去中國大學教職，隨後回歸故鄉，侍奉病重的老母。

一九二七年，三十一歲

三月，母親病逝。定居青島觀海二路四十九號。三子立誠生。

九月，校錄亡父遺稿（筆記小說《鄰翁叢譚》二卷，詩稿《西軒詩草》一冊），自費刻印出版，並作後記。

九至十月，作《買木柴之一日》《沉船》《讀〈易〉》《號聲》《海浴之後》《攬天風雪夢牢騷》等篇，後多收入小說集《號聲》。

本年起，在青島鐵路中學、市立中學等校任教，至一九三一年止。

一九二八年，三十二歲

夏，偕三妹佩宜、妹婿伍劍禪赴日旅遊，約月餘。

十二月十五日，第二部短篇小說集《號聲》由上海復旦書店出版，收一九二六年至一九二七年所作小說九篇。

一九二九年，三十三歲

四月，第二部長篇《黃昏》，由商務印書館出版發行。

八月，作詩《這時代》，預言「希望之光是新燃起的一枝風雨中的白燭；這時代，火與血燒洗的地方是待燃的燭臺」。

九月一日，在青島創辦《青潮》月刊。刊出所作小說《刀柄》、小品《海

濱微語》兩則及譯文一篇。

一九三〇年，三十四歲

一月一日，《青潮》月刊第一卷第二期出版，刊山所作小說《火城》及翻譯、編後記各一篇。該刊因經濟困難出兩期後停刊。

九月一日，作短篇小說《記憶的秘密》，在《前導》月刊第一卷第一期發表。

一九三一年，三十五歲

初春，應友人宋介邀請到東北旅行，曾在四平街東北第一交通中學代課。

初夏，歸青島。途中作舊詩《東北紀行》等若干首。

八月，與葉聖陶在江灣晤談，述及《山雨》寫作目的：「意在寫出北方農村崩潰的幾種原因與現象，以及農民的自覺。」極得贊同。九月中離滬返青。

本年起至一九三五年，在青島陸續與聞一多、臧克家、吳伯簫、老舍、洪深等以文訂交。

一九三二年，三十六歲

九月，得到葉聖陶、徐調孚、趙景深諸友之助，所作短篇小說集《霜痕》由新中國書局印行，為新中國文藝叢書，次年再版。收入《青松之下》等小說八篇。

九月中，始作《山雨》，十二月十二日竣稿。

一九三三年三十七歲

二月，應《讀書》雜誌編者之約，撰寫創作經驗談《我讀小說與寫小說的經過》。

三月，所作散文集《北國之春》由神州國光社印行。書前有《自序》，一九三二年八月作，收筆記二十則。

五月十日，寫組詩《她的生命》發表於《文學》創刊號。

七月，激賞青年詩人臧克家（時為青島山東大學中文系學生）第一本詩集《烙印》，與友人為之聚資出版，並任出版人。

九月，所作長篇小說《山雨》由開明書店初版。書後有作者《跋》，同年六月十六日作。該書由葉聖陶親任校訂並題寫書名。《山雨》出版不久即被當局禁售；後由書店負責人交涉，經刪節後，始得發行。稍後離滬返回山東。

一九三四年，三十八歲

年初，借錢自費赴歐洲考察遊歷。

三月，乘直達威尼斯的康脫柔佛號郵船從上海啟程，經香港進入南海，經印度洋，往埃及。

四月，至意大利、瑞士。

後經法國，渡過多佛爾海峽到倫敦，常至大不列顛博物館查閱圖書資料。稍後又到倫敦大學，研究歐洲古典文學藝術。

六月二十日，赴愛丁堡參加萬國筆會。

秋，遊德國、波蘭，目睹法西斯戰爭的爆發迫在眉睫，深懷憂慮。途中曾赴列格勒短暫觀光。

九月，遊荷蘭，復回倫敦。

在歐洲期間，作散文、詩歌若干，後分別輯入《歐遊散記》及詩集《夜行集》中。

十月，所作散文集《片雲集》由生活書店印行，為「創作文庫」第二十種，收散文小品十三題十八篇，多為一九二三至一九二五年所作。

本年，所作詩集《這時代》在上海出版。共收長短詩三十五首，多寫於一九二四年到一九三二年間。

一九三五年三十九歲

春，返國。賣田還債。在家鄉為相州王氏私立小學作校歌，並將學生所搜集的民間故事編為《山東民間故事》一書，後由上海兒童書局出版。

七月起，所作長篇小說《秋實》，在《文學》五卷一號至五號連載，後以《春花》題名出版單行本。

暑中，返青島小住。七月十四日，與洪深、老舍、臧克家、吳伯簫等在青島創辦《避暑錄話》週刊，附《青島民報》發行。出十期至中秋停刊。所作散文《蜀黍》、散文詩《失了影的鏡子》、詩《你的黑手》等先後載於該刊，後分別輯入《青紗帳》《夜行集》中。

十二月，具名加入上海文化界救國會。

一九三六年，四十歲

春，赴滬參加文學工作。

四月十三日，為臧克家詩集《運河》所撰序言在《國聞週報》第十三卷第十四期發表，後收《青紗帳》中。訪葉聖陶，同遊蘇州、太湖。

六月七日，具名參加「中國文藝家協會」，為理事會成員。

七月一日，主編《文學》雜誌第七券第一號，編至次年十月十日第九卷

第二號止。

夏，得捷克漢學家普魯司克（今譯為雅羅斯拉夫・普實克）博士信及委託轉致魯迅先生信。

七月十四日，魯迅收到所轉信件，並計入日記。

九月十五日，生活書店約請茅盾主編大型報告文學集《中國的一日》初版，王為編委之一。

九月某夜，與葉聖陶憑弔淞滬戰場，歸來賦長詩《弔今戰場》。

九月，為王亞平詩集《海燕之歌》撰寫序言。

十月一日，與魯迅、茅盾、巴金、郭沫若、林語堂、張天翼、謝冰心等二十一人簽名於《文藝界同人為團結禦侮與言論自由宣言》。在《文學》七卷四號「通訊」欄內發表致普魯司克信，表示對捷克人民的友好感情及溝通中捷兩國人民的文化思想交流的誠摯願望。

十月九日凌晨，魯迅病逝於上海大陸新村寓所。噩耗傳來，舉國震悼。王於當日夜半撰文，深致悼念。後寫悼念詩文多篇，刊於《文學》「魯迅先生紀念特輯」。

十月，所作散文集《青紗帳》由生活書店初版，列入《小型文庫》。書前有《自序》，九月十七日作；收散文十三題十七篇，寓言二則。

十一月，所作詩集《夜行集》由生活書店初版，收詩二十二首，散文詩四篇。

十一月，抗日救國會領袖沈鈞儒、史良等因呼籲抗日救國，被國民黨當局逮捕，王統照積極參與營救。

十二月，所作長篇小說《春花》由良友圖書印刷公司精裝印行，為《良友文學叢書》第三十四種。一九四一年五月另印普及本。書前有《自序》，一九三六年十一月二十八日作。一九四八年五月，晨光圖書公司改版重印，題為《春華》，為《晨光文學叢書》。該書原擬寫上、下兩部，分別名以「春華」與「秋實」，後下部未作。

一九三七年，四十一歲

一月一日，所編《文學》八卷一號「新詩專號」出版，列出朱自清的《新詩雜話》、茅盾的《論初期白話詩》等詩論，發表臧克家等三十家詩人的作品。由王統照提議，該號稿酬以十分之一捐助綏遠抗日將士，王所捐獻最多。

三月十六日，復日本詩人會成員五城康雄信，指出由於日本侵華，「在中

國人的心理上已造成難言的鬱恨」，同時申明：「對於日本文化界尤其是文藝界只是主持正義與發揮同情的，中國的知識者絕不輕視，而且對之表示相當的敬意」。該信在《文學》第八卷第四號發表。

三月，所編《山東民間故事》由上海兒童書局出版，《序》作於一九三六年十二月八日。

六月，在朋友的建議、催促下，編定《王統照短篇小說集》，由開明書店出版。書前有題辭及《序》。

七月，盧溝橋事變爆發。王統照在《文學》第九卷第一號編後記中怒斥為侵略者張目的無恥文人。

八月，青島危急，家人急電召回；隨即匆匆攜家赴滬。不久青島淪陷，日偽以沒收其住宅及全部藏書相要挾，王嚴肅告誡家人，寧凍餓而死決不喪失民族氣節。

八月二十四日，所撰《抗戰中的文藝運動》刊載於《救亡日報》。

九月，作《上海戰歌》《死與生》《阿利曼的墜落》等，在《吶喊》（第二期更名為《烽火》）刊出，宣傳抗日救國，振作民族精神。

十月十日，在《文學》九卷三號發表啟事，聲明「脫離《文學》的編輯關係」。

十月二十四日，當選為上海文藝界救亡協會籌委會臨時執行委員。

冬，由極司而路遷居法租界呂班路二五六弄七號白俄公寓，化名王恂如，署籍山東益都人。

一九三八年，四十二歲

三月，中華全國文藝界抗敵協會在漢口成立，王統照參加了其上海分會的工作。

四月，所作抗戰詩集《橫吹集》由文化生活出版社印行（封面印烽火出版社出版），為《烽火小叢書》第三種，收詩十首，署名王健先。

四月二十六日起，以《煉獄中的火花》為總題，在柯靈編輯的上海《文匯報・世紀風》連載一組富於哲理意蘊的小品雜感，至六月十日止，共發表三十二則，後收入《繁辭集》中。

五月起，陸續在《文匯報・世紀風》《魯迅風》等報刊發表一九三一年春東北之行中寫下的舊體詩三十餘首，寄託對危亡中的國家民族的深厚感情，抒寫對侵華日寇的強烈憎惡。

　　六月二十四日起，復以《繁辭》為總題，繼續在《文匯報‧世紀風》連載小品雜感，至九月二十六日止，後亦收入《繁辭集》中。

　　應約為《大英夜報》編文藝副刊《七月》，七月十日發行。

　　八月，應聘為暨南大學文學院教授，教授中國文學，為著名的「暨南四教授」之一。

　　八月二十一日，詩作《你的靈魂鳥》在《文匯報‧世紀風》刊出，在學生中廣為流傳。

　　本年，曾與沈雁冰等計議離滬南行，因患傷寒，未果。

　　一九三九年，四十五歲

　　二月，所作散文集《遊痕》由上海文化生活出版社初版，為《少年讀物小叢刊》第一集之三。次年重慶文化生活出版社桂林分社再版。書前有《序》，一九三八年聖誕節前夕自記。全書收記遊散文七篇。

　　三月一日起，以《片羽健行集》為總題摘譯外國名家小品，陸續在《文匯報‧世紀風》發表，至四月二十八日止，共二十五則。

　　五月，所作散文集《歐遊散記》由開明書店初版，收散文八篇，新詩七首及舊詩十二首分別作為附錄一、二收在書後，均為歐遊途中所作。

　　七月，所作小品雜感集《繁辭集》由世界書局初版，署名容廬，列入鄭振鐸、王任叔、孔另境主編的《大時代文藝叢書》，書前有自作《序言》。收入小品雜感共五十四則。

　　自七月至次年初，不斷選擇美國獨立戰勝時期的戰歌，藉以抒發愛國感情，先後發表於《文學集林》的一、二輯及《文藝陣地》等刊物。

　　十二月，為吳伯簫散文集《羽書》寫序，並謀求出版。

　　一九四○年，四十四歲

　　一月，所作散文集《去來今》由上海文化生活出版社初版，為《文季叢書》之九。書前有《序》，收散文三十二篇。

　　四月，所作詩集《江南曲》由文化生活出版社初版，為巴金主編的《文學叢刊》第六集第十六冊。書前《自序》寫於本年一月。

　　一九四一年，四十五歲

　　三月，所譯詩集《題石集》線裝本自費付印問世。

　　六月，所作短篇小說集《華亭鶴》由上海文化生活出版社初版，署名盧生，次年二月桂林分社再版，為《文學叢刊》第七集，收小說四篇。

十二月八日，太平洋戰爭爆發，日寇進佔租界，上海完全淪陷。上午在暨南大學上完「最後一課」，即杜門輟筆，僅以任開明書店編輯維持生計。

一九四二年，四十六歲

本年至一九四四年，深居簡出，僅與鄭振鐸（時化名陳敬夫）、郭紹虞、唐弢、柯靈等偶相過從，有時小酌深談，共期抗戰勝利。生活清苦，常鬻書典衣，屢囑家人嚴守氣節，決不屈膝事敵。

一九四三年，四十七歲

七月，應柯靈約在《萬象》連載長篇小說《雙清》，署名鴻蒙，自本月起至次年六月止，共二十章，上集完，下集未續作，全書未出版。

一九四四年，四十八歲

本年作品甚少，除譯拜倫《西班牙懷古詩》一首刊於《文藝雜談》外，僅見雜文一篇，譯詩一首，俱在重慶北碚《國民公報・國民副刊》發表。

本年，在開明書店校閱英語雙解辭典，藉以謀生。

一九四五年，四十九歲

春夏，抗日戰爭勝利大局在望，敵偽對淪陷區的控制稍有鬆動，遂自滬經濰縣回青島，仍化名王恂如，在齊東路租房居住。

八月，日寇投降，返回觀海二路四十九號故居，時已被敵偽掠搶一空，原有書籍、家具、什物、花木蕩然無存。

十月十六日起，以《丁卯集》為總題，在《文匯報・世紀風》連載舊體詩一組。

十二月十九日，為青島《民言報》主編文藝副刊《潮音》，至次年三月二十四日停刊，共出二十九期。所撰代發刊詞《前奏》，流露出對戰後時局的強烈不滿和對未來的熱切憧憬。

本年冬至翌年春，受老同學約請，為善後救濟總署魯青分署整理外文圖書資料，不久辭職。

一九四六年，五十歲。

一月九日，在《民言報・潮音》發表新詩《公道》。

一月，濟南臨時大學補習班青島分班定期開課，受聘為教授。

二月，寫散文集《憶老舍》，預祝老舍和曹禺訪美講學成功。

五月，著《五四之日》。

七月，應青島《青年人》編者之約，撰寫《為高中畢業尚思深造者贈言》，

載該刊改版第一期（七月十五日出版）。

夏，應聘任復校後的山東大學教授。

九月二十六日，所作詩《是一篇金霞》刊於臧克家主編的上海《僑聲報》。

本年著《丏尊先生故後追憶》。

一九四七年，五十一歲

三月，支持山東大學星野文學社創辦《星野》月刊。

清明節後，寫《追懷濟之》。

四月，《青島文藝》創刊，為之題辭。

六月，因公開支持以山東大學學生為主幹的反飢餓運動而被山大當局解聘。

八月，所作短篇小說集《銀龍集》由文化生活出版社初版，為《文季叢書》之二十三。書前自《序》，寫於一九四一年雙十節午後，收小說十一篇，一九二五至一九三六年間作，由於戰事，稽遲出版時日。

初冬，所作小說《「小天分人」的生與死》在《民言報·藝文》發表，哀憫民間藝人的悲苦命運，寄託對戰亂歲月的憎恨。

一九四八年，五十二歲

二月二十五日，所作小說《灰脊大衣》在臧克家主編的《文訊》月刊第八卷第二期「文藝專號」發表。

六月十一日起，陸續發表散文詩一組，共十章，至八月止。

八月十三日午後，聞朱自清在北平因貧病逝去，不勝痛措，撰文《悼朱佩弦先生》，先後在青島、上海報刊發表。

年底，作詩遙憶老舍與聞一多，熱切期待著「風雲關山再歲暮，鴻鈞氣轉待昭蘇」。

一九四九年，五十三歲

六月二日，青島解放，歡欣鼓舞。

七月二日，中華全國文學藝術工作者代表大會在北平開幕，應邀赴會。會上當選為全國文聯委員、文協理事。並在大會上朗誦長詩祝賀。

本月，就任山東大學教授兼中文系主任，山東大學校務委員會委員。

十月六日，當選為青島市各界人民代表會議主席團及常駐委員會委員。

十月十日，主持青島市文教界紀念魯迅逝世十三週年大會並作講話，先後寫詩文多篇。

十月，任青島市人民政治協商委員會委員。

十一月六日，作詩《紅十月》，次日刊於《膠東日報》。

一九五〇年，五十四歲

三月，赴濟南就任山東省人民政府委員、山東省文教廳副廳長。

六月，寫詩撰文紀念高爾基逝世十四週年、著文《恰恰是三十個年頭了》紀念瞿秋白殉難十五週年。

一九五一年，五十五歲

四月二十三日，山東省首屆文學藝術工作者代表大會召開，出席並致開幕詞。會上當選為山東省文聯主席。

十月，撰文紀念魯迅，號召發揚魯迅的愛國主義精神。

一九五二年，五十六歲

春節後因病住院。此後肺氣腫漸重，侵及心臟。

四至六月，赴莒縣、廣饒等地農村參觀訪問，寫詩數十首抒懷，後整理編入《鵲華小集》。

五月二十三日，在《大眾日報》發表論文《革命文藝的里程碑》。

七月，任山東省人民政府文化事業管理局局長。

一九五三年，五十七歲

一月，赴京列席中央人民政府委員會擴大會議。

夏，因病住院治療。

九至十月，在京參加全國第二次「文代」大會及「作協」會議，當選為全國文聯委員及作協理事。

一九五四年，五十八歲

五月，撰寫《三十五年前的五月四日》，會議「五四」運動情景，發表於《人民文學》五月號。

六月，出席山東省文藝工作者第二次代表大會並致開幕詞。

八月，出席山東省第一屆戲曲觀摩演出大會並致開幕詞。

八月，當選為全國第一屆人民代表大會代表，赴京出席第一次會議。會畢趕赴上海參加華東區戲曲會演（任山東省代表團團長）。在滬猝然發病，住院半年。

本年，在濟南重晤陳毅，同遊龍洞，讀元豐碑，歸來成詩四首，贈陳毅。

參加民主同盟，任民盟中央委員及濟南市主任委員。

一九五五年，五十九歲

二月，修訂本《山雨》，由人民文學出版社出版。

七月，赴京參加全國人大會議並發言。

十二月七日，在《大眾日報》發表文章，闡述清除反動淫穢荒誕圖書的意義。

一九五六年，六十歲

三月，出席山東省農民音樂會閉幕式並講話。

四月，在《大眾日報》發表文章，談關於貫徹百花齊放、百家爭鳴方針的意見。

五月，《前哨》在濟南創刊，為寫《創刊的話》。

五月，出席山東省青年業餘創作會議並致開幕詞。

十月十九日，出席山東省文聯等單位舉辦的魯迅逝世二十週年紀念大會，並講話。

十月，分別在《前哨》和《文藝月報》發表文章，回憶同魯迅交往的經過及魯迅對自己創作的深遠影響。

一九五七年，六十一歲

一月，始以《爐邊文談》為總題陸續發表一組文章，闡述自己文藝觀點及總結寫作經驗；至次年七月止。

六月，扶病參加「人大」四次會議，心臟病發作，住入北京醫院。這次赴京，自知病將不起，特購紀念冊，約沈雁冰、鄭振鐸、葉聖陶、老舍、臧克家等老友題字留念。

七月，應《前哨》記者訪，談對山東文藝工作的「一得之見」，重申要正確理解普及和提高的關係，強調文藝工作者要深入生活，聯繫群眾。

十月，病危，經搶救漸好轉，扶病作長詩《四十年前與四十年後》。

十一月，病重入院，二十九日上午五時病逝於濟南山東醫學院附屬醫院。入院前，長篇小說《膠州灣》手稿尚攤放書桌，未竣。

十二月一日，追悼大會在濟南山東劇院舉行。全國人大常委會、全國文聯、作協及茅盾、臧克家等團體和個人紛紛致電哀悼。山東省委輓聯：「文藝老戰士，黨的好朋友」公葬於濟南金牛山公墓，樹碑紀念。

老友陳毅聞訊痛悼，作詩《劍三今何在？》，發表於《詩刊》。葉聖陶、鄭振鐸、老舍、臧克家、王西彥、陶鈍等紛紛撰文悼念。

　　遺囑以全部貴重藏書約一千冊獻贈山東省圖書館。

　　十二月，文藝隨筆《爐邊文談》由山東人民出版社印行，共八篇。

　　十二月，手訂的《王統照短篇小說選集》由人民文學出版社印行。書前有一九五七年三月中旬作《序言》。收小說二十四篇。

　　詩集《鵲華小集》自印出版。書前《自序》，本年十月十七日作；收詩三十題一〇二首，一九五〇至一九五六年間作。

　　次年十二月，手訂的《王統照詩選》由人民文學出版社印行。書前有臧克家《代序》。共收詩六十八首。

　　一九五八年以來，一些遺作陸續在《前哨》《詩刊》《海鷗》等刊物發表。

　　一九八四年：

　　田仲濟教授主編《王統照文集》由山東人民出版社出版。

（劉增人整理）

附錄2：王統照傳略

　　先父王統照，原籍山東省諸城市相州鎮，生於一八九七年農曆元月初八。

　　近支為居易堂、冉香閣、養德堂三戶，先世為養德堂，至曾祖父無後，過繼居易堂王秉慈祖父，先父王統照即養德堂末代裔孫，七歲祖父棄世，母親日照李氏諱清，官宦世家，久歷邊疆，識見卓越，文墨粲然。先父幼年讀私塾，少年即就讀於山東省立第一中學，成年後就讀於北京中國大學英國文學系，接受新文化影響，參加「五四」遊行及火燒趙家樓等愛國鬥爭。終於在新文學界嶄露頭角，畢業後留校任教，先後創辦「曙光社」、「曙光雜誌」，並與鄭振鐸、沈雁冰等發起成立中國第一個新文學團體「文學研究會」。早期發表散文、譯詩多篇，並出版新詩集《童心》、長篇小說《一葉》《黃昏》，等等。曾任文研會書記幹事，負責編輯《北京晨報》的《文學旬刊》。一九二七年先祖母逝世，衰毀過甚辭職回鄉，遷居青島市觀海二路49號新居，自號「息廬」。一九三一年應老友宋介之邀，在四平市東北交通中學校代課並旅行東北各地，驚見日寇侵略日緊，東北人民水深火熱的狀況，歸來出版報告文學集《北國之春》、詩集《這時代》；一九三三年出版長篇小說《山雨》，被國民黨中央黨部以「有煽動階級鬥爭」之嫌查禁。一九三四年在政治壓力下自費赴歐洲考察文學、藝術。一九三五年回國，一九三六年赴上海就任《文學》月刊主編，並發表《歐遊散記》《春華》等。一九三七年七月抗戰爆發，《文學》停刊，先父辭職，轉任暨南大學教授。太平洋戰爭開始後，暨大遷校，乃應開明書店聘為編輯同時閉門譯作，出版有《華亭鶴》《繁辭集》《題石集》《江南曲》等。一九四五年返回青島，就任山東大學教授，因在全校大會上公開支持學生「反飢餓反內戰」罷課遊行被學校解聘。一九四八年中共膠東區委派人持鄭振鐸

自香港來信,迎他赴解放區轉北平,因市郊封鎖未能通過。一九四九年六月青島市解放,仍被聘為山東大學教授兼中文系主任,任青島市各界人民代表會議代表,後調任山東省政府委員,省文教廳副廳長,省文化局局長,省文聯主席兼全國文聯委員,中國作協常務理事,民盟中央委員,及全國第一屆人民代表大會代表。一九五七年十一月二十九日病逝於濟南,享年六十歲。山東省委省政府舉行盛大追悼會,並幛輓聯曰:「文藝老戰士、黨的好朋友」。禮葬於濟南市金牛山公園。

先母孟昭蘭女士,山東章丘巨賈孟代家族之後,字自芳,為人賢淑,勤儉持家,相夫教子,育三兒,濟誠、金誠、立誠,一九五八年病逝於青島,享年六十二歲。

姑母三人,慧宜,適濰縣丁叔言;卓宜,適青島王海瀾;佩宜,適成都伍劍禪。

王立誠敬撰

附錄 3：從王統照到莫言：「紅高粱」民族寓言敘事的歷史建構

　　「紅高粱」這原本生長在北方鄉野村間的莊稼農作物，因為莫言的小說而獲得了美學意味。但查遍新文學，莫言卻不是最早寫紅高粱的。第一個寫紅高粱的，是自「五四」時便登上文壇的現代著名作家王統照，他是文學研究會的重要發起人之一，也是莫言的同鄉。也就是說，伴隨著「五四」新文學的誕生，「紅高粱」就已經登上了新文學的敘事舞臺。

　　王統照在 1936 年結集出版的散文集《青紗帳》，收錄了他在此之前創作的一組散文。其中有兩篇專門敘寫紅高粱的《青紗帳》與《蜀黍》。「青紗帳」也就是高粱成長時節翠綠如青紗般籠罩田野的比喻稱謂。這兩篇散文中，作者對「紅高粱」的歷史淵源作出了詳細的考證，又對它的秉性與特徵作出了細緻描述，並引用了他族侄的詩「高粱高似竹，遍野參差綠。粒粒珊瑚珠，節節琅玕玉」，詩句優美，意境超然。然而局勢的動盪，卻使美如青紗，如珠似玉的紅高粱變成「恐怖」所在了，散文《青紗帳》是這麼敘寫的：

　　　　稍稍熟習北方情形的人，當然知道這三個字——青紗帳，帳字上加青紗二字，很容易令人想到那幽幽地，沉沉地，如煙如霧的趣味……

　　　　北方有的是遍野的高粱，亦即所謂秫秫，每到夏季，正是它們茂生的時季。身個兒高，葉子長大，不到曬米的日子，早已在其中可以藏住人，不比麥子豆類隱蔽不住東西。這些年來，北方，凡是有鄉村的地方，這個嚴重的青紗帳季，便是一年中頂難過而要戒嚴

－165－

的時候。

當初給遍野的高粱贈予這個美妙的別號的，夠得上是位「幽雅」的詩人吧？本來如刀的長葉，連接起來恰像一個大的帳幔，微風過處，幹，葉搖拂，用青紗的色彩作比，誰能說是不對？然而高粱在北方的農產植物中是具有雄偉壯麗的姿態的。它不像黃雲般的麥穗那麼輕嬝，也不是穀子穗垂頭委瑣的神氣，高高獨立，昂首在毒日的灼熱之下，周身碧綠，滿布著新鮮的生機。高粱米在東北幾省中是一般家庭的普通食物，東北人在別的地方住久了，仍然還很歡喜吃高粱米煮飯。除那幾省之外，在北方也是農民的主要食物，可以糊成餅子，攤作煎餅，而最大的用處是製造白乾酒的原料，所以白乾酒也叫做高粱酒。中國的酒類性烈易醉的莫過於高粱酒。可見這類農產物中所含精液之純，與北方的土壤氣候都有關係，但高粱的特性也由此可以看出。

為甚麼北方農家有地不全種能產小米的穀類，非種高粱不可？據農人講起來自有他們的理由。不錯，高粱的價值不要說不及麥，豆，連小米也不如。然而每畝的產量多，而尤其需要的是燃料。我們的都會地方現在是用煤，也有用電與瓦斯的，可是在北方的鄉間因為交通不便與價值高貴的關係，主要的燃料是高粱秸。如果一年地裏不種高粱，那末農民的燃料便自然發生恐慌。除去為作粗糙的食品外，這便是在北方夏季到處能看見一片片高杆紅穗的高粱地的緣故。

高粱的收穫期約在夏末秋初。從前有我的一位族侄，──他死去十幾年了，一位舊典型的詩人，──他曾有過一首舊詩，是極好的一段高粱贊：「高粱高似竹，遍地參差綠。粒粒珊瑚珠，節節琅玕玉。」

農人對於高粱的紅米與長杆子的愛惜，的確也與珊瑚，琅玕相等。或者因為這等農產物品格過於低下的緣故，自來少見諸詩人的歌詠，不如稻、麥、豆類常在中國的田園詩人的句子中讀得到。

但這若干年來，高粱地是特別的為人所憎惡畏懼！常常可以聽見說：「青紗帳起來，如何，如何？……」「今年的青紗帳季怎麼過

法？」因為每年的這個時季，鄉村中到處遍布著恐怖，隱藏著殺機。通常在黃河以北的土匪頭目，叫做「杆子頭」，望文思義，便可知道與青紗帳是有關係的。高粱杆子在熱天中既遍地皆是，容易藏身，比起「占山為王」還要便利。

青紗帳，現今不復是詩人，色情狂者所想像的清幽與挑撥肉感的所在，而變成鄉村間所恐怖的「魔帳」了！

……

「青紗帳」這三個字徒然留下了淡漠的，如煙如霧的一個表象在人人的心中，而內裏面卻藏有炸藥的引子！

一九三三年七月四日〔註1〕

王統照這篇短短的散文，似乎是莫言洋洋灑灑，且日後威震文壇的「紅高粱」系列敘事的一個引言或者是序曲。王統照提到的活躍在青紗帳裏土匪頭目「杆子頭」，該是莫言《紅高粱》裏的土匪頭子「余占鰲」類型的人物吧？莫言創作的紅高粱的人物與事件都能在這裡找到源頭，好像是為莫言日後創作奠下基調，埋下伏筆。誰能想到，王統照散文裏埋伏在的青紗帳裏的「炸藥引子」，五十多年後，在他的同鄉莫言的小說《紅高粱》裏真的「爆炸」了呢！

王統照的這篇散文寫於 1933 年，莫言在 1986 年發表了著名的小說《紅高粱》，後又被拍成電影、電視劇。其中的土匪橫行、槍炮聲，不正是王統照 50 多年前預言了的嗎？兩人隔著不同的時間與空間，也沒有資料證明莫言是否看過王統照的這篇散文，他們不約而同地把筆墨聚焦到了他們家鄉特有的農作物「紅高粱」上，並都把高粱地作為一個展示民族精神與生存背景的場域來展開敘寫，該是共同的故鄉情結把他們聯繫到一起的吧？兩位作家隔著50 多年的時空以文學相通相惜，相延相繼，共同聚焦「紅高粱」，不能不令人深思探究背後的淵源關係。

莫言的家鄉高密與王統照家鄉諸城是鄰縣。兩個縣地域相連相接，原來同屬古密州，也就是蘇東坡創作《密州出獵》的地方，自古歷史文化底蘊深厚。現在同屬山東濰坊市，隨著變化不斷的區域劃分分分和和，但基本屬同

〔註1〕 王統照：《王統照全集》第 5 卷，中國工人出版社，2009 年 4 月版，第 223 頁。

一文化領域，說著同樣的方言土語，有著相同的民情風俗，諸城人要到外地坐火車的，基本都到高密，現在儘管諸城本身也通了火車，但車站很小，而高密一直是山東交通大動脈膠濟鐵路距離諸城最近的火車站，直到現在也是如此。兩個縣堪稱兄妹縣：龍鳳縣。因為諸城發掘出大量恐龍化石，因此，以「龍城」自稱，多個恐龍公園的建立發掘出當地久遠的歷史文化；而高密就被稱為「鳳城」，以「鳳」文化自稱，其縣城的核心標誌是一座火紅的「鳳」的雕像。「龍鳳呈祥」，這一古老文化圖騰，別有意味地為這塊文化寶地進入文學創作領域作出了寓言。

莫言本人也與諸城頗有淵源，他坦言諸城籍作家王願堅是他的「文學引路人」，而王願堅是王統照同一家族的侄子。莫言還一直關心關注諸城文學與新人培養，現任諸城作協副主席傅培宏曾提到諸城與莫言的密切關係：

> 陽曆 2008 年的 1 月 18 日，在高密的莫言家裏……莫言老師遞給我們每人一個蘋果，接著說：「我和諸城很有淵源，80 年代我去過諸城，諸城歷史上出過很多文學大家，你們的文學氛圍挺好的。我在軍藝上學的時候，雖然王願堅先生沒有直接教過我，但他對我的文學影響還是蠻大的，他是我的文學引路人。」〔註2〕

莫言也欣然為《諸城文學》題詞：「諸城自古多文豪，一代更比一代高！」其後，莫言在大年初三就趕到諸城，與諸城的文學愛好者做了深入的交流坐談，並一直保持著密切的聯繫，對諸城文學新人也多有鼓勵支持。

莫言在小說裏也屢屢提到諸城，《白狗秋韆架》裏，啞巴和主人翁喝的酒就是「諸城白乾」。

王統照在另一篇散文《蜀黍》裏面也曾經對這種農作物的歷史淵源詳加考證：

> ……但是「蜀黍」從張華的《博物志》上才有此二字的名稱，原文沒說那是高梁，後來有人以為蜀黍即是稷。直到段玉裁《說文解字注》方把從前所謂「蜀黍即稷」說加以改正，他說：「漢人皆冒梁為稷，而稷為秫秫，鄙人能通其音者士大夫不能舉其字。」以前全被秫、梁二字混了。蜀黍即秫秫（高梁），卻非黍類；高梁是俗名，亦非梁類。黍粒細小多黏性（亦有不黏者），而「膏屢梁」之梁字，必不是指的秫秫這類鄉間的粗食。《禮記》曰：「梁曰薌萁。」《國語》

〔註 2〕傅培宏：《我和莫言》，諸城《超然臺》雜誌，2012 年 5 期，第 53 頁。

曰：「夫膏粱之性難正也。（注：食之精者。）」這是指現在所見小米之大而黏者，於秫秫當然不是一類。

「蜀黍」二字在古書中見不到，朱駿聲曰：「今之高粱，三代時其種未必入中國，亦謂蜀黍，又曰蜀秫。與粱、秫、黍、稷均無涉也。」朱氏雖然沒考出高粱究竟是甚麼時候有的農產品，而與「粱、秫、黍、稷均無涉也」，可謂一語破的。

如像此說法何以稱為「蜀黍」？或是由蜀地中傳過來的種粒？

但沒有證據，只是字面的推測，自然有待於考證。……

這篇嚴謹的學術考證散文，正顯示出王統照對紅高粱濃厚的興趣，與高度重視。

「紅高粱」曾經是北方農村（包括高密諸城）大量種植的農作物，也是一個歷史的存在。在科技不發達的年代，北方農村不僅是拿它做主要食物，它的杆子也用處甚大。據筆者走訪調查，過去，經濟落後的年代，高粱能耐得住土地的貧瘠，再荒涼的土壤，也能有點收穫，至少能收穫高粱稈子。而當地農民存放糧食作物，常用高粱杆子做成的帳子圍著，更重要的是農民蓋房，常用高粱杆捋齊然後綁在一起，再用泥土和成的泥巴一起做蓋房的房頂，是農村草坯房的重要建築材料，因為現在磚瓦已很普遍，且比高粱杆泥巴的結實，現在已基本不用。而與高粱穗相連的那根高粱徑，更是農家的寶貝，農村土炕上鋪的席子，主要就是用它的皮編的，編席曾是當地的一種重要手工業，是農民的一項重要收入來源。王統照小說《山雨》第 12 頁末到 13 頁，就曾生動敘寫過當地公民編織秫秸蓆席的場景：

> 在沉默中，四五個人的編席工作又重行拾好。白的朱紅的秸片在他們笨粗的手指中間很靈活地穿插成古拙的圖案花紋。這項手工業生產有其促成因素和流行季節：促成因素，涉及居住俗習：「生火炕的北方到處都需要這樣的土貨，不管上面是鋪了花絨，棉絨，或者是羊毛花氈，下面卻一定要鋪花席。窮點的人家沒有那些柔軟溫暖的東西，土炕上粗席子總有一張」；流行時間，「田野都成一片曠清的時候」，即秋後冬閒之時農人以編席為業。

當地手巧的農民會用麻繩把高粱杆穿插成各種造型，用來作各種生活用具，尤其是各種廚房炊具，如用來做鍋的蓋墊，放各種食物如餃子等的穿盤……，直到現在還在用，而且現在看來也相當環保，現在還有人做成各種

工藝品，小孩玩具等。因為現在工業產品興起，農民存放糧食、廚具等都已經有了許多更方便實用的器具，高粱杆子過去的各種用途現在已派不上那麼大的用場，僅從產糧這個角度，它的產量低，目前，即便諸城高密一帶北方農民也已經很少種植了，因此作為原來在農村生活中扮演重要角色的高粱杆與高粱穗都已經淡出了農民的生活。但也並未絕跡，因為用高粱釀製的酒有特殊的香味，很受歡迎，因此仍是釀酒業的重要原料。

作為中國農村最苦難的時代，與農民最苦命相依的紅高粱，就成為苦難中的北方農民堅強不屈的生命意志與精神的象徵。

王統照在故鄉諸城長到 17 歲，考入北京上大學後，因母親家人都生活在諸城老家，因此，寒暑假也常回故鄉，與故鄉一直保持著密切的關係。故鄉的民俗風情成了他寫作的重要源頭與意象。

而莫言更是一直在故鄉的高粱地裏成長，一直到 20 多歲當兵才離開家鄉。不僅紅高粱，故鄉常有的白乾酒、手推車、推磨、攤煎餅、蕩秋韆等當地日常生活場景也常出現在他們的小說裏。

王統照、莫言所生活的年代，正是北方農村大量種植紅高粱的時代，也是中國北方農民生活最苦難最艱難的年代。王統照生活的年代是戰爭戰亂，土匪橫行，莫言是備受飢餓煎熬的饑荒年代，是貧寒土地上堅強的紅高粱給當地農民以慰藉與希望，紅高粱的一切不僅在農家生活大有用場，也是被逼到絕路上的農民求生存反抗強暴的庇護所。因此，成長於斯的作家們對故鄉的感情凝結傾注到故鄉最依賴的紅高粱上也就在情理之中了。王統照就認為紅高粱對於農家渾身都是寶，都能派上大用場。如果說出身於書香門第、豪門巨富、又受過高等教育的王統照，作為五·四時期先知先覺的知識分子，他的「為人生」的文學追求，使他突破自己的家庭與階層侷限，把目光與筆觸自覺投入到最苦難、最底層的社會大眾身上，以紅高粱作為敘事對象。突破他的家族與身份侷限，深入瞭解民間疾苦，洞察社會世事，以學者的嚴謹與強烈的社會責任感，意識到了青紗帳裏潛隱的巨大社會憂患。王統照的散文不僅有學術考證的追本溯源，嚴密論證，文章還明顯具有學者的嚴謹與正統，而出身農家又沒受過高等教育的莫言，則是高粱地裏出生，高粱地裏成長，曾與紅高粱相依為命的人，他的紅高粱就像他本人一樣，同呼吸，共患難，散發著充滿原始野性的生命質感與強勁爆發力。

莫言的小說《紅高粱》，一開始，「紅高粱」就是這樣閃亮登場的：

八月深秋，無邊無際的高粱紅成汪洋的血海。高粱高密輝煌，高粱淒婉可人，高粱愛激盪。秋風蒼涼，陽光很旺，瓦藍的天上游蕩著一朵朵豐滿的白雲，高粱上滑動著一朵朵豐滿白雲的紫紅色影子。一隊隊暗紅色的人在高粱棵子裏穿梭拉網，幾十年如一日。他們殺人越貨，精忠報國，他們演出過一幕幕英勇悲壯的舞劇⋯⋯

「紅高粱」既是高密東北鄉人民賴以生存的物質食量，也是融於他們生長血脈的精神象徵。其後紅高粱就作為人物主要生活場景，不停地跟著人物命運經歷、季節交替不停變換。

「高粱的莖葉在霧中嗞嗞亂叫」⋯⋯

「很快，隊伍鑽進了高粱地」⋯⋯

「紅高粱」作為小說中一個強勢的存在，時刻陪伴圍繞在鄉民的身邊，慈悲而又倔強地守護著這方土地，這些人⋯⋯「紅高粱」是生命之火、戰爭之血的象徵，是與紅高粱相依為命的村民在血與火的熬煎中頑強生存、倔強不屈的生命強力的象徵，是詩一般沉醉、升騰、勃發的生命意志的象徵。而村民們就在高粱地裏生，在高粱地裏死，在高粱地裏激發愛與欲，在高粱地裏與日本鬼子抵死拼命，血染黑土⋯⋯

王統照不僅有學者的考證式的散文，還融匯到他的小說創作中，在小說《雙清》中，就曾生動敘寫過活動在這秫秫叢裏的土匪流寇隊伍。可以說王統照從散文到小說都開了紅高粱寫作的先河，為後來者提供了路徑與參考。作為五四老作家的王統照的學識與才華，不僅體現在他學貫中西的博學與時勢洞明，還在於他社會思考的前瞻性，智慧與眼光，甚至可以說直接預言了莫言小說的誕生⋯⋯

傳承王統照創作思想的還有臺灣的著名作家姜貴，可以說王統照的先期文學業績為莫言、姜貴等作家的創作預設伏筆。也可以說是現代作家為當代作家的創作開拓出的新思路，兩代作家前仆後繼，融為一體的文脈關係。

王統照、莫言都在這塊紅高粱倔強生長的土地上誕生成長，受同一塊土地，同一種鄉俗文化的滋養，故鄉既是他們的生命之根，也是他們的文學之根，他們不約而同地把筆觸伸向相同的土地與相同的農作物，是作家的社會使命感與社會責任感的共同驅使，因為在精神上，他們都是充滿社會憂患意識，並對社會做出深刻思考的人。紅高粱與生活於其中「杆子頭」，是戰亂、動盪社會各種矛盾的一個集散地，它進入這些作家的寫作完全是一種必然。

但又因著各自知識素養、文學追求及時代發展的影響，各人呈現在作品中的紅高粱呈現出各自的風采與氣象亦自是不同。

莫言對「五四」作家是有一種自覺的承繼的，他曾談到之所以在《檀香刑》裏面描寫酷刑，是受到魯迅「看客」文化的批判相關的，他曾說：

> 這部小說（《檀香刑》），我想爭論最大的就是酷刑問題。我一直認為這是必要的，我想在小說裏面進行這樣的描寫，是跟這部小說把劊子手作為第一主人公有關係。因為魯迅先生在他的小說裏面批判了這種看客文化，像他的《藥》他的《阿Q正傳》裏面都描寫了這種處死人的場面，有很多人圍著看。……

> ……我寫這本書的時候也是想在魯迅先生開闢的看客文化這樣的道路上，往前再走一下，就是把這個三缺一這個角度再補一下。……〔註3〕

這些都可清晰看出，莫言的創作對五四新文學的自覺承繼與歷史的延續與思考，比之前輩，他的筆觸更為誇張暴烈，洋洋灑灑，以汪洋恣肆的筆觸比先輩更有激情，也更為大膽潑辣地往前延展……莫言本人就如同紅高粱是高粱地裏成長起來的作家，創作風格上也如紅高粱般，充滿鄉土氣息的原始潑辣、酣暢淋漓。

儘管從未見到莫言提到自覺承繼王統照的言辭，這種精神承繼可能是無形中的，是對同一塊故鄉土地的深沉的愛與眷戀，是對社會現實關注思考的不自覺遇合。根據學者劉洪強先生的考證《歷史與遮蔽——莫言〈紅耳朵〉與〈神嫖〉的原型分析》，作為當地很有聲望的諸城相州王氏家族，莫言有兩篇小說是根據王氏家族人物為原型創作的，其中《神嫖》即是根據王統照先生的父親及其家族的傳說寫成。《紅耳朵》中的王十千是以中共山東黨史上的創始人之一王翔千為原型而塑造的，小說出現的大耳朵趙赤州原型則是中共一大代表王大耳朵王盡美。王翔千即是王統照的同族兄長，都是與王統照關係密切的人。他認為「這兩篇小說是歷史與傳說的糅合」。〔註4〕

莫言發表的第一篇小說是《春夜雨霏霏》，無獨有偶，王統照的一篇早期小說就名為《春雨之夜》，也可見，莫言對王統照家族及其人物是非常熟悉的，

〔註3〕莫言：《用耳朵閱讀》，作家出版社，2012年11月版，（264～265）頁。

〔註4〕劉洪強：《歷史與遮蔽——莫言〈紅耳朵〉與〈神嫖〉的原型分析》，《中國文學研究》，2017年2期。

並懷有相當敬意的。

王統照作為「文學研究會」發起人之一，是因著「五四」文學的新視野，踐行「為人生」的文學主張，使他把文學目光越出自己的階層，投射到社會最底層、邊緣的紅高粱上；而本身就生活在底層邊緣的莫言則是把紅高粱當作表達自我精神的文學訴求。也就是，王統照有外人寫紅高粱的「隔」，有一種知識分子身份出發的悲憫情懷與國家民族的憂患意識在裏面，而莫言則是與紅高粱融為一體的內在契合作為通向文學的敘事路徑。他的文學如漫山遍野的紅高粱般，充滿原始野性與汪洋恣肆的生命力；王統照以一雙知識分子悲憫的眼睛看紅高粱，莫言則是以一雙紅高粱的眼睛看世界……也可以說昔日王統照所關注的，正是今日莫言所完成的……

從王統照到莫言的紅高粱敘事，也是從現代作家到當代作家的歷史延續與轉化，是五四文學薪火的傳承。王統照們播撒點燃的「五四」文學火種，在莫言的小說裏熊熊燃燒成照亮世界的「高粱紅」，可以看出兩代知識分子不約而同的共同關注與文脈流傳。從中可看出文學伴隨著歷史發展的延續與嬗變，為從文學看歷史提供一個新角度。

正如張清華教授對莫言獲諾獎的看法：

> 我認為莫言獲獎不僅是「新時期」文學的總結，也是整個漢語新文學 100 年歷史成熟的標誌。並不是莫言的作品說明漢語「新文學」成熟了，而是整個漢語「新文學」在上世紀 90 年代後，出現了成熟和收穫的局面。這也是莫言能夠成為一個世界級作家的背景和基礎。事實上應當把魯迅、巴金、沈從文、老舍、莫言、余華、賈平凹、王安憶、張煒、鐵凝、蘇童、格非、畢飛宇等作家看成一個整體，漢語新文學就是這樣一個整體。從魯迅到莫言，這是一個譜系，魯迅就是莫言精神上的路標，莫言就是一個將之發揚光大的傳承者。所以，莫言拿到諾貝爾獎，是整個漢語新文學的總結和收穫。
> 〔註 5〕

當代文學對現代文學既有自覺的承繼與延續，也有不自覺的遇合與發展，從王統照到莫言也是「紅高粱」敘事的一個譜系，佐證當代文學與現代文學是一個整體。

〔註 5〕張清華：《「從魯迅到莫言，這是一個譜系」》，《新華每日電訊·草地週刊》，2012 年 11 月 2 日，13 版。

　　美國文化批評家 F・傑姆遜認為：第三世界文本都必然含有寓言的結構，而且應當被當做民族寓言來解讀。「所有第三世界的文本都帶有寓言性與特殊性，我們應該把這些文本當做民族寓言來閱讀……第三世界的文本，甚至那些看起來好像是關於個人和裏比多趨力的文本，總是以民族寓言的形式投射一種政治：關於個人命運的故事包含著第三世界的大眾，他們的文化和社會受衝擊的寓言」。由此看來，「紅高粱」身上凝結的歷史動盪，抵抗外族入侵，底層人民的苦難掙扎，家國與個人命運的滄桑不屈，兩代作家的執著寫作，正可以作為一個現代民族寓言敘事而被世界文學銘記。

　　王統照散文曾提到：或者因為這等農產物品格過於低下的緣故，自來少見諸詩人的歌詠，不如稻、麥、豆類常在中國的田園詩人的句子中讀得到。「紅高粱」在古典文學敘事裏缺失，到現代作家的關注、追述，再到當代作家莫言的發揚光大，可以清晰地看到其文學敘事脈絡與歷史建構，也可以說，是覺醒了的「五・四」現代作家倡導的白話文學運動，「為人生」的關注社會底層的文學敘事，把這植物世界中也處於「底層」大眾的紅高粱呼喚並請上文壇，然後，薪火傳承到當代作家。「紅高粱」最終突破中國傳統文人意識的梅蘭竹菊，而成為新文學的標誌符號登上世界文壇，可以說，是現代作家的現代意識澆灌了紅高粱的敘事根苗，當代作家則使它蓬勃生長，發展壯大為一座象徵著民族寓言敘事的豐碑，在世界文壇熠熠生輝。

後　記

　　歷史車輪的滾滾向前，往往是先驅者的巨手推動的！尤其是歷史重要的轉向時期。中國從古老帝國向現代社會轉型的重要歷史時期，正是一批先知先覺者，以敢為天下先的勇氣，以超越前人的智慧與勇氣，以救國救民為己任，開拓出歷史前進的新路徑，時代的先行者也給後來者引導與啟迪。作為歷史重要轉折點的「五四」，中國從封建社會邁向新時代，正是這些先驅者的勇氣與智慧，推動著歷史的車輪，啟動著古老民族的現代運轉，歷史的侷限與未來的探索，也往往是先驅者的智慧發現發掘的。而今，重新追溯這些先驅者的足跡，重尋他們智慧的閃光點，將再次給予我們勇氣與靈感，讓我們更有信心地面對未來……時間的流逝非但沒有暗淡他們的光華，反而越來越見證出他們的歷史意義與價值，一個世紀後的今天，重新尋訪這些先驅者的人生之光，也有助於照亮後來者的前行之路……

　　王統照就是這樣的「五四」先驅之一，或許固然是時代造就了他們，可也正是他們創造了一個新時代……讓我們重新沿著他們的足跡，尋訪一下歷史之路……

　　這本評傳是筆者在對相州王氏家族研究繼續往前推進的一個成果，是筆者在諸城相州深入查找資料的基礎上創作出來的。

　　基於學界前輩楊洪承先生、劉增人先生都已有王統照評傳出版的情況下，筆者無意重複，而是根據自己查到的家族新資料與關注層面，寫出一個與前人理解不同的王統照。

　　王統照與家人族人一直關係密切，家人、族人也一再成為他小說、散文、詩歌等的寫作對象，因此，不瞭解這些家族背景，只停留在文本狀態，

就無法全面而深入地理解作家、作品，之前的學者、研究者幾乎都未曾關注過這些，因此，筆者就儘量把王統照家族、家鄉的方面情況，詳細考察出來，既填補前人研究的缺憾，也為進一步深入研究王統照提供資料支持。因此，本書儘量避開前人已做的研究，而是把關注點放在前人未曾關注的方面，除了他的家族與他寫作的關係，也把以前未受重視的散文、詩歌、編輯、教育層面的王統照作為研究重點，力圖穿越歷史的煙雲，多方面追述他的成就與貢獻。

王統照是五四之子，人生也經歷了整個民國時期，生於憂患時代，他也以強烈的憂患意識關注、思考國家與民族命運，把個人命運與國家命運融為一體，把文學追求與家國關懷融為一體，為新文學多方面拓荒耕耘，力圖開創一個新時代，為後來者拓寬道路……

他出身政治漩渦的家族，本人卻拒絕加入政治黨派，堅守知識分子的獨立性，關心政治，卻從不越出知識分子的本位，對藝術的堅守，那怕不被時人所識，飽經冷落與排斥，也不改初衷，對知識者身份的堅守令人肅然起敬。

閱讀王統照全集，我彷彿發現了一個思想知識的寶庫，走進民國那個思想活躍、精神沸騰的時代，走進一顆跳動著時代脈搏的民國知識分子心靈，當我深切感到他的許多思想至今還是那樣超前與卓見時，我為他一直的被邊緣而深感不平，更感覺自己有義務有責任把他至今看來都沒過時的思想、藝術加以研究，把他被埋沒、忽視的功績展現出來。

感謝諸城政協鄒金祥先生、濰坊學院王憲明教授的鼓勵，也感謝清華大學王中忱教授百忙當中對我寫作的肯定，給我莫大的鼓勵，感謝山大周怡教授提供的寶貴資料，感謝楊洪承教授百忙當中寫的序。

感謝家人、族人一直的支持與幫助，你們的愛和鼓勵是我努力的最大動力。

特別感謝愛人 Allen·Y 楊國鈞，感謝疫情肆虐的日子裏的陪伴與呵護，給我太多文學啟迪與滋養。他用自己親手種的綠植，收藏的藝術品為我布置書房，寫字臺上的檯燈、工藝品擺件皆是他親自挑選，照片都是他自己拍攝彩印出來，掛的琳琅滿目，溫馨愜意……正是在他精心布置的書房裏，我修稿改文，字裏行間氤氳著他的愛和期望……

感謝楊洪承教授在百忙當中給寫的序言。楊教授是資深的王統照研究專

家，多年來，與田仲濟教授一起為王統照研究做出了巨大的貢獻和推進工作。
在跟隨楊老師的學習中，常常感受到他誨人不倦的師德師風，令人敬仰。

感謝楊嘉樂女士的辛苦督導，玉成此書出版。

王瑞華

2021 年 2 月 2 日